굴뚝과 천장

오탁번 소설 1

굴뚝과 천장

초판 1쇄 인쇄 | 2018년 12월 10일
초판 1쇄 발행 | 2018년 12월 14일

지은이 | 오탁번
펴낸이 | 지현구
펴낸곳 | 태학사
등   록 | 제 406-2006-00008호
주   소 | 경기도 파주시 광인사길 223
전   화 | (031)955-7580~2(마케팅부) · 955-7585~90(편집부)
전   송 | (031)955-0910
전자우편 | thaehak4@chol.com
홈페이지 | www.thaehaksa.com

ISBN 978-89-5966-509-9   04810
ISBN 978-89-5966-122-0   (세트)

오탁번 소설 1

굴뚝과 천장

태학사

이 소설책은 이상하다. 낱권으로 된 창작집도 아니고 가지런한 소설전집도 아니다. 이름을 『오탁번 소설』1, 2, 3, 4, 5, 6으로 했다. '오탁번 소설'? 외려 '소설 오탁번'이라고 해야 하지 않을까. 내 안에 숨어있는 또 하나의 '나'가 헤살 놓는다.

한국전쟁, 피란, 배고픔과 가난, 좌절하는 젊음의 분노와 저항이, 느릿느릿, 가파르게, 들쑥날쑥하는 이야기가 말짱 서사적인 허구가 아니라 어느 특정인의 아롱다롱한 전기적 기록 같다. 60여 편의 소설 속에는 배고파서 우는 소년이 있고 절망에 몸부림치고 세상의 높은 벽 앞에 맨손으로 돌진하는 무모한 젊음이 있다.

시와 소설을 넘나들며 까마득한 시간 속에서 혼자 외로웠다. 1969년 「처형의 땅」으로 등단했으니 반세기가 다 됐다. 나도 한때는 부지런한 작가였다. 80년대까지는 소설에 주력하면서 시는 '현대시' 동인지에나 발표를 했었다.

「처형의 땅」의 등장인물인 '우리들 중의 하나'가 나의 다면적 자화상이라면 「굴뚝과 천장」의 '그' 또한 지울 수 없는 나의 자화상이다. 요즘 독자들은 나를 '시인'으로만 알고 싶다. 인터넷 카페나 블

로그에는 하루 열 번도 넘게 내 시가 나비처럼 날아다니지만, 소설은 가물에 콩 나듯, 그것도 중고책 판매 사이트에서나 코빼기를 잠깐씩 비친다.

작가의식 속에는 한마디로 말할 수 없는 신비한 패러다임이 있다. 내 문학적 영토의 암사지도에는 악마와 천사가 가위바위보하고 소년과 노인이 숨바꼭질하는 산이 있고 섬이 있다. 시와 소설이 넘나들며 소나기가 내리고 누리가 쏟아진다. 그래서 나의 시에는 앙증맞은 서사가 종종 보이고 또 소설의 한 부분을 떼어내면 그냥 시가 되는 경우도 가끔 있다.

1부터 4까지는 발표 순서대로 작품을 수록한다. 그래야지 내가 걸어온 길을 따라 펼쳐지는 서사적 풍경이 곧이곧대로 보인다. 좀 긴 소설은 5와 6에 따로 앉힌다.

30년, 40년 전에 냈던 절판된 창작집과 그 후에 발표한 소설을 몽땅 불러내어, 헤쳐 모엿! 시켰다.

2018년 겨울
오탁번

차례

처형의 땅

구청 건설과 직원 채용시험을 하루 앞둔 날 저녁때였다. 지금은 텅 빈 광장이지만 미군부대의 건물이 벌집처럼 꽉 들어차 있던 지난봄까지는 그 건물은 미군부대의 위병소 겸 망루였다.

그 당시 힘센 거인처럼 우뚝 서서 고촉의 서치라이트를 번쩍이며 위풍당당하게 주변의 판자촌을 내려다보던 그 건물은 미군부대가 이동한 다음, 쉰 살쯤 되는 장님 사내가 지난 초여름에 이사 올 때까지 서너 달 동안 X자형의 판대기로 못을 쳐 잠겨 있었다. 지금 생각해 보면 우스꽝스러운 일이지만, 그 건물이 잠겨 있었던 몇 달 동안 판자촌의 주민들은 그 건물 앞을 지나다가 깜짝 놀라는 일이 종종 있었다. 위병소에서 들리던 병정들의 웃음소리와 망루에서 비치던 강렬한 섬광이 문득 생각날 때마다, 주민들은 이 건물이 아직도 숨을 벌떡벌떡 쉬면서 자기들을 압도하고 있는 것이라는 생각이 들었다.

채용시험 전야의 이야기를 하기 전에 일주일 전 판자촌이 철거됐다는 이야기를 빼놓을 수 없다. 관광호텔과 하이웨이를 건설한다는 도시 계획에 밀려 판잣집들이 철거된 다음, 주민들은 트럭에 실려 한강 이남의 남부서울로 떠났으므로 그때 판자촌에 남아 있는 사람은 우리들 여섯 명 외에 망루에 이사 와서 사는 장님 사내 뿐이었다. 하루 앞으로 다가온 채용시험에 대비하기 위하여 우리들 여섯 명은 그날 밤을 철야하기로 하고 장님 사내의 양해를 얻어 망루로 쓰이던 그 건물의 위층을 빌려 쓰기로 했다. 이를테면, 판자촌에서의 마지막 밤이자 채용시험 공부 총정리의 밤이었다.

땀을 뻘뻘 흘리며 계단을 올라가 먼지와 열기가 가득한 방으로 들어간 우리들이 그 전화기를 발견하게 된 것은 참으로 우스꽝스러운 일이 아닐 수 없다. 미군 병정들이 쓰다가 이동할 때 버리고 간 것이 분명한 그 전화기는 먼지를 뒤집어쓴 채 창틀 밑 나무받침 위에 단정하게 얹혀 있다가 우리들을 놀라게 해 주었던 것이다. 자석식 전화기를 발견한 순간 우리들은 우스꽝스러운 흥분 속에 휩싸여 있었으므로, 창을 열자 모기떼처럼 날아오르며 코를 쏘아 대는 먼지와 목덜미에 졸졸 흐르는 땀을 씻을 생각도 잊어버리고 있었다. 마침내 우리들 중의 하나가 아래층으로 내려가서 장님 사내에게 전화기에 대한 것을 물어본 결과 그가 전화기가 있는 줄을 모르고 있다는 사실을 알아 왔을 때, 우리들은 만족한 환성을 지르며 발을 굴러댔다. 먼지를 털어내자 전화기는 싱싱한 검은빛으로 되살아나서 벌떡벌떡 숨을 쉬기 시작했다. 전화선은 방바닥의 마루 틈 사이로 교묘하게 몸을 감추고 기어가서 벽을 기어오른 다음 창문을 타넘고 아래층으로 쏜살같이 이어져 내려가서 광장의 철조망 밑 땅속으로 숨어들고 있었다.

"야, 소리가 난다! 웃음소리가 난다!"

수화기를 귀에 가져다 댄 우리들 중의 하나가 땀을 뻘뻘 흘리며 소리쳤다. 우리들은 번갈아가면서 수화기를 귀에 가져다 대었다. 아무 소리도 나지 않았다. 수화기를 귀에 바싹 대고 긴장하자 우리들 자신의 심장이 뛰는 소리가 들릴 뿐이었다. 심장이 뛰는 소리─그것은 우리들이 채용시험의 원서를 내기 전까지 구청 건설과에 고용된 인부로서 판자촌 철거를 담당하고 있을 때, 와르르 부서지는 블록의 붕괴 소리와 아우성치는 주민들의 목쉰 소리, 부릉부릉하며 새로운 고층 빌딩이 세워질 부지를 정지하는 불도저 소리, 특히 빨간 색연필로 판잣집 철거 실적 그래프 위에 점을 찍어 나가며 웃던 구청 직원의 카랑카랑한 목소리를 들었을 때 우리들의 내부에서 끝없이 들려오던 소리, 바로 그것이었다. 아무래도 이러한 소리가 우리들의 전신을 뒤흔들며 세차게 들려온 것은, 〈싸우며 건설하자〉라는 플래카드를 두른 스리쿼터를 타고 와서 차에서 내려 우리들이 철거해야 할 판자촌이 바로 우리들 자신이 사는 판자촌이라는 것을 알았을 때였을 것이다. 우리들은 그날 저녁 임금을 받아쥐고 인부 노릇을 그만두었고, 그날부터 정식 직원이 되어 빨간 색연필을 들고 카랑카랑한 목소리를 내기 위하여 채용시험에 응시하기로 했다.

우리들은 다음날 전화기를 팔아서, 채용시험을 무사히 치른 파티를 열기로 합의하고 총정리할 책이 들어 있는 트렁크의 지퍼를 따기 시작했다. 복부가 쩍 갈라진 트렁크 속에는 『일반사회정선300문제집』, 『영어공부의 에센스』, 『국사정해4주완성』 등이 내장처럼 모습을 드러냈다. 우리들은 책을 하나씩 집어 들었다. 뜨거운 여름의 열기 속에 광장은 엎드려 있었고, 이 건물이 토해 내는 그림자가 이 건물과 광장 사이에 쳐 있는 철조망을 기어올라 광장 속으로 다가가고 있었다. 광장 너머 지글지글 끓는 시뻘건 놀을 배경으로 아득히 이어져 간 도시의 빌딩들이 발산하고 있는 소음은, 번득이는 날을 가지고 우리들에게 이어져 왔고 우리들은 땀을 줄줄 흘리며 웅얼웅얼 책을 읽었다.

"요 문제는 영락없이 나올 거야. 1968년은 북괴가 파견한 청와대행 무장사절단의 입경에서 시작됐다고 할 수 있지 않니? 이거 더워서 미치겠는데. 어때? 이런 때일수록 요 문제는 영락없이 나온다고."

"야, 날이 어두워지기 시작한다. 전등 좀 켜라."

"가만있어. 무슨 문젠가 하면, 헌법 제1조를 외워 쓰는 거야. 외워 쓰는 것은 토씨 한 개라도 틀리면 다 틀리는 거야. 헌법이기 때문에 더욱 그렇단 말이다. 연상법을 써서 외라고. 말하자면 우리는 사람이다. 우리의 모든 땀은 땀구멍에서 나오고……"

아래층의 장님 사내가 올라온 것은 우리가 헌법 제1조를 외고 있을 때였다. 그는 더듬거리며 방으로 들어왔다.

"방을 빌려주셔서 감사합니다. 아저씨."

먼지가 떼를 지어 날아오르며 창밖으로 몰려나가고 있었다.

"어, 어! 내가 특별히 생각해서 빌려준 거지. 그런데, 젊은이들이 무슨 시험공부를 한다고? 나라의 주인이 될 사람들이니까 열심히 해야지."

그는 기분이 좋아 보였다. 닫힌 눈언저리가 묘하게 오므라들었다가 다시 펴져 나갔다.

"물론입죠, 아저씨."

"참, 살기 좋은 세상이야. 판잣집은 모두 헐어버리고 새 집을 지어준다면서? 이 동네도 그래서 다 철거했다지?"

"예."

우리들은 땀을 뻘뻘 흘렸다.

"음."

하고 그는 헛기침을 하며 말을 이어 나갔다.

"세상은 수단이 있어야 살아가게 마련이지. 몇 해 전에 수단 좀 부려서 원호대상자가 됐지. 백마고지라는 싸움터가 있다지? 나도 백마고지 전투에서 부상을 당해서 소경이 된 걸로 등록돼 있다네. 이 집도 원호청에 말해서 적당히 들어온 거야. 내가 소경이 된 건 사실은 우리 마누라 때문이거든. 바람이 나서 글쎄 내 눈을 송곳으로 찌르고 도망을 갔다네."

우리들은 그를 경멸하기 시작했다.

우리들 중의 하나는 엄지손가락을 다른 손가락에 끼워 내밀며 그의 눈앞에다 들이밀었다. 흔히 성교의 표시로 사용되는 이러한 손가락 장난은 참을 수 없는 경멸을 나타낼 때도 자주 쓰여 왔다. 그는 눈언저리를 실룩거리며 말했다.

"송곳에 찔렸을 때 참 기분이 좋더군. 정신이 맑아지고 말이야."

"기분이 좋아요?"

우리들 중의 하나가 비꼬며 말했다.

"그럼."

우리들 중의 하나는 그 당시 야간 중학교 2학년이었는데, 신문 배달을 끝내고 어두워져 집으로 돌아오다가 망루 밑을 지나게 되었다. 우리들 중의 하나는 눈이 부셔서 꼼짝도 못하고 그 자리에 서 있게 됐다. 서치라이트가 우리들 중의 하나를 비추며 정지한 것이다. 그것은 이상한 경험이었다. 강렬한 불빛을 받자 갑자기 몸이 모두 산산조각이 나서 흩어져버린 기분이었다. 병정들의 웃음소리가 들려오자 우리들 중의 하나는 서치라이트를 벗어나려고 다리를 움직였다. 그때 요란하게 총성이 일어났는가 했더니 우리들 중의 하나의 몸을 중심으로 원을 그리며 먼지가 픽픽 일어나며 총알이 튀었다. 그때 우리들 중의 하나는 정신이 이상할 정도로 맑아지는 것이었다. 이런 경우에 정신이 맑은 상태를 '죽음 의식'이라고 표현해도 될는지 몰라도, 장님 사내가 송곳에 눈이 찔렸을 때 정신이 맑아지고 기분이 좋아진다는 이야기를 했을 때 우리들 중의 하나는 그것은 죽음 의식이라고 생각했던 것이다.

"이상한 일이지 뭔가. 눈을 잃어버렸는데 도리어 기분이 좋아지다니."

그는 웅얼거리듯 말하며 손을 내저었는데, 그의 팔뚝은 의외로 건강한 근육으로 뒤덮여 있었다.

우리들은 그가 사실무근의 말을 하면서 유희를 하고 있다고는 생각하지 않았다. 그가 더듬거리며 아래층으로 내려가는 동안 우리들 중의 하나는 수화기를 집어 들고 땀을 흘리며 말했다.

"헬로! 헬로?"

광장 너머로 이어져 간 도시의 하늘이 잿빛 어둠에 물들기 시작하자 웬일인지 점점 땀이 흘렀다. 그 잿빛 하늘을 헤치며 은빛 알루미늄 날개를 번쩍이는 비행기가 공항 쪽으로 천천히 날아가는 게 보였다.

"왜 웃어? 야, 임마!"

수화기를 귀에 댄 우리들 중의 하나가 말했다.

수화기에서 웃음소리가 난다고 잘못 생각하는 모양이었다. 땀에서 젖은 목소리가 창문을 뛰어넘어 철조망에 매달린 'OFF

LIMIT'를 타넘고 광장을 지나 도회의 소음 속으로 빨려 들어갔다가는 곧 어둠이 되어 되돌아오고 있었다.

"정말이야, 진짜 웃음소리가 난다!"

우리들은 번갈아가며 수화기를 귀에 가져다 대었다. 아무 소리도 안 들렸다. 광장 속으로 들어간 이 건물의 그림자는 마침내 그 거대한 복부를 후벼 파기 시작했다. 시커먼 그림자는 좌우로 퍼지면서 광장을 뒤덮어 버린 다음 점점 두터운 어둠이 되어 갔다. 방의 마룻바닥에서도 잿빛의 어둠은 서서히 잠을 깨어 몸을 뒤채기 시작했다. 우리들 중의 하나가 우리들 중의 하나에게 말했다.

"전등을 켜라."

"불이 안 들어온다."

우리들 중의 하나는 『영어공부의 에센스』를 펴들고 말하기 시작했다.

"악센트 문제가 나오면 말이지, 열 개쯤 나온다면 말이지, 일곱 개쯤은 첫음절에다 하라고. 그러면 합격할 수 있다고. 제기랄, 공군사관학교 입학시험에 내가 왜 떨어졌는지 아니? 첫음절에 악센트가 있는 단어가 칠십 퍼센트쯤 된다는 건 알고 있었는데 말야, 음절의 낱말 뜻을 모르고 있었단 말야. 비, 시, 디, 에프, 지, 엠, 케이. 뭐 이런 자음에 악센트가 있을 턱이 있나. 그런데도 나는 무턱대고 첫 자음에다가 표시를 했거든. 제기랄, 공사에 붙었으면 지금쯤 2학년이 됐겠고 하늘을 펑펑 날아다니는 파일럿이 됐어."

우리들 중의 하나는 말을 끊고 목덜미에 흐르는 땀을 닦았다.

"너는 그럼 날개 없는 천사로구나."

우리들 중의 하나를 놀려 주려고 우리들 중의 하나가 이렇게 말했다.

"날개 없는 천사라고? 그럼 너는 엽서 사는 게 취미니?"

일주일마다 꼬박꼬박 신문에 나는 퀴즈를 풀어서 엽서에다가 깨끗이 해답을 써 보내지만 한번도 당첨된 일이 없는 우리들 중의 하나를 놀려댔다.

"그렇지만 말야, 나는 아직도 희망이야 있거든. 한번만 당첨되면 삼천 원인데 지금까지 엽서를 사느라고 없앤 돈은 천 원밖에 안 된다고. 한 번만 당첨되면 나는 이천 원은 벌 수 있으니까."

"천 원이면, 가만있어 봐라. 이 사 팔, 사 오 이십, 그럼 지금까지 이백오십 번 응모해서 낙선된 셈이군."

우리들 중의 하나가 발을 구르며 주의를 환기시켰다.

"야! 벌써 여덟 시야. 시험까지 열두 시간 남았다고. 우선 영어 공부부터 하자. 단어 스펠링을 욀 때는 말이지, 예를 들면 지, 오, 디는 신인데 그걸 뒤에서부터 읽으면 디, 오, 지 즉, 개가 된다는 걸 알아서 하라고. 신은 개다……."

"바이얼린은 린에 악센트가 있다."

잠을 깬 어둠은 점점 차오르기 시작했다. 광장 너머의 카랑카랑한 소음을 내는 빌딩들과 우리들 사이를 거대한 어둠이 막아서고 있었다. 도시의 전등 불빛은 어둠의 틈을 비집으며 우리들에게로 이어져 왔고 우리들의 몸에 닿자마자 땀방울이 되어 줄줄 흘러내렸다.

우리들 중의 하나가 전등 스위치를 딸각 돌렸다. 전등은 켜지지 않았다. 전구를 흔들자 불이 들어왔는데, 갑자기 밝아진 방 속에서 우리들이 서로의 얼굴을 낯선 듯이 바라보고 있을 때 층계가 쿵쿵거리더니 문이 열렸다. 우리들 중의 하나의 동생인 그 소년은 울먹이며 말했다.

"아버지가 돌아가셨어, 택시에 치여서. 서울역 앞에서야."

그들 형제의 발자국 소리가 어둠 속으로 완전히 사라질 때까지 우리들은 목덜미의 땀을 닦으며 공부를 중단했다. 창문으로 모기떼가 날아들었다. 모기떼는 편대를 지어서 전등 주위를 한 바퀴 선회하다가 우리들의 몸을 목표로 급강하했다. 풍뎅이들도 붕붕거리며 날아와서 전등에 부딪쳐 방바닥으로 추락하고 있었다.

"오늘 토픽은 뭐니?"

우리들 중의 하나가 어둠에 잠긴 광장을 내다보며 중얼거리자, 우리들 중의 하나가 풍뎅이를 잡아서 내던지며 트렁크에서 신문을 꺼냈다.

동경. 미·일 안보조약 철폐 시위에서 2백 명이 부상, 뉴욕. 달러시세 폭락, 모스크바. 흐루시초프 실각설, 파리. 드골 대통령 서독 방문 등정, 홍콩. 입전 없음…….

"아니 흐루시초프 실각이 뭐야?"

"오늘 신문이 아니로구나?"

"올해 신문도 아니구나?"

"제기랄, 뭐야, 어디서 휴지조각을 가지고……"

우리들은 땀을 닦으며 모기떼의 공습을 피하느라고 여념이 없었다. 우리들 중의 하나가 말했다.

"시간이 자꾸 흐르는데 큰일 났구나. 그 새끼 아버지가 죽었으니까 그 집에서는 그 새끼가 왕초가 됐구나."

"유산이 있을지 몰라……."

"그렇지. 뜻밖에 거액의 상속자가 될지도 몰라."

우리들은 상속자가 된 우리들 중의 하나가 돌아올 때까지 공부를 중단하기로 했다. 우리들은 광장 옆 어둠에 싸인, 철거된 판자촌을 바라다보면서 우리들 손으로 허물어 버린 우리들이 살던 집을 다시금 생각해 보는 시간을 갖게 되었다. 판자촌이 철거되자, "시민 여러분께. 이 지대는 지상 9층, 지하 2층의 매머드 관광호텔이 건립되고 서울의 북부와 서부를 꿰뚫는 하이웨이의 출발점이 됩니다."라는 글씨가 쓰인 푯말과 신축 건물 투시도가 그려진 판이 입구에 세워졌다. 미구에 공사가 시작될 모양이었다.

아래층에서 쇠붙이 부딪치는 소리가 들려온 것은 이때였다. ㅈ, ㅊ, ㅌ음이 뒤섞인 그 소리가 우리들의 신경을 긁으며 들려오자, 우리들은 땀을 뻘뻘 흘리며 계단을 밟고 아래층으로 내려갔다.

장님 사내가 자전거를 타고 있는 소리였다. 타고 있다. 이런 경우 이와 같은 표현이 어울리지 않는다는 것을 우리는 곧 알게 되었다. 왜냐하면 그가 올라앉아서 페달을 밟아대지만, 그 자전거들은 구부러지고, 타이어도 없을 뿐만 아니라 체인도 없는, 이미 자전거라고도 할 수 없는, 그러니까 고철이라고 규정해야 할 그러한 쇠붙이였기 때문이다. 페달이 헛돌아가며 내는 소리는 무더운 밤공기를 휘저으며 직직, 칙칙, 틱틱 하며 계속해 들려왔다.

"자전거가 기분 좋게 달립니다. 아저씨."

우리들 중의 하나는 그를 경멸하며 큰 소리로 말했다.

"시속 팔십 마일은 되겠습니다."

"뭐라고? 젊은이들이 나를 비꼬아 주고 싶은 모양이지만, 그런 게 아니야. 나는 지금 다리 운동을 하는 중이야."

그의 말을 듣자 우리들은 더욱 땀을 뻘뻘 흘렸다.

"물론 막 달려가는 듯한 착각도 일어날 때가 있지. 얼마 전에 어떤 녀석이 타이어를 훔쳐가 버렸지 뭐야. 타이어가 성하기만 하면 광장을 한 바퀴 돌다가 오곤 했는데……."

"광장을 돌아요? 거기는 폭발물이 묻혀 있어서 위험할 텐데요."

그는 계속하여 페달을 돌리면서 우리들 쪽으로 얼굴을 돌렸다. 어둠 속에서 떠오르는 그의 얼굴은 장님이 아니라 눈깔이 섬뜩하게 빛나는 무서운 거인 같았다. 그가 거인 같다니. 이런 기분을 느낀다는 것은 야릇한 열등감에서 비롯되는 것이라고 우리는 느꼈다. 그에게서 열등감을 느낀다는 것도 우스꽝스러운 기분이었다.

"이 집으로 이사 올 때부터 나는 알고 있었다네. 저 광장 속에 폭발물이 묻혀 있다는 말이 새빨간 거짓말이었거든. 미군들이 쓰던 휴지나 묻혀 있을까? 만약 그냥 텅 빈 광장이라는 소문이 나면 사람들이 불가사리처럼 몰려와서 천막을 치고 판잣집을 세우고 소란을 피우겠으니까, 구청에서 거짓말을 퍼뜨렸단 말야, 그러니까 나는 저 광장을 지키는 수문장 자격으로 이 건물에 이사온 거야. 저 광장을 보게나."

그는 더욱 빠른 동작으로 페달을 밟아댔다. 치를, 티르르 하는 페달 소리가 날카롭게 우리들의 청각을 후벼대고 있을 때 우리들 중의 하나는 칼이 날아오던 소리를 생각하는 것이었다.

펑펑 날아오던 그 칼 소리, 그것은 정신이 맑아지는 소리, 아까 말한 일종의 '죽음 의식'을 자각하게 해 주는 완강한 힘을 지닌 소리였다.

헛돌아가는 페달 소리를 듣고 칼이 날아오는 소리를 연상했다는 것은 아무래도 우스꽝스러운 이야기라고 우리들 중의 하나는 생각하며 이마에 흐르는 땀을 닦는 것이었다.

미군 병정들이 칼 던지기를 할 때 과녁 노릇을 해 주고 1달

러씩 돈을 받던 생각을 하자 우리들 중의 하나의 몸에서는 땀이 줄줄 흘러내렸다.

막대에 두 손을 묶이고 검은 헝겊으로 눈이 가리어진 채 서 있는 모습은 사형수의 모습과 꼭 같았다. 머리 위에 매달린 판대기가 과녁이었는데 병정들은 과녁을 향해 칼을 던지며 노름을 했다. 병정들의 칼 던지는 솜씨는 놀랄 만해서 얼른 승부가 나지 않으면 6미터, 7미터씩 뒷걸음을 치면서 칼을 던졌다.

파르르 소리를 내며 날아오는 칼은 곧 우리들 중의 하나의 이마를 맞힐 듯하지만 딱딱 소리를 내며 정확하게 판대기에 꽂혀 칼자루가 부들부들 떠는 진동을 느낄 수 있었다. 처음에는 칼이 날아오는 소리를 들으며 깜짝깜짝 놀라 식은땀이 흘렀지만 얼마 후에는 눈을 가린 헝겊도 풀어낸 채 미군 병정들이 칼을 던지며 킬킬거리는 웃음소리를 들을 수 있었다. 마침내 묶인 두 손마저 풀어내고 막대기에 기대어 선 채 칼이 날아오는 소리, 칼이 과녁에 꽂히는 소리를 듣다가 우리들 중의 하나는 칼이 병정의 손끝을 떠났다고 느낀 순간 손을 번쩍 치켜들었던 것이다. 손바닥에 꽂힌 칼과 그곳에서 흐르는 피를 보면서 느낀 정신의 깨끗함, 이것이 바로 죽을 수 있다는 의식을 자각한 상쾌감이 아니었을까.

우리들은 위층으로 올라갔다.

"주인아저씨 말이다. 제법 멋있는 사람이야, 광장을 지키는 수문장이라…….

"우리는 그럼 무얼 지키는 수문장이지?"

"우리는 말이야. 글쎄, 그런데 상속자는 왜 아직 안 올까?"

"홍콩에서는 왜 입전이 없을까?"

"모든 땀은 땀구멍에서 나온다."

"우리는 내일 시험을 치르면 결국 채용되는 거니?"

"채용되다니? 뭣에?"

"이런 개새끼. 임마, 구청 직원 말야……."

우리들이 주거니 받거니 하는 말이 모두 어불성설에 지나지 않는다고 우리들은 생각했다. 채용시험 공부를 하면서도 무엇을 위한 공부인지도, 어디에 채용되는 것인지도 까맣게 잊고 있었다는 것은 정말 우스꽝스러운 일이어서 우리들은 허허거리며 웃었다. 우리들이 웃음을 끝내기도 전에 우리들이 기다리고 있는 우리들 중의 하나가 돌아왔다.

"야, 임마! 너는 상속자가 됐지?"

"택시 운전사가 아버지를 깔아뭉개고 도망을 갔어. 택시의 넘버를 본 사람도 없고 말이야……."

이렇게 말하는 우리들 중의 하나의 얼굴에서 땀방울이 주르르 흘러내렸다. 아니 그것은 눈물방울이었을까.

"그럼 너에게 돌아온 유산은 없니?"

"유산이라니?"

"임마, 아버지가 죽었으니까 네가 아버지 대신 물려받을
……."

"내 동생하고, 그리고 톰이라는 개 한 마리뿐이야."

"……."

우리들은 일제히 광장을 내다보았다.

광장 너머, 밤바다같이 잠든 도시 쪽에서 아득히 소음이 밀려오고 있었다. 아래층에서는 계속하여 페달 소리가 들려왔다.

"야! 소리가 난다! 웃는 소리가 난다!"

수화기를 집어든 우리들 중의 하나가 소리를 치자 우리들은 전화기로 몰려갔다. 수화기에서는 분명히 무슨 소리가 들리고 있었다. 웃음소리라고 딱 잡아 말하기는 어려웠지만 그리고 신음소리라고 뒤집어 단정하기도 어려운 어떤 소리가 들리고 있었다. 우리들은 그럼에도 불구하고 땀을 뻘뻘 흘리며 소리치고 싶은 심정이었다.

웃음소리다. 웃음소리가 들린다.

"일반 전화선에 혼선돼 있는 게 아니야? 무슨 말인지 알아들을 수는 없지만 하여간 뭔가 웅성거리는 소리야. 수천 개의 목소리가 혼선돼 있는 그런 소리야."

"아니야, 페달이 돌아가는 소리다!"

"칼이 날아오는 소리 같다! 먼 데서 수천 개의 칼이 날아오고 있는 그런 소리야!"

"아니야, 아니야. 바로 그 소리야!"

"무슨 소리?"

"바로 그 소리, 왜 말이야."

우리들 중의 하나는 바로 그 소리가 무슨 소리인지 지적하지 못했다. 그것은 이상한 일이었다. 우리들 모두도 어떤 소리라는 것을 아는 듯했으나 단정 지어 말할 수 없는 어처구니없는 상태에 놓여 있었다. 기분이 맑아지는 소리, 심장이 뛰는 소리, 칼이 날아오는 소리, 블록 벽이 와르르 무너지는 소리, 병정들의 웃음소리, 이 모든 소리의 혼성이라는 생각이 들었을 때 우리들은 수화기를 내던지며 땀을 뻘뻘 흘렸다. 상속자가 된 우리들 중의 하나가 말했다.

"시간이 자꾸 흐른다. 시험공부를 하자."

"그렇다. 바로 그거다. 공부를 하자."

우리들은 책을 폈다. 모기떼들이 윙윙거리며 목덜미를 쏘아댔다.

판자촌의 입구 쪽에서 부르릉부르릉 하는 엔진 소리가 들려온 것은 우리들이 『국사정해4주완성』을 펴들고 조선의 건국을 공부하고 있을 때였다. 어둠 속에서 들리는 그 소리는 땀에 젖은 우리들의 몸뚱이를 휘감으며 들려왔기 때문에 우리들은 공부를 중단하고 계단을 밟고 아래층으로 내려갔다. 우리들은 땀을 흘리며 엔진 소리가 들리는 곳으로 다가갔다.

불도저는 검은 몸뚱이로 땅을 짚고 웅크린 채 배기관으로 벌떡벌떡 숨을 쉬면서 엔진 소리를 내고 있었다. 운전대에 앉았던 사내가 우리들을 알아보고 손을 흔들며 뛰어내렸다. 그 사내와는 도로 확장 공사 때부터 잘 아는 구면이었다. 택시 운전사보다 불도저 같은 대형 차량의 운전사는 모름지기 몸집도 그만큼 커야 한다는 우리들의 우스꽝스러운 기대를 만족시켜 줄 만큼 몸집이 비대한 사람이었다. 그는 담배를 피워 물면서 투덜거렸다.

"새벽 다섯 시에 이곳에 대기하라는 지시를 받았는데 말씀이야. 이거 너무 빨리 왔구먼그래. 시계가 고장이 났지 뭐야. 우리 마누라도 정신없군. 지금 자정은 넘었나? 제기랄!"

"내일부터 관광호텔 공사가 시작되나 보지요?"

"맞았어. 내일부터야. 쓱쓱 밀어붙이기만 하면 내 일은 끝나는 거고 하이웨이 공사는 불도저가 별로 소용없을 거야. 나야 뭐 판자촌을 밀어붙이면 되는 거야."

우리들은 그를 쳐다보았다. 단단한 근육으로 받쳐진 그의 몸뚱이에서는 번뜩번뜩하는 분위기가 새어 나왔다. 그는 담배 연기를 훅훅 내불며 세상은 그저 밀어붙이면 된다는 지론을 가진 강력한 독재자 같은 표정을 지었다.

우리들 중의 하나가 그에게로 다가갔다.

"뭐, 담배 줄까?"

그는 우리들 중의 하나에게 말했다. 우리들 중의 하나는 그의 손을 잡자 팔을 비틀었다. 우리들 중의 하나는 그의 다른 팔을 비틀어 관광호텔 신축 투시도가 그려진 푯말에 그를 묶어 버렸다.

불도저는 가솔린 냄새를 내뿜으며 붕붕거렸다.

"아니, 이게 무슨 짓이냐?"

그는 발을 버둥거리며 울상이 되어 말했다. 우리들은 땅바닥에 떨어진 담배를 주워서 그의 입에 물려주고, 불도저 위로 올라가 기어를 갈아 넣고 액셀을 밟았다. 불도저는 땅을 흔들며 광장 쪽으로 기어갔다. 푯말에 묶인 그는 입에 물린 담배를 뱉어내고 소리를 질렀다.

"아니, 이봐!"

불도저 엔진 소리에 그의 목소리는 빨려들었고 그의 모습도 더 이상 보이지 않았다. 불도저가 그 건물 앞을 지날 때 장님 사내가 자전거 위에서 소리쳤다.

"이봐, 젊은이들. 그게 무슨 자동차 아닌가?"

"다리 운동을 하러 광장으로 가는 중입니다. 아저씨."

"하하, 다리 운동이라고."

우리들이 몰고 가는 불도저는 광장의 철조망을 넘고 있었다. 광장 너머 아득히 이어져 간 도시의 빌딩에 띄엄띄엄 켜진 불빛이 어둠의 틈을 비집으며 우리들의 동공 속으로 비쳐 왔다. 불도저가 몸뚱이를 멈칫거리며 앞으로 앞으로 다가갈수록 우리들은 우리들 자신의 심장이 뛰는 소리가 점점 확실하게 들려오기 시작했다. 그 소리는 우리가 판자촌에 살았을 때, 아침 저녁으로 망루 밑을 지날 때, 구청에 고용된 인부로서 철거 작업을 하러 다닐 때, 아니 그보다는 우리들이 태어나서 1968년 무더운 여름까지 살아오는 동안에 끊임없이 들려 온 죽음이든 아니면 욕망이든 절망이든 간에 그러한 것에 의하여 우리들이 처형되는 소리였다.

　우리들 중의 하나가 수화기를 집어 드는 몸짓을 하며 우리들 중의 하나에게 땀을 뻘뻘 흘리며 말했다.

　"혼선돼 있는 소리야. 그리고 칼이 날아오는 소리야."

　"퀴즈를 풀 때 말이다."

　"개 한 마리를 상속받은 상속자를 위한 축하 행진을 하고 있는 중이다."

　"나는 채용됐으면 좋겠다. 어떤 것에라도 말이야."

　장님 사내가 망그러진 자전거의 페달을 밟듯 불도저가 앞으로 나갈 때마다 우리는 안간힘을 쓰며 땀을 뻘뻘 흘렸다. 우리들은 차차 어둠 속으로 흡입돼 가서 마침내 우리들의 형체가 흔적도 없이 사라질 것이라고 생각하면서, 어둠에의 처형이니, 어둠과 땀에 채용당하느니 하는 우스꽝스러운 잡념에 사로잡혔다.

(대한일보, 1969)

선

진눈깨비를 퍼붓던 하늘은 오후가 되자 잿빛으로 무겁게 변하면서 소나기를 토해 내기 시작했다. 팽팽하게 얼어붙었던 겨울 하늘이 2월로 접어들면서부터 하루에도 몇 차례씩 썰렁한 바람을 불어내다가는 진눈깨비를 퍼붓고, 때아닌 소나기를 좔좔 쏟아붓다가 했다.

냉습한 모래펄 위에 쏟아지는 소나기 소리와 엇갈려 파도 소리가 으르렁거렸다. 건널목에서 교통정리를 하다가 동료와 교대하고 돌아온 김 순경은 빗물이 흐르는 우의를 벗어서 옷걸이에 걸고 담배를 피워 물었다. 난로에 연탄을 갈아 넣고 있던 사동이 기침을 캑캑했다.

"다들 어디 갔지?"

벽이 온통 유리창으로 된 파출소는 음산한 겨울의 오후 속에 앙상하게 드러나 있었는데 김 순경은 담배를 피우다가 무엇에 놀란 듯 후다닥 고개를 들고 유리창을 통하여 바다를 내다보았다. 출렁거리는 겨울 바다 한가운데 커다란 배가 한 척 떠 있었다. 김 순경은 소리를 꽥 질렀다.

"다들 어디 갔어?"

"기차역에 나갔어요. 서울에서 높은 사람이 우리 읍으로 시찰을 온대요. 소장님이랑 다들 마중 나갔어요."

"그래? 병원에서는 나한테 아무 연락 없었니?"

"네, 없었어요."

김 순경은 딱딱한 의자에 궁둥이를 붙이고 앉았다. 허리가 지끈지끈 아파 왔다. 병원에서 아무 연락도 없었다…… 그러면 오늘도 그냥 하루해를 넘기는 건가. 아, 피곤하다. 이런 생각을 하자 김 순경은 또다시 무엇에 놀란 듯 퍼뜩 고개를 들고 바다를 내다보았다. 출렁거리는 물결 위에 꼼짝도 않고 떠 있는 커다란 선박은 빗줄기 사이로 검은빛을 내뿜고 있어서 이상하게도 강렬한 느낌을 갖게 해 주었다. 지난주 금요일 오후, 아내 경희를 T산부인과에 입원시키고 돌아와서 그 배를 처음 보았을 때도 어떤 이상한 느낌을 받았었다고 김 순경은 생각했다. 진눈깨비가 퍼부을 때는 회색으로, 소나기가 쏟아질 때는 검은빛으로 배의 빛깔도 변하고 있는 듯이 보였다. 국기를 달지 않아서 어느 나라 배인지도 알 수 없는 그 선박은, 삼백 톤만 넘는 배가 들어와도 지금 무슨 배가 입항해서 선원들이 항구의 술집을 꽉 메우고 있다는 식으로 소문이 금방 퍼지는 작은 읍에 고동을 울리지도 않고 슬그머니 들어와서 그것도 방파제 안으로 깊숙이 입항한 것도 아닌 채 항구에서는 0.5마일쯤 벗어난 바다 한가운데 일주일 동안 그 모양 그 꼴로 정박해 있는 것이다. 변덕스러운 겨울 기후가 계속되는 오후에는 김 순경과 마주서서 출렁거리는 파도를 꽉 누르고 장중한 모습으로 버티고 있었다. 김 순경이 S읍으로 부임해 온 이래 그렇게 큰 배가 입항하는 것을 본 일이 없었다. 몇천 톤이 넘는 큰 배가 S항에 입항할 수 있는지도 의문이었다.

"병원에서 아무 연락도 없었단 말이지?"

김 순경은 수화기를 집어 들면서 사동에게랄 것도 없이 어중간하게 말했다. 김이 하얗게 서린 유리창을 닦고 있던 사동이 깜짝 놀란 듯 그를 돌아다보고는 어리둥절한 표정이 되었다.

"T산부인과 대 주시오. 그렇지, 이십칠 번 말이오……."

신호가 가자 그쪽에서 곧 전화를 받았다. 카랑카랑한 쇳가루 소리가 나는 목소리로 간호원이 말했다.

"네, 네. 김 순경님이시죠? 사모님은 아직 해산하지 않으셨어요. 호흡이랑 맥박도 아주 정상이시고요. 의사 선생님 말씀이 틀림없이 순산일 거래요."

"오늘 중으로 해산을 하겠군요?"

"글쎄요……. 그건 하느님만이 아는 것 아니에요? 아무튼 사모님이 아주 건강하시니까요. 별로 염려될 건 없대요."

간호원의 재빠른 목소리 사이에서 볼륨이 높은 라디오 소리가 왕왕 들렸다. 김 순경은 수화기를 힘없이 놓았다. 하느님만이 아신다……. B동 입구에 자리 잡은 흰 타일을 입힌 T산부인과 2층 건물이 눈앞에 떠올랐다. 아내 경희를 입원시키던 날, 몸집이 뚱뚱한 산부인과 의사는 기름기가 배어나는 목소리로 말했다. 물론이지요. 초산이기 때문에 위험합니다. 임산부의 건강도 나쁘고 일기도 고약하니까 주의해야 합니다. 아마 내일 쯤 해산하지 않을까 하는 생각이 듭니다. 네, 네. 물론입죠. 입원만 시키신다면 아무 염려 없습니다.

의사의 장담도 아랑곳없이 경희는 그 후 일주일 동안 하루에 한두 번 가벼운 진통만 거듭하면서 산부인과에 입원해 있는 것이다. 입원한 지 나흘이 지나자 김 순경은 나흘 치의 입원비를 계산해 보고 깜짝 놀랐다. 김 순경의 한 달 봉급과 맞먹는 액수였다. 일주일 동안의 입원비를 내자면 2월과 3월의 봉급을 몽땅 털어야 될 판이었다. 앞으로도 또 며칠 동안을 입원해 있어야 해산을 하는지는 하느님만이 아는 일. 그렇다고 이제 와서 돌봐 줄 사람이라곤 아무도 없는 셋방으로 퇴원시킬 수도 없는 일이었다. 김 순경은 유리창을 닦고 있는 사동에게 큰소리로 윽박지르듯 말했다.

"야, 임마, 저기 저 배 보이지?"

사동은 어리둥절한 표정으로 바다를 내다보고는 아무렇지도 않다는 듯 싱거운 얼굴이 되었다.

"저 배가 보이느냔 말야!"

"안 보이는데요."

사동은 김 순경의 말이 어처구니없어서 시침을 뚝 떼고 대꾸했다. 희끗희끗한 진눈깨비가 소나기에 섞여 흩날리는 사이로 커다란 배는 꼼짝도 않고 바다 한가운데 떠 있었다.

"안 보인다구?"

김 순경은 벌떡 일어서서 사동의 뒤통수를 쥐어박으려고 주먹을 번쩍 들었다가 피시시 웃으며 도로 내렸다. 진눈깨비가 유리창에 달라붙었다가는 곧 빗물이 되어 주르르 흘러내렸다. 텅 빈 파출소는 더욱 썰렁한 기분에 휩싸였다.

"저 배가 말이야, 왜 항구로 들어가지 않고 저기에 떠 있을까?"

"배가 너무 커서 못 들어갈 거예요. 원래 S항은 작은 고깃배나 들락날락할 수 있는 항구라고 그러더군요. 저도 뱃놈이 아니라서 잘은 모르지만 수심이 얕아서 큰 배는 못 들어갈 거예요."

"너도 여기 토박이가 아니군?"

"그럼요, 이 파출소에 온 게 처음인걸요. 김 순경님보다 두 달쯤 먼저 왔어요."

"너도 나처럼 떠돌이군 그래."

"아저씨도요?"

"그런데 저 배는 무슨 화물선인가 보지?"

"어물시장 사람들도 잘 모른대요. 우리나라 배가 아닌 것 같대요."

"외국 선박이 뭣 하러 들어왔을까……."

"모르죠. 아마 미국 배겠죠."

전화벨이 따르릉 했다. 김 순경이 수화기를 들자 기차역에 나간 최 순경의 목소리가 튀어나왔다. 최 순경은 심심해서 못 견디겠다는 시늉으로 아항아항 하고 하품을 했다.

"글쎄 말이야. 세 시 차로 온다던 작자들이 여섯 시 차로 오 겠다고 연락이 왔어. 빌어먹을."

"온다는 물건이 누구야?"

"알 게 뭐야. 높은 친구라니까 키가 한 십 미터쯤 되는지. 나 야 뭐 경례나 한바탕하고 호각이나 불면서 일반 사람이 접근 하지 않게 에스코트나 하는 거야."

"누가 오는지도 모르고 몇 시간 동안 벌벌 떨어? 뭣 하러 온 대?"

"모르겠네. 기껏해야 시찰이겠지."

"이놈의 날씨가 아주 개판이군."

파출소는 다시 썰렁한 기분으로 꽉 찼다. 김 순경이 창밖 한 길을 내다보았을 때 월부 책값 수금하는 오 씨가 자전거를 타 고 달려오는 게 보였다. 오 씨는 진눈깨비를 흠뻑 뒤집어쓴 채 파출소의 출입문을 우당탕 열어젖히고 들어왔다.

"아하, 김 순경 안녕하시우?"

"보시다시피……. 나는 지난달에 다 끊어 드렸지요? 수금은 잘 됩니까?"

"말도 맙쇼. 월부책을 들여놓자마자 이사를 가는 날도둑놈이 수두룩합니다."

오 씨의 머리칼에서 흘러 떨어진 빗물이 난로에 닿자마자 탁탁 튀어 올랐다. 오 씨는 난롯가에 바싹 붙어 앉아서 이런저런 시국 이야기, 삼선 개헌안이 발의되면 가결이 될 것인가, C지구의 국회의원 재선거에서 L씨가 당선된다고 보는가, 닉슨이 유럽을 방문하면 등등의 잡담을 하다가 김 순경에게 불쑥 말했다.

"오늘이 며칠이죠?"

오 씨가 지껄이는 그렇고 그런 시국담을 귓전으로 듣는 둥 마는 둥 하며 여전히 바다를 내다보고 있던 김 순경도 오 씨의 말에 깜짝 놀라 벽에 걸린 캘린더를 쳐다보았다. 김 순경은 의자의 등받이에 등을 기대며 기지개를 한번 켜고 나서 대꾸했다.

"이 월 십삼 일이죠?"'

오 씨는 자디잔 연필 글씨가 가득한 수첩을 꺼내어 한참 들여다보고 나서 벌떡 일어섰다.

"요 앞 미장원에서 오늘은 반드시 책값을 준다고 한 걸 잊어버리고 있었군요. 자아 김 순경, 수고하쇼."

진눈깨비가 퍼붓는 길을 따라 어물시장 쪽으로 자전거를 몰고 오 씨는 가 버렸다. 파도 소리가 을씨년스럽게 펑펑 터졌다.

"책장수 아저씨 참 웃기는데요?"

사동이 난로 옆으로 다가왔다.

"며칠인지도 모르고 다니니깐 말예요. 그 아저씨는 말이죠, 수금할 생각은 안 하고 동네 여자들과 이상한 얘기만 하고 다 닌대요."

"그래?"

"정부에서 쌀값을 통제한 것을 어떻게 생각하느냐는 둥 알 쏭달쏭한 말을 잘 한대요."

"뭐 별로 이상한 얘기도 아니군."

사동은 앳된 얼굴을 잔뜩 찡그리고 불만에 가득 찬 표정으로 김 순경을 쳐다보았다. 김 순경은 후다닥 일어나서 우의를 입 었다.

"벌써 네 시가 지났군. 교대할 시간이 훨씬 넘었는데……. 어 디서 나한테 연락 오거든, 응, 응, 그렇지, 그래."

김 순경은 진눈깨비가 쏟아지는 밖으로 나왔다. 어물시장 쪽 에서 퀴퀴하고 비린 생선 냄새가 찬바람에 섞여 퍼져 왔다. 파 도 소리가 폭죽처럼 펑펑 터지다가는 곧 잠잠해지고 다시 펑 펑 터졌다. 건널목으로 교대하러 가기 전에 김 순경은 T산부 인과에 들렀다. 경희는 흰 얼굴을 반듯이 하고 잠들어 있었다. 얼굴에 돋아오른 파란 정맥을 보자 김 순경은 이상하게도 성 욕을 느꼈다. 아내와 잠자리를 같이한 지도 벌써 보름이 지났 다는 생각이 들자 김 순경은 씁쓸한 표정이 됐다. 경희, 아무 탈 없이 애기의 엄마가 돼 다오. 입원비가 얼마가 들더라도 순 산만 해 다오, 경희.

"오늘내일 중으로는 틀림없습니다. 순산할 수 있을 겁니다."

뚱뚱한 의사가 말했다.

불길한 예감이 들어서 그 자리에 더 이상 머물 수가 없는 김 순경은 쫓기듯이 계단을 내려왔다. 간호원이 뒤에서 호들갑을 떨며 큰 소리로 말했다.

"저녁때 또 오시지요? 아이, 날씨도 고약해라. 한겨울도 아닌데 이게 뭐람."

간호원의 목소리와 꼭 같은 높이로 라디오 소리가 왕왕 울렸지만 김 순경에게는 아무런 뜻이 되지 못한 채 그냥 단어의 무질서한 나열……, 공항, 체포라고 말했습니다. 콧수염, 사이공 기타 등등의 단순한 소리에 불과했다.

진눈깨비는 점점 세차게 쏟아지고, 세찬 바람 때문에 숨이 칵칵 막혔다. 내 2세는 탄생일을 잘못 골랐군. 그 돼지 같은 의사가 해산을 잘 시킬지 걱정이야. 난산일 경우에는 의사가 고무장갑을 끼고 그 속으로 손을 집어넣는다? 애기를 낳으면 이름은 뭐라고 지을까? 장관 직함을 붙여서 김내무, 김 외무, 김국방……, 이런 식으로 지을까? 그러나저러나 도경에 있는 동창생 녀석은 아직도 손을 안 쓰는 모양이야. D시로 전근시켜 준다고 약속한 지가 벌써 몇 달째야. 휘발유를 먹이지 않아서 손발이 못 움직이는 것 아닐까?

김 순경은 질척거리는 땅을 잘못 밟아 하마터면 미끄러질 뻔했다. 추운 바람이 진눈깨비를 몰아다가 김 순경의 어깨에서 빛나는 순경 계급장 위에 쏟아부었다. 김 순경은 건널목을 향하여 뚜벅뚜벅 걷다가 퍼뜩 고개를 돌려 바다 쪽을 바라보았다. 자욱하게 쏟아지는 진눈깨비에 가리어 그 배는 보이지 않고 T산부인과 2층 건물이 가까이 보였다. 우뚝 서 있는 그 건물을 보자 김 순경은 이상한 억눌림을 느꼈다. 날씨가 궂은 탓인지 흰 타일도 거무티티해 보여서 가슴이 섬뜩했다. 한참 보고 있으니까 그것은 흐늘흐늘 움직여서 거무티티한 선박으로 변하는 것 같은 착각이 일어났다. 김 순경은 오른손을 허리께로 힘차게 가져가다가 피시시 웃고 돌아섰다. 그의 허리에는 경찰봉과 탄환이 없는 껍데기 권총이 벨트에 매달려 있었다.

"병원 쪽은 아무 일 없나?"

교통정리를 하고 있던 동료가 진눈깨비를 헤치고 건널목으로 들어오는 김 순경에게 말했다. 충남 영 7893이라는 넘버를 코 앞에 단 대형 트럭이 흙탕물을 튀기며 지나갔다.

"아직도 그 모양 그 꼴이야. 의사 말로는 오늘 낼 안으로 몸을 푼다고 하더군. 일주일 동안이나 오늘 낼이니까 믿을 수도 없다네."

"되게 걸렸군. 한번 잡은 먹이인데 쉽게 놓아 줄 것 같은가? 자네 이번 달 봉급은 벌써 황천 갔겠군. 그렇게 서둘러서 입원시키는 게 아니었어. 자넨 너무 애처가라서 큰일이야. 그런데 이놈의 날씨가 영 지랄이군."

흙탕물이 달라붙어 넘버가 보이지도 않는 더러운 버스가 붕붕거리며 지나갔다. 김 순경은 손을 번쩍 들어 달려오는 차를 세웠다. 진눈깨비를 뒤집어쓴 사람들이 길을 건너왔다.

"자네, 라디오 들었나?"

동료는 담배에 불을 붙이느라고 한참 동안이나 말없이 서 있다가 말했다.

"재작년에 판문점에서 극적으로 탈출해 온 놈 말이야. 극적 탈출을 한 게 아니라 위장 간첩이었다는 거야. 사이공까지 정보원이 추적해서 체포했다네그려. 캄보디아로 도망을 치려고 했다는군. 그 녀석 참 육시랄 놈이야."

김 순경은 후다닥 고개를 들고 바다 쪽을 바라보았다. 역시 그 검고 큰 선박은 보이지 않았다. 앝게 이어져 간 지붕 너머로 바다는 잿빛으로 퍼져 나가고 있었다.

"총살감이군."

김 순경은 침을 뱉으며 말했다. 동료는 김 순경의 말을 듣자 어깨를 으쓱해 보이고는 파출소 쪽 한길로 걸어 나갔다.

오후 다섯 시가 지나 어스름이 깔리기 시작하자 건널목의 교통량은 점점 복잡해졌다. 부두에서 노동을 끝내고 돌아오는 인부들과 수업을 마친 중학생들이 퇴근하는 공장의 직공들과 함께 진눈깨비를 허옇게 뒤집어쓰고 빠른 걸음으로 길을 건너왔다. 김 순경은 교통정리를 하면서도 자꾸 초조해졌다. 경희의 해산에 대해서는 아무래도 불길한 예감을 쫓아 버릴 수가 없었다. 임신을 하지 말아야 옳았다는 생각도 들었다. 경찰에 발을 들여놓은 지가 불과 일 년인데 좀 자리가 잡힌 다음에 임신을 해야 옳았다고 생각되자 김 순경은 말할 수 없는 억눌림을 느꼈다. 그러나저러나 입원비 때문에 큰일이다. 임산부는 산부인과 의사의 먹이에 불과한 것일까. 그러나 고의적으로 해산을 지연시킬 수는 없겠지. 아무렴. 하느님이 알고 있는 탄생의 순간이 아직 다가오지 않은 거겠지. 특근 수당을 받고 월급을 보태어도 입원비는 모자라니 이거 참 하느님도 민정을 살필 줄은 모르는군. 가만있자, 이름을 한글식으로 지을까…… 김진눈깨비, 김바다, 김겨울?

이런저런 생각을 하다가 김 순경은 깜짝 놀라서 오른손을 번쩍 들었다. 달려오는 차가 끼익 하며 스톱했다. 지붕 밑, 시궁창 같은 후미진 곳에 숨었던 어둠이 밖으로 기어 나와서 퍼지기 시작했다. 헤드라이트 불빛 속에서 진눈깨비는 불붙은 색종이처럼 활활 타올랐다가는 어둠 속으로 사라졌다. 파도 소리가 어둠에 실려 더욱 확실하게 퍼져 나왔다. 신문 배달을 끝내고 돌아가는 소년들 사이에서 진눈깨비가 다시 소나기로 변하자 소년들은 뛰어서 건널목을 건너갔다. 그들이 건널목을 건너가자 소나기는 더욱 세차게 쏟아져 내렸다. 김 순경의 우의에서도 소나기 소리가 요란히 들려왔다. 김 순경은 소나기를 피해 가까운 선술집으로 들어갔다. 오뎅을 삶는 솥에서 김이 무럭무럭 피어올랐는데 그 김이 콧구멍으로 들어오자 김 순경은 따뜻함과 배고픔을 느꼈다. 팔팔해 보이는 청년 두 명이 소주를 마시다가 김 순경을 보자 눈을 찡긋해 보였다. 그들의 몸에서 비린내가 심하게 풍기는 걸로 보아 어물시장의 점원인 모양이 었다.

"김 순경님 한잔하실까요?"

청년이 말했다. 김 순경은 소주를 한 잔 마시고 오뎅을 한 개 집어 먹은 다음 탁자 위에 놓인 신문을 펴 보았다. 신문은 온통 위장 간첩의 기사로 꽉 메워져 있었다. 김 순경이 이때 신문에서 읽은 것을 차례대로 모조리 늘어놓으면 다음과 같았다.

이, 해외서 체포 압송, 가발과 콧수염으로 변장. 일출 오전 7시 3분 일몰 오후 6시 10분. 동해ㅡ 북동 북서풍, 한때 눈, 한때 비 (파도의 높이 2~2.5), 남해ㅡ 북동 북서풍, 흐리고 한때 눈(파도의 높이 2~2.5). 한일 협력위 두 대표 기조연설. 네 어린이 익사. 파리 4차 회담 리차드슨 급파. 런던의 한 젊은이가 11일 밤 애인 집에 전화를 걸었는데 신호가 가고 수화기를 드는 소리가 나더니 곧 "여기는 백악관입니다. 브루스 주영 대사, 대통령께서 연락이오."라는 대화가 들려와 자세히 엿듣자니 워싱턴의 닉슨 대통령과 런던 주재 데이비드 브루스 대사와의 비밀 통화이더라고 주장. 진탕길 택시와 행인(막동이 가요 만보·후 8시 25분), 이 시스터즈의 함께 가실까요 외. 그는 장군을 조용한 뒷장막으로 모셔 들였다. 돌쇠가 떠 온 샘물을 마시고 난 장군은 탁자 위에 먹을 갈기 시작했다. 눈치 빠른 돌쇠는 물러가고 능소가 벽에 걸린 주머니에서 백지말이를 꺼내 그의 앞에 바치자 장군은 붓을…… "정말 아저씨 말이 옳습니다. 장사꾼이 그렇게 많지만 진짜 장사꾼 같은 장사꾼은 쉽지 않아요. 전 한번 진짜 장사꾼이 되어 볼 테예요." 성칠의 어조는 흥분에 떨리었다. 질기고 스마트한 캐시미어 남녀 학생 복지 판매 개시. 폐사가 연구 개발하여 판매하는……. 여당 다수 확보, 태국 하원 총선. 북미 수출 회의 개막. 증권 담보 대출 3월부터 실시. 연탄가스 중독사. 법원과 검찰은 신설되는 성북지원에 검사를 배치. 배 뒤집혀 넷 익사. 낮 한 시 반경 통영군 산양면 연화리 봉도섬 앞 해상에서 고깃배 전복.

"한잔 더 드시죠?"

김 순경은 신문을 접어서 탁자 위에 놓고 청년들이 건네주는 잔을 받았다. 광목천으로 된 천장에서 빗물이 툭툭 떨어졌다.

"B동 파출소로 오신 지가 몇 달 안 되시죠?"

김 순경이 대답도 하기 전에 그 청년은 이어서 말했다.

"우린 여기 토박이라서 얼굴만 봐도 외지에서 온 사람은 금방 알아요. S읍 같은 어중간한 부두에서 태어나 사는 사람은 어딘지 쩨쩨해 보이고 꽉 막힌 듯한 기질이 있지만 외지에서 온 사람은 우리보다야 통이 넓어 보이는 데가 있거든요."

청년의 말을 듣고 김 순경은 애매한 얼굴이 되었다. 김 순경의 경우 B동 파출소로 부임해 온 이후 지금까지 오히려 자기가 꽉 막혀 있다고 생각해 왔다. 컬컬하고 썰렁썰렁한 부두 냄새를 내뿜는 B동 사람들을 볼 때마다 억눌림을 느껴 왔었다. 경희가 입원한 이후 일주일 동안 이러한 억눌림의 상태가 더욱 심해지고 있었다. 더군다나 커다란 암초처럼 바다 가운데 불쑥 튀어나와 버티고 선 그 거무티티한 배는 김 순경의 뼈마디에 깊숙이 웅크리고 있는 것들, 보통 때는 자기 자신조차도 까맣게 잊어버리고 있는 것들을 심술궂게 샅샅이 뒤져내어 코 앞에 들이대면서 김 순경을 짓누르고 있었다.

"형씨는 거짓말을 하는군요."

김 순경은 소나기가 쏟아지는 어둠을 내다보면서 대꾸했다.

"무슨 말씀입니까. 우리들이야 작은 고깃배처럼 쩨쩨하지요. 통이 크지 못하니까 항구 밖으로는 나가 보지도 못하고 제자리에서 맴을 돌고 있어요. 되는 대로 부딪혀 보고 흘러가 보고, 빌어먹을, 깻묵이고 지랄이고 간에 잡아 흔들어 보지도 못하고……."

김 순경은 소주를 한 잔 더 마시고 나서 아무 대꾸도 하지 않았다. 청년들은 곧 다른 얘깃거리를 술안주로 삼았다. 비가 뜸해지자 김 순경은 곧 밖으로 나왔다.

밖은 추운 비바람이 부는 변덕 많은 늦겨울 밤이었다. 김 순경이 T산부인과에 도착했을 때는 다시 희끗희끗한 진눈깨비가 흩날리기 시작했다. 이 작은 부두를 들쑤시는 뉴스는 위장 간첩에 관한 보도였다. 뉴스는 우렁차게 흘러나와 실내를 꽝꽝 울렸다. 간호원은 껌을 씹고 있다가 김 순경을 보고 발딱 일어섰다. 껌이 담긴 입은 곧 열려서 말을 내보냈다.

"그놈 정말 죽일 놈 아니에요? 그놈하고 결혼했던 여 교수는 재혼할 수 있을까요? 아이, 딱해 죽겠어요."

난로에서 ㄱ자로 뻗어 올라가 유리창을 뚫고 밖으로 나간 연통이 성능 나쁜 고동처럼 부웅부웅 울렸다.

"아이참, 사모님이 삼십 분 전에 심한 진통을 했어요. 아주 열이 높으시고요. 오늘 밤엔 해산을 하나 봐요."

김 순경은 입원실로 들어갔다. 아내는 눈을 감고 있다가 이마를 손으로 만지자 눈을 뜨고 김 순경을 쳐다보았다.

"진통이 심했다면서?"

김 순경은 억눌린 목소리로 말하며 아내의 이마를 닦아 주었다. 일주일 전보다 훨씬 파리해진 아내의 얼굴에서는 완연한 병색이 두드러져 보였다.

"근무하시기 고단하지요……."

아내는 조용한 웃음을 띠고 말했다. 부두 쪽에서 고동 소리가 부웅부웅 들리다가도 딱 끊어지고 입원실의 창문이 흔들리는 소리가 일정한 간격으로 들렸다. 바람 소리와 파도 소리가 엇갈려서 그 사이를 이어 나갔다. 가만가만해요. 미쳤나 봐. 아이, 가만가만해요. 저 파도 소리 좀 들어 봐요. 아이, 미쳤나 봐……. 아내와 잠자리를 함께할 때 아내는 늘 서로의 입과 코에서 뿜어 나오는 파도 소리를 들으며 몸과 정신을 허물고 있었다.

아내는 괴로운 듯 얼굴을 찡그리다가 다시 조용히 웃어 보였다. 입술이 타서 꺼풀이 하얗게 벗겨져 있었다.

"곧 해산을 한다니까 괴롭더라도 참아. 내가 파출소에 갔다가 올 테니까. 아, 그리고 도경에 있는 그 친구에게서 연락이 왔더군. 삼월 초에 전근이 된다고 말이야⋯⋯."

김 순경은 이때 자기가 거짓말을 하고 있다는 것을 깨닫고 스스로 놀랐다. 평소에 D시로 전근되기를 갈망하던 아내를 기쁘게 해 주는 유일한 방법은 바로 이런 거짓말뿐이라는 것을 깨닫고 김 순경은 아내의 이마에 입술을 갖다 대었다. 아내는 심한 고열로 불붙고 있었다.

"찬장 위 칸에 있는 김은 아직 남았지요? 그리고 세탁한 내의는 옷장 서랍에 있어요. 오늘 밤에 갈아입고 주무세요."

아내는 눈을 감았다가 다시 뜨고 말했다.

"삼월 초에 전근이 되면 어떡하나⋯⋯. 이사 갈 준비하자면 촉박하겠어요."

김 순경은 아내의 손을 꼭 잡았다가 놓고 입원실을 나왔다. 간호원은 라디오 앞에서 껌을 씹으며 발뒤꿈치를 달싹거리고 있었다.

"의사 선생님은 안 계십니까?"

난로 연통에서 물이 뚝뚝 떨어지는 것을 보면서 김 순경이 말했다.

"동회 숙직실로 섯다 하러 가셨는데 곧 오실 거예요."

간호원은 라디오 볼륨을 낮췄다 높였다 했다.

파출소 쪽으로 오면서도 김 순경은 자꾸 부풀어 오르는 불길한 예감을 꺼버릴 수가 없었다. 종합병원에다 입원을 시킬 걸 잘못했어. 빌어먹을 녀석 같으니. 임산부가 입원해 있는데 섯다는 무슨 놈의 섯다야. 김 순경의 눈앞에는 신음하는 아내의 모습, 흉측하게 생긴 태아의 모습 등이 엇갈려 떠올랐다.

김 순경이 파출소의 문을 밀고 들어서자 벽시계가 여덟 시를 치기 시작했다. 벽시계가 여덟 번째의 종을 치고 났을 때 김 순경은 두 가지의 사실을 알게 되었다. 첫째는 기차역에 나갔던 동료들이 돌아와 있어서 온종일 휑뎅그렁하게 비었던 파출소가 들썩들썩해지고 부산하게 활기를 띠고 있다는 사실이었다. 김 순경이 모자와 우의를 옷걸이에 걸면서 알게 된 두 번째의 것은 월부 책장수 오 씨가 시멘트 바닥에 꿇어앉아 있다는 사실이었다. 오 씨의 손은 수갑으로 묶여 있었다. 동료들은 오 씨를 둘러싸고 서서 숨을 헐떡거렸다.

"야, 이 새끼야! 바른대로 자백을 하란 말야! 무슨 임무를 띠고 넘어왔지?"

"또 어떤 놈이 있는지 배후 관계도 말하란 말야!"

"자백할 게 없소. 나는 절대로 간첩이 아니요. 여기 주민등록증을 보시오!"

"이런 엉큼한 새끼 봤나?"

동료들의 구둣발과 주먹이 난비하자 오 씨는 완전 그로기 상태. 오 씨의 신음 소리와 동료들의 욕설이 파출소 안을 꽉 메웠다. 김 순경은 퍼뜩 고개를 들고 바다를 내다보았다. 바다도, 바다 가운데 버티고 선 검은 배도 모두 어둠이 되어 있었다. 사동이 동료들을 비집고 오 씨에게 가까이 가면서 재빠른 목소리로 말했다.

"간첩이 분명하다니까요. 동네에 돌아다니면서 정부 시책을 비방하고 이러쿵저러쿵 이상한 얘기만 늘어놓지 않았느냔 말야!"

"오 씨가 간첩이란 말야?"

김 순경은 비로소 입을 떼고 동료들을 둘러보았다. 김 순경의 말을 듣자 동료들은 석연하지 않은 얼굴이 되어 담배를 피워 물었다.

"어떻게 된 일이야?"

김 순경이 동료에게 말했다. 동료 대신 사동이 대답했다.

"간첩임이 분명하다니까요. 이것 보세요. 이게 아마 난수표든가 암호일 거예요."

사동이 오 씨의 주머니에서 꺼낸 것은 월부 책값 수금 장부인 조그만 수첩이었다. 동료들은 그들이 오 씨를 무고하게 다뤘다는 것을 이 순간에 깨닫고 허황한 표정이 되어 난롯가로 몰려가며 투덜거렸다. 파도 소리가 펑펑 터지다가는 쏴아 하고 가라앉는 소리가 점점 세게 들려왔다. 김 순경은 오 씨를 일으

커서 손목에 묶인 수갑을 열었다. 오 씨는 비틀거리며 의자 위에 주저앉았다.

"원, 이럴 수가 있습니까? 김 순경님, 기가 막혀서 말이 안 나오는군요. 야, 이 녀석아! 내가 어째서 간첩이라는 거냐? 보상금에 눈이 뒤집혔구나……."

오 씨는 사동의 따귀를 갈겼다. 오 씨는 일어서서 소나기가 쏟아지는 밖으로 나가 버렸다. 파출소 안에 오래 있기가 싫은 모양이었다. 동료들이 김 순경에게 들려준 자초지종은 다음과 같았다. 그들이 기차역에서 돌아왔을 때는 피차간에 화가 나 있었다고 했다. 여섯 시 차로 온다던 작자들은 끝내 꿩 구워 먹은 소식이었기 때문이었다. 하루 종일 벌벌 떨면서 기다리다가 허탕을 치고 돌아왔을 때 사동은 그들에게 간첩이 나타났다고 말했다. 그래서 그들은 미장원에 달려가서 오 씨를 체포 압송해 온 다음 취조를 했는데, 사동의 말과는 달리 오 씨는 간첩이 아니라는 심증이 가기 시작했을 때 김 순경이 들어온 것이었다. 이래서 화가 난 동료들은 오 씨를 난타하게 되었다.

"어째서 그런 짓을 저질렀니?"

김 순경은 사동에게 말하며 창밖을 내다보았다.

"위장간첩 기사를 다 읽고 나서 바다를 한참 동안 내다보다가, 지금은 어두워서 안 보이긴 하지만 왜 그 배 있잖아요, 그 배를 보고 있자니까 오 씨가 간첩이라는 생각이 확 들었어요. 그래서……."

사동은 유리창으로 다가서서 김이 하얗게 서려 있는 것을 손바닥으로 문지르며 밖을 내다보았다. 김 순경이 사동에게로 가까이 갔다.

"뭘 보니?"

"그 배를 보고 있어요."

"어두워서 안 보이잖아?"

사동은 오 씨에게 얻어맞은 뺨의 피가 팔딱팔딱 뛰는 것을 느끼며 계속해서 어둠을 내다보았다.

"상금도 타고 진급도 될 줄 알았는데 김샜군. 빌어먹을."

동료들은 담배를 부벼 끄며 투덜거렸다.

"저 녀석 아주 엉터리야. 수첩을 보고 난수표라고 했지? 빌어먹을."

"하긴 저런 아이들이 간첩을 잡겠다고 나서는 것도 무리가 아니야. 원 뒤숭숭한 세상 꼴이라니……."

김 순경은 여전히 밖을 내다보고 서 있었다. 사동은 바닥에 물을 뿌리며 청소를 했다.

"빌어먹을 날씨가 왜 이 모양이야?"

"오늘은 아주 옴 붙었군."

"어이, 김 순경. 병원 쪽은 어떻게 됐어?"

김 순경은 고개를 가로저으며 난롯가로 돌아섰다.

"초산은 힘들지. 우리 마누라도 첫놈 낳을 때 속깨나 썩었다네."

"오늘 밤 안으로 무슨 일이 있을 것 같더군. 열도 높고 진통도 심한 걸로 보아서 말이야. 그런데 그 돼지 같은 의사가 잘해 줄지 모르겠어."

"그 뚱뚱한 친구 말인가? 요새 의사 놈들은 돈에만 귀신이니까……."

김 순경은 담배를 피워 물면서 손가락으로 창밖 바다를 가리켰다.

"자네들 바다 위에 떠 있는 커다란 선박 보았나?"

"시커먼 배 말인가? 응 그 배는 유조선인데 기관 고장으로 여기까지 표류해 온 모양이야. 표류를 하다가 지금 떠 있는 그 자리에서 좌초를 했다고 하더군."

동료들은 바다 쪽으로 돌아앉아서 표류선에 대하여 한마디씩 했다.

"작년에도 표류선이 밀려온 적이 있었지. 그때는 일대 소동이 났었다네. 무슨 보물선이 흘러왔는지 알고 사람이 보트를 타고 가 보니깐 티엔티가 실려 있더라네. 월남으로 가는 미해군 수송선이었다지 아마. 그 배가 폭발할까 봐 조마조마했었지. 덕분에 경비하느라고 며칠 밤을 날렸지 뭔가."

"그래 S항에서는 이상하게 표류선이 밀려올 때가 많은 모양일세."

"몇 년 전에도 큰 화물선이 밀려온 적이 있었다고 그러더군."

몇 년 전에 S항에서 일어난 일을 자세히 아는 사람은 한 사람도 없었다. B동 파출소에 부임한 지가 모두들 일 년 안팎이고 더구나 그들 모두는 S읍에 대한 이야기를 그전에는 들어 본 적이 없었다. 언제 어디로 전근 발령이 떨어질지 모르는 처지이므로 S항에 대하여 샅샅이 알고 있을 필요도 없었다. 근무 성적이 나쁘거나 높은 기관에 줄이 닿지 못하는 말단 순경들이 밀려오는 곳이 S읍의 변두리 파출소였다.

"이곳 사람들은 표류선이 밀려와도 하나도 놀라지 않는다는군. 이젠 타성이 박여서 그런가 봐. 보물선이 왔다고 착각하지도 않고 말이야."

"빌어먹을, 벌써 아홉 시가 지났군. 오늘 밤 숙직이 누구야?"

"자, 슬슬 나가 볼까?"

동료들은 일어서서 발을 탁탁 구르고 우의를 입으며 투덜거리며 밖으로 나갔다. 들썩들썩하며 부산하던 파출소는 다시 신경을 긁는 정적 속으로 가라앉았다. 김 순경은 벽시계를 흘끗 쳐다보았다. 아홉 시 이십 분. 아홉 시 이십 분 일 초 이 초…… 김 순경은 무엇에 놀란 듯 후다닥 일어서서 밖으로 나왔다. 소나기가 계속해서 쏟아져 내렸다. 사산아를 낳을지도 모른다. 김 순경은 불길한 생각을 쫓아 버리려고 모래펄로 뛰어나갔다. 파도 소리가 악을 쓰며 펑펑 터졌다. 사동은 눈이 휘둥그레지면서 창밖을 내다보았다. 김 순경은 발이 푹푹 빠지는 모래펄을 지나 파도의 혓바닥이 구두코에 닿을 만큼 바다로 바싹 다가갔다. 뚫어지게 바다를 응시하였다. 희뿌연 바다의 어둠 가운데 시커먼 표류선도 버티고 서 있었다. 파출소에서 사동이 유리창을 우당탕 여는 소리가 소나기 소리와 섞여 들려왔다.

빌어먹을 의사 놈 같으니. 김 순경은 속으로 의사를 욕했다. 불길한 예감이 머릿속에서 들끓었다. 빌어먹을 세상 같으니. 차가운 소나기가 김 순경의 머리와 어깨에 쏟아졌다. 부두 쪽에서 고동 소리가 낮게 들려오고 깜박이는 불빛이 어둠과 소나기를 헤치며 이어져 나왔다. 김 순경은 벨트에서 권총을 꺼내들며 이를 악물었다. 방아쇠를 당기자 딸각 소리가 났다. 그 소리가 파도 소리보다 더 크게 들린다고 김 순경은 생각했다. 입원비, 아내, 전근, 오 씨, 산부인과 등의 낱말이 퍼뜩퍼뜩 생각날수록 더 빠른 속도로 방아쇠를 잡아당겼다. 한참 후에 자기가 시커먼 표류선을 겨냥하고 있는 것을 깨닫고 김 순경은 어리둥절한 표정이 되었다. 실탄이 있었으면 좋겠다는 생각이 들자 김 순경의 가슴은 두방망이질을 했다. 정말 실탄으로 쏘아 버릴까. 파출소 안에 실탄은 얼마든지 있지. 저놈의 배를 그냥 쏘아서 격침시킬까. 유조선이라고 했지. 쏘기만 하면 그놈은 불덩이가 돼서 펄펄 끓다가 바다 속으로 가라앉는다……. 일주일 전부터 김 순경의 어깨를 짓누르며 억눌림을 쏟아붓던 그 좌초당한 표류선은 벌떡벌떡 숨을 쉬며 벌떡 일어서서 김 순경한테로 성큼성큼 걸어 나오는 것 같은 착각이 그 순간에 일어나자 김 순경은 몸서리쳤다. 소나기는 어느새 진눈깨비로

변해서 기승을 떨어댔다.

"김 순경님! 전화예요! 병원에서요!"

사동의 외침이 들렸지만 김 순경은 몇 번 더 방아쇠를 당기다가 쫓기듯이 파출소로 뛰어왔다. 표류선은 으르렁거리며 파도를 토해냈다. 사동은 비에 흠뻑 젖은 김 순경을 보자 어리둥절한 얼굴이 되었다.

"병원에서 전화 왔어요."

김 순경은 수화기를 들었다. 숨이 차서 헐레벌떡했다.

"여보세요, 지금 전화는 끊겠어요. 장거리 전화부터 받으세요."

교환수의 목소리였다. 김 순경은 정신없이 수화기를 꽉 움켜쥐었다.

"B동 파출소죠? 아, 아, 여기는 도경 인사과입니다. 김 순경 있습니까? 아, 여보세요."

"네, 제가 김 순경입니다……."

도경 인사과에 있는 최 경사였다. 도경 수사계로 전근이 확정됐다는 소식이었다. 김 순경은 통화를 끝내고 의자에 털썩 주저앉았다. 대간첩 작전의 업무량 폭주로 내일 중으로 부임하라는 내용이었다. 김 순경은 창밖을 내다보았다. 머리칼에서 빗물이 이마로 흘러내렸다가 눈 속으로 들어가서 다시 흘러내렸다. 김 순경은 눈을 껌벅여서 빗물을 떨구었다. 표류선의 아우성 유리창을 두드리며 진눈깨비를 퍼부었다. 다시 전화벨이 울리자 어리둥절해 있던 사동이 수화기를 집어 들었다.

"전화예요! 병원인가 봐요."

김 순경은 벌떡 일어나서 수화기를 받았다. 빗물이 이마로 주르르 흘러내려서 꼭 김 순경이 울고 있는 것처럼 보였다. 김 순경은 수화기를 꽉 쥐고 있다가 그대로 놓았다. 사산이다. 아내가 죽는다. 수술을 해서 태아를 꺼낸다. 아, 아,……. 김 순경은 이를 악물고 돌아서서 권총에 실탄을 장전했다. 정신없이 밖으로 뛰어나온 김 순경은 어둠의 바다를 헤치며 으르렁거리는 바다 쪽으로 뛰어갔다. 발이 푹푹 빠지는 모래펄은 김 순경에게는 꼭 바다로 느껴졌다. 바다의 어둠 가운데 우뚝 솟아오른 표류선을 겨냥하고 김 순경은 방아쇠를 힘껏 잡아당겼다. 날카로운 총성이 파도 소리 속으로 빨려 들어갔다. 실탄을 다 쏘고 났을 때도 표류선에서는 불기둥이 오르지 않았다. 오히려 더욱 미친 듯 날뛰는 파도를 꽉 누르며 거무티티한 그놈은 김 순경한테로 다가오고 있었다. 조금 전에 받은 도경에서 온 전화의 빠른 목소리와 아내에게 대한 불길한 예감은, 김 순경의 몸뚱이를 거센 파도처럼 휩쓸며 바다 한가운데로 내동댕이칠 것 같았다.

김 순경은 파도 소리를 따라 울면서 병원 쪽에 버티어 선 무서운 어둠 속으로 비틀거리며 뛰어갔다.

(현대문학, 1969)

종소리

우리들은 마른 나무를 하기 위하여 숲을 헤치고 산 중턱으로 올라갔다. 숲의 나뭇잎 뒤에 숨어 있던 아침 이슬이 우리들의 하얀 종아리를 차갑게 해주며 굴러 떨어지고, 늦잠에서 놀라 깬 산매미들은 이슬이 빛나는 날개를 펴고 공중으로 날아올랐다. 중턱을 지나 구릉으로 올라가자 우리들은 자루와 갈퀴를 내려놓고 깊은숨을 들이마셨다. 그때 우리들의 눈에 와 닿은 것은 다릿재였다. 지난밤에 산으로 내려와 잠을 잔 구름이 아직 그대로 뒤덮인 천등산의 어깨 너머로 다릿재를 기어 올라가고 있었다. 아침 햇빛 속에서 하얗게 빛나고 있는 다릿재와, 어깨 위에 흰 구름을 얹고 우뚝 솟은 천등산에 우리들은 올라가 본 적이 없었다. 천등산 너머에 있다는 충주라는 읍과 그곳에서 시작된다는 남쪽으로 통하는 큰 도로에 대하여 이야기는 들었지만, 우리들은 모두 다 그곳까지 가본 적도 없었다. 높은 산을 넘어 멀리까지 가기에는 우리들의 다리가 너무 어렸기 때문이었다. 우리들이 마을을 벗어나서 밖으로 나가 보지 못한 것은 우리들의 나이가 너무 어리다는 점 외에 마을 밖 남쪽에서 전쟁이 벌어지고 있다는 두 가지 원인에서 비롯된 것이었다. 구릿빛으로 살이 탄 어른들이 건강한 웃음소리와 활기 있는 발자국 소리를 내면서 땔나무를 하고 밭곡식을 거두고 가축을 소리소리 지르며 부리고…… 아무튼 전쟁이 안 일어났다면 지금 우리 마을은 벌떡벌떡 숨 쉬며 한창 바쁠 때였다. 전쟁이 마을의 어른들을 다릿재 너머 충주 쪽으로, 충주를 지나 이름도 모르는 남쪽으로 데려가 버렸기 때문에 지금 우리 마을은 텅텅 비었다. 일손이 모자라 밭곡식을 미처 거둘 사이가 없어서 밭은 잡초가 우거지고, 마을이 조용해진 틈을 타서 돌무덤 깊숙이 숨었던 들쥐들이 떼 지어 몰려나와 밭곡식을 해치기 시작했다.

"검둥이 패들은 지금 사다리를 만들겠구나."

고목에서 뚝뚝 떨어지는 마른 가지와 지난해에 떨어져 쌓인 솔잎과 가랑잎을 갈퀴로 긁어모으며 우리들은 말했다. 마른 나무를 하는 것은 너무나 힘들지 않고 재미있는 일이었다.

"우리들은 어떡하지? 검둥이 패들은 오늘 안으로 사다리를 다 만든다는데."

"정말 큰일이지 뭐야."

"그럼 내일 아침엔 기어코 종을 치겠구나……."

"못이 없을 텐데 사다리를 만들까?"

"글쎄 말이야."

우리들은 근심에 싸여 마을을 내려다보았다. 작은 초가지붕들이 밭과 논 가운데 옹기종기 자리 잡고 있는 마을은 아침의 빛나는 햇빛 속에서 조용했다.

마을의 구석구석을 들쑤시며 파헤치는 들쥐들의 끽끽거리는 소리도 여기서는 들리지 않았다. 마을 어귀, 이젠 벽과 창문이 온통 부서져 버린 교회당의 양철 지붕이 번쩍번쩍 빛나고 있는 모습과, 교회당에 높이 솟은 종루만이 우리들의 시선 속으로 가득히 밀려들었다. 종루의 삿갓 밑에 까마득하게 매달려 있는 종과, 종루를 기어 올라간 등나무의 푸른 줄기와 잎사귀도 여기서는 보이지 않았다.

우리들은 그 종소리를 들으며 늘 꿈을 꾸었다. 겨드랑이에 날개가 돋아 다릿재를 훨훨 넘는 꿈과, 충주읍 장터를 쏘다니는 꿈을 꾸었다. 꿈을 깨고 나면 우리들은 조금 전의 그 꿈이 얼마나 허황한 것인가를 깨닫고 새 새끼처럼 할딱거리는 작은 가슴을 팔로 껴안고 엎드려 방바닥에서 퍼져 올라오는 흙냄새에 코를 흥흥거리며 새벽의 안개 속을 헤엄쳐 오는 맑은 종소리를 한참 동안 듣고 있다가 다시 잠이 들곤 하였다. 이와 같은 꿈과 잠을 통해 우리들은 우리들의 외피를 감싸고 있던 연약한 껍질을 한 겹씩 벗으며 튼튼하게 자라고 있었다. 다시 잠이 깬 우리들은 새벽안개를 뒤집어쓴 채 교회당으로 몰려가서 전도사가 말해 주는 성경 이야기를 듣고 그가 선창하는 대로 찬송가를 불렀다. 우리들의 곤한 아침잠을 깨우던 종소리는, 어느 날 갑자기 몰려온 병정들이 교회당의 벽과 유리창을 부수고, 설교단 위에 놓인 하느님의 석고상을 파손하고, 종탑의 꼭대기에서 길게 이어져 내려온 줄을 끊어 버린 다음부터 다시는 들려오지 않았다. 그 병정들이 다릿재 너머로 마을의 어른들을 데리고 간 다음부터 마을의 구석구석을 지키고 섰던 어른들의 튼튼한 근육과 가축을 부리는 우렁찬 목소리도 모두 사라져 버렸다. 빛나는 햇빛, 초록색으로 활활 타오르는 식물, 높다랗게 서 있는 푸른 하늘……. 이런 것들 속에서 우리들은 땀을 흘리며 여름의 아침저녁을 뚫고 달려가고 달려오곤 했다.

줄이 끊어진 종은 아무도 칠 수가 없었다. 전도사가 이야기를 하고 오른손을 높이 휘두르며 노래를 선창하던 설교단이 있던 자리에는 전도사 대신 이름 모를 잡초가 푸릇푸릇 돋아나고, 벽과 천장에서는 거미들이 집을 짓느라고 기어 다니다가 툭 떨어지며 그네를 탔다. 목이 부러진 석고상은 우리들의 손때가 까맣게 묻어 버렸다. 작은 눈을 말뚱거리며 종루를 쳐다보던 우리들이 검둥이 패와 어느 편이 먼저 그 종을 칠 수 있는가 하는 경쟁심에 불탄 나머지 공공연하게 양편이 서로 선전을 하고 말았을 때는 우리들의 몸뚱이는 까맣게 탔을 때였다.

우리들이 원하는 것처럼 그 싸움의 승부는 쉽사리 나지 않았다. 우리들 키의 10배도 더 넘는 높은 종루의 삿갓 밑에 뎅그러니 매달린 종을 칠 수 있는 묘안을 짜내느라고 우리들은 교회당 주위를 빙빙 돌며 궁리를 해보았으나 모두 허사였다. 우리들에겐 종루를 기어 올라갈 재주도 없었다. 검둥이 패와의 싸움은 소강상태로 접어들었다. 우리 마을에 교회당이 세워지면서부터 무너져 버린 검둥이의 지도 체계가 이번 종치는 싸움의 승부 여하에 따라 완전무결하게 없어지느냐 다시 재정비되느냐 하는 중대한 문제가 달려 있었다. 우리들은 검둥이에게 반발하는 아이들로 구성된 조직이었고 검둥이 패들은 검둥이를 정점으로 하여 다시금 옛 세력을 만회하여 자기들에게 도전하는 우리들을 일거에 와해시켜서 마을 아이들의 전체를 장악하려고 모인 조직인 셈이었다.

우리들은 마침내 승부가 나지 않는 우리의 싸움에 지쳐 버렸다. 우리들보다 한두 살씩 더 많은 검둥이 패들은 우렁찬 발자국 소리를 내면서 우리들의 곁을 지나 떠들며 교회당으로 몰려가곤 했는데 그럴 때마다 우리들은 발을 구르며 금방이라도 들려 올 듯한 종소리, 검둥이 패들이 의기양양하게 치는 종소리에 대한 무서움으로 바들바들 떨었다. 하지만 종소리는 들려오지 않았다. 우리들은 고개를 쳐들고 줄이 끊어진 종을 쳐다보면서 더위에 지친 전의를 근근이 유지해 나갔다. 우리들이 쳐다볼 때마다 그것은 종루 위의 푸른 하늘 속으로 훨훨 날아가는 듯이 보였는데 이럴 때마다 어지러운 현기증에 견딜 수 없었다. 검둥이 패들도 종을 치는 작전에 관해서 그 후 아무런 진전이 없는 모양이었다.

우리들과 검둥이 패가 두 패로 나뉘어 대립하기 시작한 것은 우리 마을에 교회당이 세워지고 나서였다. 우리들 입장에서 보면 정정당당한 대립이지만 검둥이 패는 그렇게 생각하지 않는 모양이었다. 교회당이 세워진 작년 가을 이전에는 우리 마을의 아이들, 모두 합해야 20명이 채 안 되는 아이들은 모두 검둥이 패에 속해 있었다. 검둥이는 자기에게 예속돼 있는 마을의 아이들을 가축처럼 부리며 누런 이빨을 드러내며 웃고 아이들을 몰고 산으로 개울로 뛰어다니며 대장 노릇을 했었다. 그가 우두머리가 된 것도 따지고 보면 그가 가진 실력 때문이었다. 다른 아이들은 도저히 엄두도 못 내는 큰 돌을 번쩍 들어 올린다든가 높은 미루나무 꼭대기에 올라가서 참매미, 쓰르라미, 미루나무 매미 등을 잡는다든가 하는 실력 때문에 작년 여름을 지나는 동안에 검둥이는 공공연하게 아이들의 우두머리가 되었다. 다른 아이들이 도저히 올라갈 수 없는 높은 나무에 다람쥐처럼 기어 올라가서 검둥이가 잡아오는 매미는 아이들의 경이의 대상이었다. 검둥이는 자기의 말에 순종하는 아이들에게만 매미를 나누어 주었다.

　아이들은 검둥이가 준 매미를 한 마리씩 받아 들고 꼼지락 거리는 6개의 다리와 겹을 이룬 배때기, 툭 튀어나온 눈깔, 투명한 날개를 들여다보았다. 손가락으로 매미의 배때기를 꽉 누르면 매미는 날개를 푸르륵 거리며 울었다. 실로 매미의 다리를 묶어서 실 끝을 손가락에 감은 채 공중으로 던지면 매미는 날아오르다가 곤두박질을 하며 울었고 어떤 때 실이 끊어지면 푸른 하늘로 지그재그를 그으며 날아가 버리기도 했다. 아이들은 스스로 자진해서 매미잡이 검둥이의 사병이 되어버렸던 것이다.

마을에서 저녁연기가 피어오를 때가 되면 아이들은 뜨거운 자갈밭을 뛰어내려오곤 했는데 아이들의 손가락에 감금당한 채 우는 매미 소리도 희고 깨끗한 저녁연기처럼 피어올랐다. 옥수수와 감자로 저녁을 먹고 나면 금세 졸음이 왔다. 온종일 폭양 속을 내달리던 아이들은 졸음이 퍼붓는 눈까풀을 깜박거리며 매미의 잠자리를 마련해 줘야 했다. 호박 덩굴이 휘감아 올라간 생울타리에다 매미의 다리를 묶은 실을 동여매고 매미를 잎사귀 위에 앉혀 주면 매미의 여름밤 침대는 훌륭하게 마련되었다. 밤에 내리는 이슬을 먹어야 매미는 살 수 있기 때문이었다. 아침이 되면 희고 빛나는 이슬방울이 우르르 굴러떨어지는 잎사귀 뒤에서 매미는 기어 나오는데 아이들이 달려가서 실을 풀고 숨통을 꽉 쥐면 간밤보다 더 맑은소리로 맴맴거렸다. 아이들은 또다시 검둥이를 따라다니며 충실한 사병 노릇을 온종일 해내었다. 검둥이가 풀섶에 쭈그리고 앉아 대변을 보면 아이들은 경쟁이라도 하듯 뛰어가서 아주까리잎을 뜯어다 주었다. 아주까리잎은 휴지 대용품으로 안성맞춤이었다. 호박잎과 옥수수잎은 깔끄러워서 살을 다치기가 쉽지만 아주까리잎은 부드럽고 매끄러워서 뒤를 닦을 때 감촉이 좋았다.

가을이 되어 밤나무 숲에 알밤이 익어갈 무렵에도 검둥이의 리더십에는 아무런 변화가 없었는데 어느 날 이장이 집집마다 돌아다니며 우리 마을에 새로 교회당이 서게 된다는 놀라운 이야기를 한 며칠 후에 얼굴이 하얀 전도사가 커다란 종과 석고상, 몇 권의 성경과 찬송가를 가지고 와서 마을에서 공용으로 쓰던 창고를 개조하여 교회당을 만들고 높다란 종루를 세울 때부터, 정확하게 말하면 종루의 삿갓 밑에 매달린 종에서 종소리가 마을의 지붕으로, 아이들의 솜털이 보송보송한 귓속으로 퍼져 왔을 때부터 검둥이의 지위는 흔들리기 시작했다. 여름 한철 아이들을 사로잡았던 매미 소리보다 더 맑고 우렁찬 종소리는 그동안 검둥이에 의하여 감추어졌던 아이들의 외피를 한 겹씩 벗기면서 검둥이의 일사불란한 조직을 파괴하기 시작했다.

아이들은 산과 들로 쏘다니며 풀벌레를 채집하고 메뚜기를 잡아다가 구워 먹는 놀이에서 떠나 전도사가 이야기하는 목동 이야기, 흰 석고상, 빛나는 유리창이 있는 교회당으로 놀이터를 옮겼다. 마침내 검둥이도 다른 아이들과 꼭 같이 교회당으로 몰려오는 아이들 속의 일원이 돼버렸다.

종의 줄이 끊어져서 종소리가 들리지 않게 되자 검둥이는 다시 아이들의 우두머리로 복귀하려고 아이들을 포섭하기 시작하였다. 이때부터 마을의 아이들은 검둥이를 추종하는 패와 그 산하에 들어가기를 거부하는 두 패로 나뉘게 됐던 것이다.

우리가 보낸 첩보원이 검둥이 패들이 종을 치려고 사다리를 만들고 있다는 정보를 가지고 온 어제저녁 때 우리들은 말할 수 없는 열등감으로 가슴이 들끓었다. 검둥이 패들이 치는 우렁찬 종소리가 우리들을 무참히 짓밟아 버리는 불길한 예감에 휩싸여 하룻밤을 보낸 우리들은 아침이 되자 종루 밑에 모여 목쉰 소리로 떠들었지만 이제 와서 검둥이 패를 능가할 아무런 방안도 떠오르지 않았다. 우리들은 기가 죽은 채로 마른 나무를 하기 위하여 앞산으로 올라왔던 것이다. 천등산 위에 내려 덮였던 흰 구름이 푸른 하늘 속으로 날아올랐을 때 우리들의 자루는 솔잎과 가랑잎, 마른 나뭇가지로 가득 찼다. 마을의 교회당을 내려다보며 근심과 부러움으로 뒤범벅이 된 채 산중턱에서 내려오기 시작했다. 장마 때 사태가 나서 허리가 뚝 끊어져 붉은 흙이 상처 난 얼굴을 내민 중턱을 내려오다가 우리들은 검둥이 패의 한 사람인 건이를 만났다. 건이는 번쩍번쩍 빛나는 낫을 들고 우리를 보자 이빨을 드러내며 웃었다.

"우리도 저녁나절에 나무하러 올 거야."

건이는 낫을 높이 들고 오리나무를 자르며 말했다. 우리들은 자루를 걸멘 채 건이의 빛나는 낫과, 낫을 치켜들 때마다 꿈틀거리는 그의 팔을 보고 말없이 서 있다가 한참 만에 기죽은 소리로 말했다.

"정말로 사다리를 만드니?"

"그럼."

건이는 자랑스럽게 대꾸했다.

"사다리 살이 모자라서 지금 오리나무를 베는 거야."

"우리 마을엔 못도 없는데 어떻게 사다리를 만드니?"

"새끼줄로 감아서 만들어도 아주 튼튼하단다."

건이는 낫으로 오리나무를 툭툭 치면서 고의적으로 점잔을
빼며 말했다.

"종이 매달려 있는 꼭대기까지 사다리가 닿을 수 있니?"

"그럼. 사다리가 아주 굉장히 크니까 문제없어."

"……."

우리들은 아무 말도 못 했다.

"내일 아침엔 종을 칠 거야. 너희들 이제 검둥이한테 야단났
다. 검둥이가 막 혼내 주겠다고 벼르고 있으니깐."

건이는 낫에 묻는 오리나무 진을 혓바닥으로 빨며 자신에 가
득 차서 말했다. 종소리가 울려 퍼진다…… 검둥이가 다람쥐처
럼 기어 올라가서 종을 치게 된다…… 이런 생각을 하자 우리
들의 온몸은 불이 붙은 것처럼 달아올랐다. 얼굴이 흰 전도사
가 칠 때와는 딴판의 종소리가 아침잠을 깨우며 의기양양하게
울려 퍼진다…….

우리들은 건이와 헤어져서 산비탈을 내려왔다. 푸르게 불타
오르는 수풀에서는 불티처럼 풀벌레들이 뛰었다. 등에 진 마른
나무 자루가 무거워서가 아니라 이제 하루 앞으로 다가온 항
복의 날을 생각했으므로 우리들의 몸뚱이는 땀으로 흠뻑 젖어

버렸다. 부스럼 병을 앓는 미루나무에서 뚝뚝 떨어져 내리는 껍질을 밟으며 우리들은 패잔병처럼 고개를 숙이고 마을로 내려왔다. 검둥이네 집 헛간 쪽에서 아이들이 떠드는 소리와 툭, 탁하는 나무 부딪치는 소리가 들려 왔다. 우리들은 마른 나무를 집에다 내려놓고 교회당으로 몰려갔다. 어떤 수단을 써서라도 검둥이 패들이 종을 못 치게 해야겠다고 생각했지만 아무런 묘책이 떠오르지 않았다.

"어른들은 언제 돌아올까?"

우리들은 이렇게 말하고 고개를 들어 천등산을 바라보았다. 그 어깨 너머로 기어 올라가는 다릿재의 흰 등줄기가 나무숲 사이로 희끗희끗 보였다.

"전도사도 병정들에게 붙잡혀 간 거지?"

"우리 어머니가 그러는데, 전도사는 죽었을 것 같대. 병정들이 마을에 처음 들어왔을 때도 전도사를 총으로 쏘려고 했었대. 마을에서 총소리를 내지 말아 달라고 어른들이 빌었기 때문에 그냥 붙잡아 간 거야."

우리들은 갑자기 전도사에 대한 그리움으로 목이 메어서 그에게서 배운 찬송가를 부르려고 입을 크게 벌렸지만 한 구절도 부를 수가 없었다. 여름의 뜨거운 폭양 속을 뚫고 내달리며 검둥이 패와 종치는 싸움을 하는 통에 불과 한 달 전에 불렀던 노래도 말짱 잊어 먹고 있었던 것이다. 우리들은 울상이 되어 서로 쳐다보았다.

"전도사는 정말 죽었을까?"

"그럼 이젠 찬송가를 배울 수가 없게 됐구나……."

"지금쯤 어른들이 있으면 우리도 충주 장터에 따라갈 수 있을 거야."

"충주 장이 아주 클까?"

"응, 굉장히 크대."

"이젠 장도 안 서겠구나."

"병정들이 왜 어른들을 데리고 갔을까?"

"총 쏘는 것을 가르쳐 주려고 데리고 갔대."

"총 쏘는 걸……."

부서진 교회당의 벽 속에서 낮잠을 자던 들쥐들이 우리들의 목쉰 소리에 놀라 달아나 버리는 바람에 먼지가 하얗게 피어올랐다. 우리들은 햇빛 때문에 눈이 부셔서 손을 이마에 얹고 종루를 쳐다보았다. 우리가 눈을 깜박거리며 쳐다보자 종이 푸른 날개를 달고 높은 하늘로 날아오르는 것같이 보인 것은 종루의 기둥을 휘감아 오른 푸른 등나무 잎사귀가 바람에 흔들리고 있기 때문인 모양이었다. 펌프에서 물이 솟아오르듯 등나무는 폐허가 된 교회당의 땅속에서 솟아올라 종루의 삿갓까지 뒤덮었다. 검둥이 패와 종 먼저 치기 경쟁을 하는 동안에 우리들은 교회당에 있는 부서진 석고상도 가까이 보지 못했었는데 오랜만에 보는 석고상은 푸릇푸릇한 곰팡이가 피어올라 있었다. 우리들은 설교단이 있던 자리로 가서 무성한 잡초를 마구 짓밟았다. 귀뚜라미와 거미들이 우리들의 발을 피하여 쏜살같이 달아났다.

"종을 못 치게 훼방을 놓자."

우리들은 이렇게 말했다. 들쥐가 들락날락하는 교회당 벽에 기대서서 검둥이 패의 작전을 무너뜨리기 위한 모의를 해나갔다.

"우선 사다리를 만들지 못하게 해야 한다."

"우리들 중에서 누가 검둥이네 헛간에 갔다 오는 게 어떨까?"

"그래, 그게 좋겠다."

이때 어머니와 누나들이 고구마를 캐가지고 교회당 앞을 지나가는 게 보였다. 우리들 쪽을 보면서 뭐라고 지껄였지만 무슨 말인지 알아듣지 못했다. 이틀에 한 번씩 마른 나무만 해오면 우리들의 일과는 끝나는 셈이어서 그 외의 시간은 우리들 멋대로였다. 어머니와 누나들은 매일 일에 시달리고 있으므로 우리들에게 아무런 참견도 하지 않았다.

우리들은 곧 검둥이네 헛간에 첩보원을 밀파하기로 합의를 보았다. 우선 적정을 탐지해야 그들의 작전을 분쇄시킬 수 있다는 생각에서였다. 우리들 중에서 선발된 첩보원이 뜨겁게 흘러내리는 햇빛의 개울 속으로 첨벙첨벙 뛰어가고 난 다음, 남아 있는 우리들은 석고상의 곰팡이를 손바닥으로 문질렀다. 손바닥에 퍼렇게 묻어 나는 곰팡이를 궁둥이에 닦으며 첩보원의 귀환을 기다렸지만 그는 좀처럼 돌아오지 않았다.

점심때가 되었을 때야 그는 숨을 헐떡거리며 돌아왔다.

"어떻게 된 거야?"

"웅, 아주 굉장하다."

그는 습진이 난 목을 벅벅 긁고 나서 말했다.

"내가 살금살금 기어가서 울타리 너머로 엿보고 있는데 그만 헛간에서 검둥이가 나오다가 나를 봤지 뭐야."

"그래서 도망을 온 거니?"

"아니야. 검둥이가 나를 보더니 막 깔깔거리며 웃었어. 사다리 만드는 걸 구경하러 왔느냐고 하더니 나를 데리고 헛간으로 들어갔어. 사다리가 정말 굉장하더군."

"새끼줄로 묶어서 만들었니?"

"웅, 새끼줄로 묶었는데 아주 튼튼해 보였어."

우리들은 밖으로 나와서 종루 밑에 쪼그리고 앉았다. 종루를 뒤덮은 등나무 잎사귀들이 푸른빛으로 반짝이며 흔들렸다. 우리들은 고개를 치켜들고 종루의 삿갓을 올려다보았다. 우리들을 검둥이 패 앞에 굴종하게 만들 그 안타까운 종도 우리를 내려다보았다. 삿갓 위로 높다랗게 서 있는 하늘도 작고 초라한 우리들을 내려다보았다. 우리들은 목쉰 소리로 작전 계획을 세워 나갔다.

"칼을 가지고 가서 새끼줄을 끊어 버리자."

"그래, 그게 좋겠다."

우리들의 목소리는 곧 떨리기 시작했다. 칼 이야기를 꺼낸 우리들은 그 말을 하면서 스스로 놀라서 서로의 얼굴을 마주 보았다. 하지만 우리들은 무서운 흉기에 대하여 악을 쓰며 말을 이어 나갔다.

"칼로 새끼줄을 끊어 버리면 간단하다. 누가 몰래 가서 모조리 끊어 놓고 도망쳐 오면 된다."

"들키면 어떡하지?"

우리들은 아무 말도 못 했다. 튼튼한 사다리는 새끼줄을 끊어 놓으면 와르르 부서지면서 단순한 나무토막이 된다. 검둥이는 낭패한 표정으로 어쩔 줄 모르며 발을 동동 구른다. 우리들은 시침을 뚝 떼고 마른 나무를 하러 앞산으로 내달린다. 이런 생각을 하자 우리들은 너무 놀랍고 기가 막혀 일제히 종루의 종을 쳐다보았다. 저 종은 어른들이 돌아올 때까지는 울리지 않을 것이다. 우리들은 여전히 검둥이 패와 대등한 위치에서 마을의 구석구석을 내달으며 푸르게 불타오르는 숲에서 뒹군다…….

우리들은 점심을 먹고 난 다음에 다시 모여서 사다리의 새끼줄을 끊는 일에 대한 세부적인 계획을 짰다. 밤이 되기를 기다려서 어둠 사이로 몰래 침입하기로 결정했다. 우리들 중에서 한 사람만 칼을 들고 울타리를 넘어 헛간으로 들어가고 나머지는 울타리 밖에서 망을 보기로 했다. 어스름이 질 때까지 우리들은 고구마 밭에서 고구마를 캤다. 날고구마는 생밤처럼 맛있었다. 우리들은 입술에 고구마진이 더덕더덕 묻을 때까지 고구마 밭에서 놀았다. 불안한 저녁나절은 곧 지나가 버리고 어느새 저녁연기가 피어올랐다. 우리들은 고구마를 캐 먹으면서 틈틈이 교회당 종루를 바라보았다. 우리들이 꾸민 작전에 관한 결심을 견고히 하기 위함이었다. 종루를 바라볼 때마다 종루에서 종소리가 울려 퍼지는 것 같은 착각이 자꾸 일어났다. 우리들은 고구마 밭에서 뛰어나와 뒷개울로 몰려갔다.

개울에 도착해서 검둥이 패들이 먹을 감고 있는 것을 보았을 때 우리들은 얼마나 놀랐던지 가슴이 콩 튀듯 했다. 사다리를 다 만들어 놓고 먹감으러 온 모양이었다. 우리들은 되도록 검둥이네 쪽을 보지 않고 그들의 맞은편 웅덩이로 뛰어갔다. 온종일 햇볕에 익은 자갈과 모래가 너무 뜨거워서 발바닥이 따끔따끔했다. 아랫도리를 벗어 던지고 개울로 풍덩풍덩 뛰어들었다. 우리들이 한창 먹을 감고 있는데 검둥이가 알몸으로 모래밭을 뛰어왔다. 검둥이가 가까이 와서 바윗돌 위에 올라서서 누런 이빨을 드러내고 웃으며 우리들을 보았을 때 검둥이의 몸에 묻은 물방울이 저녁 햇빛을 받아 반짝반짝 빛났다.

"야, 너희들 종 안 치니?"

검둥이의 섹스는 그가 이렇게 비꼬며 말했을 때 방아깨비처럼 아래위로 끄덕거렸다. 우리들의 섹스는 작은 풋고추 모양인데 검둥이의 것은 특히 그 끝부분이 껍질에 싸인 도토리 모양이어서 우스웠다. 그러나 우리들은 웃음을 참고 그에게 대들었다.

"종이 그렇게 높이 달려 있는데."

"사다리가 닿지 못할 거야."

"그렇지?"

검둥이는 코웃음을 치고 나서 우리들 쪽으로 오줌을 누면서 말했다.

"그런 건 문제없다."

검둥이의 말은 확신에 가득 차 있었고 간결했다. 검둥이의 오줌 줄기를 피하느라고 우리들은 물속에서 뒤로 몇 발자국 물러났다.

"우리들도 종치는 것쯤은 문제없다."

"우린 오늘 밤에 칠 거다."

"그래, 그래."

검둥이는 도토리를 잡고 오줌방울을 짜면서 눈을 찡그리고 웃었다.

"거짓부렁이 하지 마."

그리고 검둥이는 두 팔을 내저으며 뛰어갔다. 조금 후에 검둥이 패들 쪽에서 여럿이 입을 모아 내지르는 함성이 들려 왔다.

"야, 이 꼬맹이들아! 내일부터는 국물도 없는 줄 알아라!"

우리들은 이와 같은 위협의 소리를 듣지 않으려고 귀를 손가락으로 막고 물속으로 가라앉았다.

집에 돌아와 저녁을 먹고 나자 천등산 위의 노을은 잿빛 어둠으로 변했다. 온종일 들에서 시달린 어머니와 누나들은 저녁상을 치우고 마루 위에 누워서 잠이 들었다. 모기와 풍뎅이를 쫓느라고 종아리를 때리는 소리만 들렸다. 우리들은 어둡고 무더운 집을 빠져나와 검둥이네 헛간이 가까운 길목에 모였다. 반딧불이가 풀섶에서 날아오르고 개구리가 개굴개굴 우는, 그리고 하늘엔 별이 반짝이는 아름다운 여름밤 속에서 우리들은 소곤거리며 헛간 쪽으로 기어갔다. 조금 후에 칼을 든 우리들의 특공대원이 울타리를 넘어갔다. 우리들은 종아리로 달려드는 모기떼를 쫓느라고 발을 동동 구르면서 특공대원이 돌아오기를 기다렸다.

"어른들이 아주 안 돌아오면 어떻게 하지?"

"가을이 되면 돌아올 거야……. 전쟁이 끝나면 돌아오는 거야."

"전쟁이라는 게 뭘 하는 걸까?"

"어른들을 붙잡아 가는 거야."

"그래, 총도 막 쏘구."

"전도사도 전쟁만 끝나면 돌아오겠지?"

전도사 이야기를 꺼내자 우리들이 지금 찬송가를 한 구절도 외지 못하고 있다는 생각이 다시 떠올랐다. 만일 지금이라도 종소리가 다시 울려온다면 금방 찬송가가 생각날 것 같았다. 그때 우리들의 특공대원이 울타리를 넘어오는 소리가 들렸다.

"무서워서 몇 군데밖에 못 끊었어."

우리들은 발소리를 죽여 가며 별빛을 받고 걸었다.

"칡덩굴로 감고 그 위에다 새끼줄을 감은 모양이야. 잘 끊어지지 않았어."

검둥이에게 들키지 않은 것은 다행으로 생각됐지만 아무래도 큰 걱정이 아닐 수 없었다. 아침에 검둥이 패들이 헛간으로 몰려가서 사다리의 기둥을 번쩍 들었을 때 사다리 살이 와르르 떨어지게 만드는 것이 우리들의 목표였는데 몇 군데밖에 못 끊어가지고 그와 같은 목표가 얼마큼 달성되느냐가 큰 의문이었다. 우리들은 무섭고 두려워서 헛간으로 다시 갈 수는 없었다. 우리들은 잠자코 걸으며 불안에 휩싸였다. 이러한 불안을 안은 채 헤어져 어머니와 누나들 곁에 누워 잠이 들었다. 논과 밭두렁에서 들려오는 개구리들의 합창 소리가 끊겼다 이어졌다 하는 것을 하나 둘 셋 세는 가운데 우리는 곤한 잠에 떨어져 버렸다.

아침엔 노래기 냄새에 잠이 깨었다. 하늘은 잿빛 구름으로 뒤덮였고 구름이 빠른 속도로 천등산 너머로 흘러가는 것으로 보아 소나기가 퍼부을 모양이었다. 마루 천장에서는 노래기가 뚝뚝 떨어져서 동그랗게 몸을 움츠렸다가 다시 마루 밑으로 기어 들어갔다. 그럴 때마다 심한 노린내가 풍겨서 속이 메스꺼웠다. 아침밥을 짓는 연기도 굴뚝에서 새어 나오기가 무섭게 하늘로 날아가지 않고 처마 끝과 마당에서 맴돌았다. 울타리를 휘감아 올라간 호박잎이 소리를 내며 서로 부딪쳤다. 검둥이 패들이 사다리를 마주 들고 헛간을 나온 것과 우리들이 길목에 모인 것은 거의 같은 시간이었다. 흐린 날씨 탓인지 사다리는 검둥이처럼 검게 보였고 그만큼 위압감을 주며 장중해 보였다. 우리들은 지난밤에 저지른 음모가 탄로 날까 봐 겁이 났고 또 한편으로는 그 음모가 마지막까지 성공될지 어떨지 자신이 안 생겨 겁이 났다. 길섶에서 늦잠을 자던 개구리들이 검둥이 패가 웅성거리며 지나갈 때 모두들 놀라 달아났다. 우리들은 그들의 뒤를 따라 교회당으로 걸어갔다. 사다리의 장중함과 검둥이 패들의 자신만만한 승리감에 짓눌린 우리들은 개구리처럼 뛰어 달아나고 싶었다. 우리들의 종아리는 아침 이슬로 함초롬히 젖어 버렸다.

교회당에 검둥이 패와 사다리와 우리들이 도착했을 때 빗방울이 후드득거리고 바람이 휘휙 불기 시작했다. 해뜨기 전 아침이라서 그런지 허물어진 교회당은 폐허같이 더욱 쓸쓸해 보였다. 종루 아래까지 사다리를 끌고 가면서 검둥이 패들은 영차영차 소리를 내질렀다. 사다리를 치켜세우며 왁자지껄했다. 우리들은 불안과 패배감으로 뒤범벅이 되어 그 모습을 지켜보았다. 새끼줄이 끊어진 사다리 살을 찾아보려고 애썼지만 사다리의 큰 키는, 종루의 기둥을 뒤덮어 이젠 삿갓까지 휘감아 올라간 등나무의 무성한 잎사귀 속으로 몸을 숨겨서 찾을 수가 없었다. 우리들은 이제 속수무책이었다. 검둥이 패들은 우리들을 흘끗흘끗 돌아보았지만 아무 말도 건네지 않았다.

이제 조금 후에는 종소리가 울려 퍼진다는 사실에 흥분하고 있는 모양이었다. 사다리의 맨 꼭대기가 종의 추에서 몇 뼘 떨어진 곳에 등나무 잎사귀 사이로 삐죽하게 나와 있었다. 이윽고 검둥이가 사다리로 기어오르기 시작했다. 사다리가 등나무 잎사귀에 온통 뒤덮여서 검둥이는 마치 등나무 줄기를 타고 올라가는 것 같았다. 우리들은 숨을 죽이고 종루와 등나무, 검둥이, 종루의 삿갓, 금방이라도 소나기가 쏟아질 듯한 하늘의 먹장구름을 빠른 속도로 번갈아 보았다.

후두둑 후두둑 소나기가 뿌리다가 곧 쫘 하고 쏟아져 내렸다. 우리들은 비를 피할 생각도, 바람이 너무 세게 불어서 숨이 헉헉 막히는 것도 잊어버린 채 검둥이를 지켜보았다. 종소리가 울려 퍼진다…… 검둥이가 마침내 종을 친다…… 우리들은 약속대로 검둥이에게 항복하고 그 산하에 들어가 졸병이 되고 만다…… 검둥이 패들보다 깨끗하고 흰 얼굴과 목을 가진 우리들을 손아귀에 넣은 검둥이는 다시 마을 아이들 전체의 우두머리로 복귀한다…… 이런 생각들이 소나기처럼 세차게 우리들의 작은 몸뚱이를 적셔 버렸다.

등나무 잎사귀에 쏟아지는 빗소리가 하도 요란해서 종루는 커다란 발성체같이 소리를 내뿜고 있었다. 중간쯤 올라간 검둥이가 별안간 땅으로 훅 떨어진 것은 종루가 한 옥타브 높은 고음을 낼 때였다. 우리들은 얼른 종루 아래로 바짝 다가가서 검둥이를 보았다. 검둥이는 땅에 떨어져서 커다란 벌레처럼 꿈틀거렸다. 끙끙거리며 신음을 할 때마다 검둥이의 머리에서는 아름다운 피가 나와서 빗물과 함께 땅바닥으로 흘렀다. 천둥이

쿵쾅거리고 번갯불이 천등산 이마에서 번쩍거렸다. 울던 개구리들도 모두 입을 다물고, 우리들도 검둥이가 사다리에서 떨어진 것이 너무 놀라워서 아무 말도 못 하고 피를 흘리는 검둥이를 내려다보다가는 종루를 쳐다보곤 했다.

　그때 느닷없이 종이 울리기 시작했다. 종소리가 울렸을 때 우리들은 꿈을 꾸고 있는 줄 알았지만 종소리가 계속해서 우렁차고 맑게 울려 퍼졌을 때야 비로소 우리들과 검둥이 패들은 종루를 쳐다보았다. 소나기가 억수로 쏟아져 눈에 들어와서 우리들과 검둥이 패들은 얼굴을 숙였다가 다시 종루의 삿갓을 쳐다보았는데 그때 종의 추를 휘감고 있는 푸른 등나무 줄기를 언뜻 보았다. 그 순간 우리들은 흰 석고상, 찬송가를 선창하는 전도사의 깨끗한 얼굴, 번쩍이는 교회당 유리창을 본 것같았다. 종소리를 듣자 다시 되살아난 기억으로 찬송가를 부르려고 입을 열었지만 소나기와 천둥 때문에 소리가 입 밖으로 나가고 있지 않은 것 같았다. 우리들과 검둥이 패들은 부상당한 검둥이를 부축하고 풀섶 길을 걸어 나오며 개구리처럼 와글거렸다.

(월간문학, 1969)

가등사

계곡에서 단풍이 무너져 내렸다. 버스는 단풍의 사태 속을 헤치며 깎아지른 듯한 벼랑의 허리를 기어갔다. 〈강서 - 가등사 직행〉이라고 쓰인 아크릴이 시계추처럼 흔들릴 때마다 열어 놓은 차창으로 독한 단풍 냄새가 퍼져 들어왔다. 비단, 술처럼 독한 단풍 냄새뿐만이 아니라 짙게 불붙은 단풍잎들도 버스 안으로 날아들어 왔다. 날개에 불이 붙은 날벌레같이 단풍은 버스 안에서 이리저리 날아다니다가 어떤 놈은 의자 밑으로 곤두박질을 하고 어떤 놈은 승객의 어깨 위에 내려앉아서 장난감 견장같이 보였다.

강칠은 앞 좌석에 앉은 승객의 어깨 위에 내려앉은 단풍잎을 살며시 집어 들었다. 벌레가 잎을 갉아 먹은 구멍이 송송 뚫려 있는데 그 구멍으로 작은 불개미 한 마리가 재빠르게 들락날락하고 있었다. 강칠은 차창 밖으로 단풍잎을 던져 보냈다. 강칠은 창틀에 팔을 걸치고 산협의 경치를 바라보았다. 아름다운 남국의 가을 경치였다. 서울에서는 도저히 상상할 수도 없는 자연의 조화 그것은 차라리 아름다운 율동이었다. 잔잔하게 이어진 숲의 구릉은, 그러나 계곡을 거슬러 올라가면서 힘차고 강인한 절벽을 이루는가 하면 옆으로 퍼지면서 칼날 같은 봉우리를 만들었다. 얼마 전 어느 일간지에서 '원색의 고향'이라는 타이틀로 컬러 사진을 실어서 남국의 단풍을 보도하였지만 서울에 앉아서 컬러 사진을 볼 때와는 판이한 감동이 강칠의 가슴속을 소용돌이쳤다. 공해 문제가 커다란 사회적인 이슈로 논란되고 있는 도시의 사람들은 이미 이와 같은 자연미를 올바로 식별하지도 못하는 상황 속에 놓여 있는지도 몰랐다.

"아직도 멀었나요?"

산협의 단풍을 바라보다가 강칠은 옆자리의 승객에게 얼굴을 돌렸다. 어깨가 찌뿌둥하게 아파 왔다.

"이제 한 시간 남짓 가면 됩니다."

머리를 치깎은 그 사내는 턱이 유난히 뾰족해서 얼굴 생김새가 마름모꼴이었다. 강서에서부터 같은 자리에 타고 오면서도 강칠과 그 사내는 서로 말을 주고받지 않았다. 아마 계곡을 뒤덮은 단풍에 넋을 빼앗기고 있었기 때문이기도 하였지만 강칠은 지금 자기가 찾아가는 가등사에 대한 이상스러운 기대에 휩싸여 있었으므로 다른 사람과 이것저것 세상 물정을 이야기한다든가 가을 경치를 말한다든가 도시 사람으로서 있음직한 자연미에 대한 새삼스러운 찬탄 같은 것을 구태여 입 밖에 낼 생각은 없었기 때문이었다. 버스는 지금까지 기어온 좁은 지선을 벗어나 C읍에서 가등사 입구로 직통하는 간선으로 접어들었다.

"가등사에 가십니까?"

사내는 남국 특유의 방언 억양이 그대로 살아나게 말했지만 그러나 매우 조심스럽게 표준어의 철자법대로 발음하였다. 시골 사람답지 않게 단정한 말투라고 강칠은 생각하였다.

"안됐군요. 여행을 오셨는데."

사내는 강칠에게로 얼굴을 돌리며 이렇게 말했다. 눈 가장자리로 잔주름살이 모여들었다가 얼굴 전체로 퍼져 나가고 있는 마름모꼴의 깨끗한 그의 얼굴을 마주 보면서 강칠은 대꾸했다.

"화재가 났다는 소식을 듣고 찾아가는 길입니다."

"아, 그러십니까?"

그 사내는 놀라는 표정으로 차창 밖 먼 곳으로 눈길을 돌렸다.

강칠은 바바리코트 안에서 수첩을 꺼냈다. 수첩에 부록으로 붙어 있는 지도를 찾았다. 물에서 갓 기어 나온 게 모양으로 C 남도는 엎드려 있고 그 위에 작은 반점처럼 읍들이 널려 있었다. 남해안에서 3센티미터쯤 북쪽으로 올라온 자리에 가등사의 卍표가 그려져 있었다. 가등사 옆에는 마침표같이 작은 동그라미가 그려져 있고 〈가등리〉라고 작게 씌어 있었다. 그 왼편 가까이에는 ▲표가 있고 〈가등산 1,798m〉라고 표시돼 있었다. 강칠은 가등사에서 시작되는 외줄기 선을 따라 시선을 강서로 옮겼다. 강서에서부터 서울행 북상 철도가 표시돼 있었다.

서울특별시 종로구 세종로 2가 97번지─문득 이와 같은 지번이 생각나자 강칠은 픽 하고 웃어 버렸다. 자기가 근무하는 주간 새터데이가 자리 잡고 있는 곳이었다. 강칠은 그 신문사의 취재 기자였다. 강칠이가 가지고 있는 취재 센스와 발랄한 필력은 사내에서도 이미 인정이 되어 있었다. 지난여름, 경쟁지가 창간되었을 때도 강칠은 스카우트 교섭을 받았지만 마음이 내키지 않아서 옮기지 않았다. 새로 창간되는 신문사가 대부분 그렇듯 페이를 몇 퍼센트 타사보다 많이 주는 것을 핑계로, 기자들에게 지나친 사명감을 가져 달라고 요구하고, 책임감을 들먹이며 술렁거리는 분위기가 마음에 내키지 않았고, 무엇보다도 강칠로서는 하루속히 저널리스트 신세를 면해 볼 궁리를 하고 있었으므로 새삼스럽게 직장을 옮길 마음이 생기지 않았다. 그런데 강칠의 이러한 태도가 새터데이 쪽에서 보면 자기들의 변함없는 충복이라고 생각되어서 일은 더욱 우습게 되었다.

차장 대우에서 곧 차장이 되었고 월급도 30퍼센트가 올랐다. 아무래도 상관없다고 강칠은 생각하면서 이따금 특집 인터뷰를 써 주기도 하고 고서점을 하는 K씨나 정년이 되어 물러난 황 교수를 클로즈업시켜 한 주일의 화제를 만들기도 하였는데 호평이랄 것은 없으나 악평을 듣지는 않았다. 따라서 강칠은 변함없이 저력 있는 기자로서 위치가 확고하였다. 경쟁지의 창간으로 인하여 겪는 새터데이의 수난은 의외로 심각해지기 시작하였다. 새터데이는 주로 한국의 고유한 풍물이나 전통의 발굴에 주력하는, 약간은 아카데믹하고 또 한편으로는 회고조의 가사를 위주로 하여 대학생이나 중년층을 독자로 삼아 왔는데 새로 창간된 경쟁지는 연예계 기사를 위주로 하여 폭넓게 독자를 확보하면서 상당한 세력으로 발전되었다. 사정이 이렇게 되자 사측에서는 강칠에게 더욱 큰 기대를 걸게 되었다. 가등사 화재 현지 취재를 강칠이가 맡은 것은 주간의 권고도 권고였으나 무엇보다도 한번 바람이나 쏘이고 싶은 강칠 자신의 뜻에서였다. 새삼스럽게 무슨 열정이 대단하다고 오백 리 길이 넘는 가등사까지 취재를 온단 말인가. 아무튼 주간은 이번 현지 취재를 크게 취급해서 새터데이의 면모를 새롭게 해 볼 심산인 모양이어서 강칠이 가등사 화재 현장에 가서 무슨 굉장한 꼭지를 물어 오기를 바라는 정도가 아니라 반드시 굉장한 꼭지가 있을 것이라고 확신하는 태도였다. 국내 굴지의 대사찰이 불에 타서 하루아침에 잿더미가 됐다는 사실은 도시 사람들의 심금을 울려 줄 만한 쇼킹한 뉴스임에는 틀림이 없었다.

이틀 전 일간신문에서 그 보도를 읽었을 때 강칠이도 그런 심정이었다. 그날 아침 출근을 하자마자 주간에게서 가등사 화재 현장으로 취재를 가라는 말을 듣고 나서 강칠은 담배를 피워 물고 창가로 가서 밖을 내다보며 한참 동안 서 있었다. 가스를 내뿜으며 달리는 수많은 차량의 물결, 회사 정문에서 시작되는 공항행 하이웨이를 달리는 승용차들의 소음, 아침 출근길에 버스 안에서 붐비던 승객들의 아우성 소리. 이 모든 것에서 잠시라도 떠나야겠다고 강칠은 중얼거리며 곧 도서실로 가서 불교대사전을 펴 보았다. 가등사에 대한 예비지식을 얻고자 일어난 직업의식 때문이었지만 그 사전에는 이렇다 할 내용이 없었다. 전국 사찰 일람이란 책을 펴 보자 가등사의 사진과 함께 가등사 약사가 소개돼 있었다.

'가등사─C남도 강서군 가등리 가등산에 있는 절. 신라 Q여왕이 명승 정화와 승응을 위하여 동왕 8년에 창건하였다. 창건 이후 여덟 차례에 걸쳐 큰 화재를 입어 소실되었다가 현존하는 건물은 조선 말엽에 건립되었다. 본당인 적리전을 중심으로 명부당, 화사전, 행여전, 승광당, 현응전, 흑상문, 청하문 등이 있고 여러 개의 누문이 있다. 신라 때 회암대사가 세웠다는 5층석탑이 있으며 정화와 승응 대사의 사리탑이 있다. 주승이 2백 명이 넘고 적리전의 금불상은 국보 13호이며 말사가 전국에 80여 개, 경판당의 경판은 국보 87호……

가등사 기사가 특종이 될지 어떨지 강칠로서는 아무런 확신도 없었다. 강서역에서 기차를 내려 가등사 직행버스로 갈아타고 나서부터는 강칠은 주간 새터데이를 배반하기 시작했다. 취재와는 아무런 연관도 없는 마냥 한가한 관광객이 돼 버린 느낌이었다. 산협을 뒤덮으며 불타오르는 단풍의 장관은 강칠을 하나의 평범한 자연인으로 되돌아가게 해 주었다. 몇 장의 메모지, 볼펜, 어깨에 걸머메고 온 아사히 펜탁스도 모두 다 우스꽝스러워졌다. 그러나 강칠이는 가등사 화재에 대해서는 직업 의식을 떠나서 이끌리는 게 있었다. 불타오르는 단풍의 계곡과 잿더미가 된 거대한 고사는 이상하게도 가슴을 철렁하게 해 주는 이질감의 교차가 있었다.

"화재가 난 것을 알고 오신다니 혹시 스님 중에 친척이라도?"

사내가 한참 만에 말을 걸어왔다.

"그런 건 아닙니다만 한번 가 보고 싶다는 생각에서."

강칠은 수첩을 접어서 주머니에 넣으며 말했다. 버스는 커브를 돌 때마다 멈칫거리며 클랙슨을 붕붕 울렸다.

"화재가 난 것이 밤중이었다지요?"

강칠이가 담배를 권하자 그는 시골 사람답지 않게 깨끗한 손으로 그것을 받았다.

"그저께 밤이었어요. 자정이 지나서이니까 축시쯤 됐을 겁니다."

"그래요? 가등사를 잘 아십니까?"

"아다뿐입니까?"

그 사내는 가등리에서 기념품상을 하는 토박이 상인이었다. 사철을 두고 가등사에는 전국에서 수많은 관광객이 모여든다. 가등리 사람들은 대부분 관광객을 상대로 상점을 차리든가 여관업, 요식업을 해서 생계를 이어 나간다. 소년들은 안내원 노릇을 하기도 하고 값싼 카메라를 들고 다니며 스냅 사진을 찍어 주는 사진사 노릇도 한다. 가등사가 하룻밤 사이에 잿더미가 되자 가등리 사람들은 불가불 생업을 바꿔야 할 처지에 놓여 있다.

화재가 난 다음날부터 관광객의 발길은 뚝 끊기고 가등리에는 불안한 정적이 덮여 있다. 가등리에서 상업을 하던 사람들은 어차피 이사를 가야 하는데 가옥이나 상점을 내놔도 매매가 안 된다. 그 사내도 강서로 이사를 가려고 상점 자리를 구하러 갔다 오는 길이라고 한다. 가등리 상점에 가득 쌓인 기념품을 처분해야겠는데 이것 역시 살 사람이 없다. 오뚝이, 칼, 벼루, 붓, 반지, 목걸이에서부터 바구니, 탁자, 거울, 각종 그릇에 이르기까지 수많은 기념품이 가등사가 불타고 관광객이 끊어진 지금 무슨 소용이 있는가.

그는 말을 마치고 나서 차창 밖을 가리켰다.

"저기가 가등리입니다. 가등사는 거기서 개울 건너 한참 올라갑니다."

산협의 자락에 자리 잡은 가등리의 인가가 나무숲 사이로 언뜻언뜻 보이기 시작했다. 계곡에 석양의 어스름이 깔리기 시작하자 산의 발치에서부터 잿빛 어둠이 뭉게뭉게 피어올랐다. 산촌에서는 어둠이 다가오는 속도가 완연하게 느껴졌다. 산을 뒤덮으며 계곡으로 무너져 내리는 단풍의 사태를 위로 위로 밀어 올리며 어둠이 피어올라 나무숲을 회색으로 물들였다. 차창 밖으로 손을 내밀면 떨어지는 나뭇잎이 툭툭 부딪쳐서, 소나기를 맞는 듯한 서늘한 감촉이었다.

"밤중에 불이 났으면 위험했을 텐데요. 다친 사람은 없었나요?"

"승현 스님께서……."

"많이 다치셨습니까?"

사내는 갑자기 찡그리는 듯한 표정이 되었다. 잔주름살이 눈가장자리로 모여들고 있었다.

"돌아가셨습니다. 그만 승현 스님께서……."

이 말을 듣자 강칠은 긴장감 때문에 가슴이 찌릿해 왔다. 이상한 일이었다. 신문 보도에는 스님이 다쳤다는 말이 없었다. 인명 피해는 어떤 사건에 있어서나 가장 중요한 것이 아닌가.

"거 이상한 일이군요. 신문에는 그런 말이 없었는데요. 승현 스님이라니 도대체 누굽니까?"

"지금 주지승이신 고혜 스님보다도 더 고명하신 분입니다. 다섯 해 전까지는 승현 스님이 주지였지요……."

그는 잠시 말을 끊었다가 다시 계속하였다.

"승현 스님은 가등사의 기둥이었습니다. 속세에는 별로 알려지지 않으셨지만 가등사 스님 중에서 가장 훌륭하신 고승이라는 것을 가등리 사람들은 다 알고 있지요. 지난겨울 외나무다리에서 실족을 하여 변을 당하신 이후로 그 스님을 뵈온 적은 없지만 지난해까지만 해도 가등리에 내려오셔서 우리 같은 잡상인들과 장기도 두시고 코흘리개들을 안아주기도 했지요."

버스 천장에 달린 노란 전등에 불이 들어왔다. 옆자리의 사내 얼굴도 노란빛으로 물들었다. 노란 불빛을 받고 있는 그의 뺨을 가느다란 주름살이 가로세로로 지나고 있었다. 버스가 붕붕거리며 클랙슨을 울리다가 정거했다. 맞은편 어둠 속에서 버스가 올라오고 있었다. 그 버스가 지나갈 때까지 길 한쪽으로 비켜서 있다가 강칠을 태운 밤 버스는 다시 움직였다. 헤드라이트 불빛을 받은 단풍숲은 휘황한 스펙터클이 되어 강하게 클로즈업되어 보였다.

승현 스님이 불 속에 갇혀 타죽었다는 사내의 말을 듣자 강칠은 이상하게도 가슴이 후들후들 떨려 왔다. 주민들에게까지 숭앙을 받던 고승이 순교를 했는데 어째서 신문에는 보도가 되지 않았을까. 강칠이가 생각했던 것보다는 의외로 가등사 화재 사건에는 '무엇'이 있다는 직감이 들기 시작했다. 바로 이 '무엇'이 중요한 일이다. 사내의 말대로 만일 승현 스님이 이번 화재로 순교를 했다면 강칠은 특종을 잡은 것이 틀림없는 일이다. 새터데이로서도 그보다 더 다행한 일은 없다. 계절은 만추다. 이러한 계절에 가등사 같은 고사가 불에 타서 잿더미가 된다. 불 속에 스님이 순교를 한다……

"워낙 고령이시고 외나무다리에서 실족을 하신 다음에는 바깥 거동을 못 하셨으니까요……."

"그 스님은 언제부터 가등사에 계셨습니까?"

강칠은 이 사내에게서 되도록 많은 이야기를 들어야겠다고 생각하였다. 승현 스님의 순교가 신문에 보도되지 않고 비밀로 감추어져 있는 것은 가등사 쪽에 어떤 사정이 있어서 그런 것일지도 모른다는 생각도 들었다. 그렇다면 가등사에 가서 스님들에게 승현 스님의 순교에 대한 것을 물어봐도 입을 열지 않을지도 모를 일이었다. 사내는 담배를 꺼내 입에 물었다. 강칠은 라이터로 그에게 불을 붙여 주었다. 라이터 불이 바람을 받아 사선으로 타오르다가 훅 꺼져 버렸다.

"확실한 것은 모릅니다만."

그는 망설이는 듯하다가 담배를 한 모금 빨고 말을 이어 나갔다.

"돌아가신 우리 선친이 상처를 세 번 하셨다는 걸 훤히 알고 계셨으니까 내가 태어나기 훨씬 전부터 가등사에 계셨을 겁니다."

그는 갑자기 입을 꽉 다물어 버렸다. 좀처럼 그의 입이 다시 열릴 것 같지 않았다. 밤이 되자 밤 버스의 차창으로 들어오는 단풍 향기는 더욱 독해진 것 같았다. 강칠은 창틀에 팔을 걸치고 어둠을 내다보았다. 인가의 불빛이 보이기 시작했다.

"저기가 가등리입니까?"

그는 뾰족한 턱을 움직이며 그렇다는 시늉을 해 보였다. 버스는 덜커덩거리며 가등리로 내려가고 있었다. 가등리의 불빛이 손끝에 잡힐 듯이 가까워졌다.

"통성명이나 합시다. 이강칠이라고 합니다."

강칠은 순간적인 기분에서 손을 내밀며 이렇게 말했다.

"아, 네. 저는 이명수입니다. 밝을 명 물가 수입니다."

"저하고 종씨이시군요. 저는 건강이라는 강에다가 일곱 칠입니다. 본관이 어디십니까?"

"혜동입니다."

화당천을 왼편으로 끼고 가파른 오솔길을 한참 올라가자 가등사 입구가 나타났다. 아침의 밝은 햇빛과 신선한 공기에 기분이 상쾌해지자 강칠은 어젯밤의 피로가 일시에 풀리는 것 같았다. 시계를 보니 여덟 시 이십 분, 어제 이맘때는 출근하느라고 버스에서 시달림을 당하고 있었다는 생각이 들자 언덕을 뒤덮은 아침 단풍의 모습이 더욱 경이감을 가지고 강칠 앞에 펼쳐져 있는 듯하였다. 언덕에는 형형색색의 단풍든 잎사귀들과 밤송이가 널려 있고 다람쥐와 산쥐들이 찍찍거리며 고목의 그루터기 사이로 달음질치고 있었다. 나뭇가지 위에서 이름 모를 산새가 울다가 발소리에 놀라 날아가며 이슬을 비 오듯 떨구었다. 가등사 입구가 가까워져 올수록 강칠은 이상한 예감으로 가슴이 떨려옴을 의식했다. 어제 버스에서 우연히 알게 된 명수라는 사내의 깨끗한 얼굴과 얼굴을 뒤덮은 잔주름살과 날카로운 턱은 강렬한 인상으로 남아서 강칠의 머릿속을 차지하고 있었다. 가등사 화재에 '무엇'이 있을지도 모른다는 어제의 예감은 이제는 하나의 확신으로 변해서 강칠에게 취재 각도를 제시해 주고 있는 기분이었다. 중들 사이에 어떤 세력 다툼이나 말 못 할 원한이 있어서 누가 방화를 했을지도 모른다. 또한 승현 스님을 제거하기 위하여 절에 불을 지르고 그대로 타 죽게 했는지도 모른다. 관광객이 버린 담뱃불에 인화되어 화재가 났거나 과실로 화재가 나서 절이 소실되는 바람에 승현 스님이 죽었다면 신문에 보도가 안 될 리가 만무하다. 그러면, 어째서 승현 스님에 대한 사건은 보도가 되지 않았을까. 무슨 곡절이 있는 게 분명하다. 그렇다면 명수라는 사내는 그것을 어떻게 알고 있는 것일까. 승현 스님에 대한 더 이상의 질문에 대한 대답을 완강히 거부하는 듯한 어제의 그의 표정은 무엇을 말하는 것인가.

가등사의 정문인 일성문이 바로 보였다. 일성문 앞에 줄지어 서 있는 간이상점과 필름 DP&E라고 쓰인 간판들도 반쯤은 불에 타서 꺼멓게 그을어 있었다. 일성문 양쪽으로 서 있는 비석들은 가등사의 깊은 유서를 말해 주는 듯 어떤 것은 비스듬히 쓰러지고 대부분 비문마저 마멸되어 알아보기가 어려웠다. 돌층계를 지나 일성문 안으로 들어서자 가등사가 보였다. 온통 잿더미였다. 불에 타다 남은 서까래와 기둥들이 잿더미 속에 파묻혀 있고, 깨진 기왓장들이 널려 있는 뜰 한가운데에는 재를 뒤집어쓴 석탑과 석등이 말없이 서 있었다. 석탑의 유래를 설명하는 안내판도 반쯤은 불에 타서 글씨조차 알아볼 수 없었다. 금불상이 있었다는 적리전과 명부당, 행여전, 그 옆으로 화사전, 승광당, 청하문도 모조리 없어져 버렸다. 아무리 목조 건물이지만 여러 채의 절이 이토록 완전히 소실될 수 있을까 하는 생각을 하며 강칠은 새삼스럽게 가슴이 사무쳐왔다. 돌 층계에 수북이 쌓인 재를 밟고 위로 올라갈 때 강칠의 구두는 푹푹 빠졌다. 5층 사리탑 아래에서 잿더미를 헤치고 있던 여러 명의 스님이 강칠을 보자 허리를 폈다. 그들은 잿더미 속에서 불상을 꺼내고 있는 모양이었다. 형체를 알아볼 수 없을 만큼 지글지글 녹아 버린 부처님의 얼굴이 잿더미 가에 놓여 있었다. 부처님은 이미 눈도 코도 없었다. 자비스러운 미소는 찾을 길 없이 한 덩이 쇠붙이에 지나지 않는 부처님의 잔해를 스님들은 열심히 파헤치고 있었던 모양이다. 타다 남은 경서들이 가랑잎처럼 이리저리 날아다녔다. 강칠은 염주를 목에 건 늙은 스님에게 다가가며, 말을 걸었다.

"승현 스님의 유해를 찾으셨나요?"

"나무관세음보살……."

그 스님은 고개를 숙이며 합장했다. 그러나 강칠의 질문에는 대답하지 않았다. 강칠은 한동안 망설였다. 자기가 실언을 했는지도 모른다는 생각이 났다. 명수라는 사내가 한 말을 경솔하게 믿어 버린 것은 큰 잘못일지도 몰랐다. 꿩 잡으려다가 참새 놓친다는 격으로 승현 스님 이야기를 경솔히 꺼냈다가 가등사 화인 조사도 못 하게 될지도 몰랐다. 그러나 강칠은 곧 안심하였다.

"어디서 오신 분인지는 모르오나 잠깐 자리를 피하여……."

그 노승은 이렇게 말하며 경판당 쪽으로 앞서 걸어갔다. 불에 타서 허물어진 경판당 뒤켠에는 약수가 있었다. 약수 앞 석상에 노승이 앉으며 들릴 듯 말 듯 염주를 손끝으로 세었다. 강철은 맞은편 석상에 앉았다.

"승현 스님이 입적하셨다는 것을 알고 계시니까 말씀드립니다만 아직까지 스님의 유해를 찾지 못했습니다. 그래서 본의는 아니나마 그분이 돌아가신 것을 세상에 숨기고 있습니다. 다 아시겠지만 승현 스님이 불 속에 갇혀 돌아가셨다는 소식을 들으면 여러 사찰의 승려들은 물론 여러 신도들이 너무나 낙심을 하게 되고 더구나 유해조차 찾지 못했으니까요……."

승현 스님의 유해를 찾지 못했다는 이야기를 듣자 강철은 어떤 벽 같은 것을 느꼈다. 유해를 찾지 못했다면 혹시 승현 스님은 화재 당시 가등사에 없었을지도 모를 일이었다. 가등산 산록에 자리 잡은 수십 개의 암자 어딘가에 살아 있을지도 모를 일이었다. 순교한 승현 스님……. 이러한 기사가 성립될 수도 없는 일이었다. 지금 상황으로는 행방불명 이외에 아무것도 아니다. 승현 스님에 대한 것을 좀 더 알아보려고 강철은 평소에 승현 스님과 가까이 지내던 스님들을 소개해 달라고 말했다. 그러나 노승은 머리를 저었다. 같은 절에 있으면서도 얼굴조차 대하기가 어려웠다고 한다. 명부당 불상 앞에서 염불을 외우며, 바깥출입은 통 안 했다는 것이었다. 지난겨울 영연 외나무다리에서 실족을 하여 다리를 다친 이후로는 밤낮을 가리지 않고 승현 스님이 거처하는 명부당에서는 목탁 소리가 들렸다고 한다. 이런 이야기를 하는 노승은 법명이 인승이라 했다. 인승 스님은 잠시도 쉬지 않고 염주를 만지며 이야기를 이어 나 갔다.

"가등리에 사는 명수라는 사람만이 승현 스님에게 드나들었습니다. 실족을 하셨을 때 업고 온 사람도 명수였으니까요. 어떤 연분에서였는지는 모르나 승현 스님은 평소에도 명수를 귀여워했었지요. 귀여워하다니요. 명수도 이미 중늙은이는 됐습죠. 승현 스님은 원래 속세의 사람들과 가까이 지냈습니다. 하긴 기생이나 창녀를 보고 석가여래의 참뜻을 깨닫게 되는 수가 종종 있으니 승현 스님이 속세의 사람들과 가까이 이야기를 즐기신 것도 다 그만한 뜻이 있었다고 여겨집니다. 6·25사변 때 일입니다. 인민군이 가등사를 점령했을 때 우리 중들은 모두 피란을 못 가고 그놈들한테 시달렸습죠. 그런데 가을이 지나 인민군이 후퇴한 다음이지요. 아니 그 이듬해 여름입니다. 가등사에 있는 여승들이 암자에서 기거를 하는 것은 지금이나 그때나 마찬가지였습니다. 아이를 낳은 여승이 스무 명에 가까웠습니다. 물론 인민군에게 겁탈을 당한 것이죠. 제가 승현 스님을 존경하게 된 것이 바로 이 사건이 일어나고부터입니다. 아기를 낳아 파계한 여승들이 하루아침에 속세로 쫓겨날 줄 알았는데, 승현 스님은 그들을 쫓아내지 않았습니다. 아기들은 모두 말사로 분산시켜 양육하게 했지요. 그 아기들이 지금 스무 살이 가까웠지요. 모두 머리를 깎고 부처님의 제자가 됐습니다. 이런 사실을 아는 사람은 별로 없으니 선생님께서도 신문에 내지 마시고 그냥 알아두십시오. 승현 스님은 보통 승려들보다 다른 각도에서 불도를 닦으셨습니다. 나무관세음보살."

"승현 스님이 불 속에 갇혀 돌아가셨다는 이야기를 저에게 해 준 사람이 바로 명수라는 사람이었습니다. 이명수 씨는 승현 스님이 순교한 것을 어떻게 알고 있을까요?"

인승 스님은 강철의 말을 듣고 긴장한 표정으로 쳐다보았다. 경판당의 폐허 위로 산까치가 날아가며 울었다. 끊어질 듯하면서 어디선가 목탁 소리가 들려올 뿐 사위는 단풍 향기를 머금은 바람 소리뿐이었다.

"나무관세음보살……."

인승 스님은 강철이가 묻는 말에는 대꾸할 생각이 없는 듯 더욱 가라앉은 목소리로 승현 스님의 이야기를 하기 시작했다.

지난 초추 어느 날 밤의 일이다. 그날 밤도 명부당에서는 목탁 소리가 한없이 이어지고 있었다. 새벽녘이 되어서였다. 갑자기 목탁 소리가 끊겼다. 그 앞을 지나가던 인승 스님은 문틈으로 명부당을 들여다보았다. 앙상하게 여위어 뼈만 남은 승현 스님이 불상 앞에 죽은 듯이 앉아 있었다. 불상을 쳐다보고 앉아 있는 승현 스님의 옆모습은 실을 다 토해 낸 늙은 거미 같았다. 등골이 오싹할 정도로 스님의 모습에서는 괴기한 바람이 일고 있었다. 승현 스님은 그때에도 금식을 하고 있었기 때문에 아마 극도로 쇠약해졌을 것이었다. 그렇게 쇠약한 스님이 목탁을 두드리고 염불을 외울 수 있다는 것은 불가사의한 일이었다.

한참 후에 승현 스님의 오른쪽 손이 움직여서 얼굴 가까이로 갔다. 인승 스님은 두근거리는 가슴을 진정하면서 그의 동작을 지켜보았다. 잠시 후에 승현 스님의 눈에서 붉은 피가 주르르 흘러내렸다. 인승 스님은 인기척을 하고 명부당으로 들어가고 싶었으나 발이 떼어지지가 않았다.

"승현 스님은 자기 손으로 눈을 찔러 피를 냈습니다. 손톱으로 찔렀는지 바늘인지 작은 송곳인지도 모르겠으나 그 후 승현 스님은 외눈이 되었습니다. 지금도 잊을 수가 없습니다. 손을 들어 눈을 찌르던 승현 스님의 동작은 정말로 신비스럽고 아름다웠습니다. 소승은 명부당을 다시 엿보는 죄를 범했습니다. 외눈이 된 승현 스님의 뼈만 남은 몸 전체에서 사람을 압도하는 광기가 뿜어 나오고 있어서 그만 질려 버렸습니다. 그 후 한 달이 지나서 가등사에 화재가 일어난 것입니다. 불은 맨 처음 명부당에서 시작되어 삽시간에 가등사 전체를 태워 버렸지요. 지금까지도 스님이 외눈이었다는 것을 아는 사람은 없습니다. 아무쪼록 스님께서 극락에 가셨기를. 나무관세음……."

"승현 스님은 자기 눈을 찌르면서까지 극기를 해야 할 만큼 신앙이 흔들렸던 것은 아닙니까?"

"믿음이 흔들리다니요. 그런 것은 상상할 수도 없는 일입니다. 가장 절실한 고통 속에서 부처님에게로 가는 길을 찾고 계셨을 겁니다. 흐려져 가는 정신을 일깨워 부처님의 진리를 조금이라도 더 오래 찾고 계셨을 겁니다."

강칠은 약수물 떨어지는 소리를 들으며 한동안 생각에 잠겼다. 가등사의 주도권을 쟁탈하기 위하여 중들 사이에 어떤 알력이 생겨 승현 스님을 죽게 했을지도 모르겠다는 어제의 자기 생각을 뉘우쳤다. 승현 스님의 죽음은 강칠 같은 속세 사람의 추리를 초월해서 존재하는 신비일지도 모른다. 실을 다 토해 낸 늙은 거미는 마지막 한 방울의 액까지 토해 내려고 혼신의 힘을 다한다. 흐려져 가는 자기의 생명을 일깨우며 부처님의 자비를 깨달으려 한다. 깊은 신앙이라는 것은 정신과 육체의 가장 절실한 요소를 합쳐 토해 내는 실이다. 마지막 실을 토해 내려고 자기의 눈을 찌른다. 몇 달 동안의 금식, 80세의 고령, 실족하여 골절된 다리, 뼈만 남은 앙상한 몸, 목탁 소리, 염불 소리, 가등산의 단풍 사태, 사위를 압도하는 적막…… 이런 것들 속에서 세상에 알려지지 않은 순교가 이루어진다. 자기 눈을 찌르며 느꼈을 숭고한 법열을 상상해 보며 강칠은 가슴이 섬찍해졌다.

"그런데 선생께선 명수라는 사내를 어떻게 아십니까?"

인승 스님은 염주를 굴리며 재가 풀풀 날리는 경판당 폐허 위를 왔다 갔다 하였다. 강칠은 어젯밤 버스에서 우연히 알게 되어 인사를 나눈 것을 이야기하였다. 어느덧 점심때가 가까워해는 중천에 걸리었다. 가등산의 단풍은 더욱 휘황한 자태로 산협을 불사르고 있었다. 강칠은 잿더미 속에서 반쯤 타다 남은 경판 한 개를 집어 들었다. 목각된 자체는 그대로 선명하였다. 강칠은 그것을 포켓에 넣었다.

"화인은 결국 명부당에서 등잔불이 쓰러지는 바람에 인화된 것일 겁니다. 승현 스님은 생전에 몸소 지키던 가등사와 더불어 순교하신 것입니다. 나무아미타불⋯⋯."

인승 스님은 결단을 내리듯 말했다. 강칠은 카메라로 5층석탑을 중심으로 가등사의 잿더미를 필름에 담았다. 인승 스님 보기에도 송구스럽고 스스로의 생각으로도 핀트를 여기저기에 맞추어 여러 장의 사진을 찍을 마음은 없었다. 이상하게 승현 스님에 대한 어떤 기대가 커 갈수록 새터데이가 요구하는 특종 잡는 민완 기자의 의욕이 나지 않았다. 승현 스님에 대한 기대라니 말이 우스워진다. 그것은 기대가 아니라 유혹이다. 수렁으로 빠져들어 가는 작은 짐승처럼 강칠은 승현 스님의 죽음한테 이끌리고 있었다. 인승 스님은 강칠에게 따라오라는 손짓을 하고 앞장서서 돌층계를 내려갔다. 풍상에 밋밋하게 마멸된 작은 석탑 앞을 지날 때 인승 스님은 탑을 가리키며 말했다.

"이 사리탑이 천 년을 묵은 것입니다. 가등사가 창건되고 나서 처음 세워진 사리탑입니다. 승응 대사한테서 나온 사리가 보관되어 있습죠."

그들은 사리탑을 지나 명부당까지 왔다. 매캐한 재 냄새가 코를 찔렀다.

"여기가 승현 스님이 거처하던 곳입니다."

스님의 말을 듣고 잿더미를 보니 그것은 거인의 무덤 같아 보였다. 잿더미 옆에는 감나무 두 그루가 서 있었는데 빨갛게 익은 감이 주렁주렁 달려 있었다. 그 뒤로 커다란 은행나무에서 노란 은행잎이 우수수 떨어져 내렸다.

"화재가 나던 날 밤중에 소승은 약수를 마시러 밖으로 나왔습니다. 그때 어떤 사내가 명부당으로 들어갔습니다. 직감적으로 그 사내가 명수라고 생각하자 가슴이 두근거렸습니다. 명수가 가끔 승현 스님께 드나든다는 것은 알았습니다만 밤중에 오다니 아무래도 이상했습니다. 그러나 명부당에서는 목탁 소리가 계속해서 들렸습니다. 화재가 난 것은 새벽녘이 가까워서였습니다. 삽시간에 가등사는 불바다가 되었지요."

"명수 씨가 불을 지른 것은 아닐까요? 승현 스님에게 원한이 있든가 자기의 약점을 승현 스님이 알고 있어서 가등사에 방화를 하여 승현 스님을 죽인 게 아닐까요?"

"그렇지 않습니다. 명수는 착실한 불도이고 본성이 착한 사람인데 그런 죄를 범할 리가 없고 승현 스님에게 무슨 원한이 있을 리도 없습니다. 다만 한 가지 이상한 일은 이미 가등사가 잿더미가 돼 버린 그날 아침의 일입니다. 안개가 어찌나 심했던지 지척을 분간할 수도 없었습니다. 저는 승현 스님이 어찌

되셨나 하고 불길한 예감이 들어서 허겁지겁 명부당으로 뛰어 갔습니다. 그때 저는 환각이 아닌가 하고 눈을 의심했습니다. 잿더미 속에서 무얼 찾아 가지고 안개 속으로 달아나는 사람은 명수였습니다. 가등리 사람들이 온통 올라와 진화 작업을 하느라고 가등사는 온통 수라장이었습니다. 그러니, 미처 승현 스님을 구해 내야 하겠다는 생각이 나지 못했습니다. 그런데 명수가……"

인승 스님은 잠시 말을 끊었다. 은행나무에서 은행이 툭툭 떨어져 흰 은행알이 튀어나온다. 점심 공양을 알리는 목탁 소리가 멀리서 들려온다. 암자에서 나는 소리인 것 같았다. 맑게 개인 가을하늘에 높이 뜬 비행기가 숨을 죽이고 조용하게 미끄러진다. 가등산 상봉 위에 한가롭게 구름이 한 점 떠 있어 꼼짝 않는다.

"짙은 안개 때문에 얼굴을 확실히 본 것은 아닙니다만 명수임이 분명했습니다. 그 사람은 어떤 연유에서인지 모르나 승현 스님의 유해를 훔쳐 간 것 같습니다. 그래서 소승은 바로 가등리에 내려가 명수를 찾았으나 강서에 나갔다는 것입니다. 가등사에서는 승현 스님의 유해조차 찾지 못했으니 발칵 뒤집혔지요. 사변 이후에 가등사를 중건한 분이 바로 승현 스님이었고 누구나 아다시피 승현 스님은 가등사의 기둥이었죠. 기둥이라니요. 승현 스님은 바로 가등사의 정신이었습니다. 가등사는 지금까지 창건 이래로 여러 번 불탔지만 그러나 다시 일어섰습니다. 이번 화재도 부처님이 내리신 자비입니다. 다시 한번 불도들에게 시련을 주시고 참된 뜻을 가르치시려는…… 관세음보살."

인승 스님은 말끝을 맺지 못하고 얼굴을 돌렸다. 강칠은 인승 스님에게 더 이상 말을 붙여서는 이제 울음이 터져 나올 것 같다고 생각하였다. 예상보다는 더 풍부하고 확실한 이야기를 들은 셈이었다. 강칠은 잿더미가 된 가등사의 황량한 폐허를 보면서 가슴이 더욱 사무쳐 왔다.

"명수가 유해를 훔쳐 갔다고 해서 유해를 다시 찾고 명수를 법에 고발할 생각은 없습니다. 승현 스님의 높은 정신 위에 보다 웅장한 가등사가 다시 설 것입니다. ……시장하시지요. 점심 공양이나 하러 가십시다. 산촌이라서 찬이 없습니다."

강칠은 스님을 따라 아래로 내려오면서 말했다.

"아니 괜찮습니다. 그런데 주지 스님이신 고혜 스님을 한 번 만나 뵙고자 하는데요."

인승 스님은 발길을 잠시 멈추며 강칠을 돌아다보았다. 깊은 주름살이 뒤덮인 스님의 얼굴이 잔잔하게 경련하였다. 하얗게 센 짙은 눈썹 아래 도저히 노승이라고는 할 수 없을 만큼 빛나는 눈동자가 강렬하게 강칠의 시선을 압도하였다. 스님의 어깨 뒤로 무너져 내리는 가등산의 단풍은 남국의 풍치만이 아니라 가등사의 불굴의 정신을 대변해 주는 듯 웅장한 아름다움으로 불타고 있었다. 가등리 쪽의 평지를 빼놓고 가등산의 산협은 사방에서 가등사를 감싸듯이 지켜서서 불붙고 있었다.

"소승이 바로 고혜입니다. 얼마 전 법명을 고쳐서 지금은 인승입니다마는 모두 다 과분한 법명이지요."

합장을 하는 스님의 손등에 툭툭 불거져 나온 정맥은 노승답지 않게 건강하고 위풍이 당당하였다.

영연암 가는 길은 좁은 언덕길이었다. 언덕 위에 빽빽이 들어선 낙엽송들이 하늘을 찌를 듯했다. 침엽들이 떨어져 내릴 때마다 목덜미를 따끔따끔하게 하였다. 영연암은 녹슨 함석으로 지붕을 만든 고가였다. 안으로 들어서자 스님 한 명이 합장을 하며 인사를 했다. 그 스님은 얼굴이 하얗고 몸매도 여윈 것 같지 않았다. 자세히 보니 스님은 여승이었다. 영연암에서 고사리, 더덕, 도라지 같은 산나물에 잡곡밥을 먹고 나서 식사대를 치르려고 하자 여승은 손을 내저었다.

"공연한 말씀이십니다. 잿더미가 된 가등사를 찾아 주신 것만도 감사하지요. 소승들의 믿음이 부실한 탓으로 가등사가 재난을 당했습니다. 나무관세음보살……."

강칠은 웃옷을 벗어 놓고 개울가로 내려갔다. 구두를 벗고 양말마저 벗은 다음 개울물 속에 발을 담갔다. 흰 모래를 집어서 이를 닦고 세면을 하고 나자 뱃속까지 시원하고 상쾌하였다. 이 개울은 화당천의 상류인가 보았다. 너무나 맑고 깨끗한 물이었다. 손바닥으로 물을 떠 마셨다. 맞은편 덤불 속에서 작은 산새가 찍찍거리며 날아올랐다. 형형색색의 나뭇잎들이 개울로 떠내려왔다. 어떤 나뭇잎에는 까만 개미가 앉은 채였다. 덤불에 함빡 달린 이름 모를 빨간 열매들이 한참만큼씩 물 위에 떨어져 내렸다. 강칠은 개울에 발을 담근 채 돌 위에 앉았다. 이번의 취재는 어디까지를 기사화시켜야 될지 얼른 결단이 서지 않았다. 화인 조사와 화재 발생 당시의 상황, 가등사 재건 대책을 알아보고 무엇보다도 전 주지 승현 스님의 사인 규명이 이번 취재의 가장 중요한 요소이지만 어느 것 하나 제대로 된 것이 없는 것 같았다.

"가등사는 창건 이래로 여러 차례 불탔지만 번번이 다시 일어섰습니다."

주지 인승 스님의 확신에 가득 찬 이 한마디가 화재 이후 가등사 주승들의 솔직한 심경이었다. 화인 조사도 인승 스님의 의견 이외에 더 알아볼 것도 없는 셈이었다. 가등사는 불사조같이 다시 일어선다―이러한 신념 속에서 석가여래의 자비를 간구하며 스님들이 전국을 누비며 가등사 재건 비용을 동냥할 것이었다. 한 줌의 보리쌀, 좁쌀, 동전 한두 개가 모여 가등사의 기둥은 다시 세워지고 웅장한 모습을 되찾을 것이었다.

그러나 승현 스님의 유해가 없어진 것은 웬일인가. 명수가 유해를 훔쳐갔다는 심증을 갖고 있으면서도 어째서 인승 스님은 발을 빼는 것인가. 강칠은 이 문제에 부딪치자 이것이 이번 취재의 큰 난관이라고 생각되었다. 어떻든 강칠은 명수라는 사내를 만나봐야겠다고 생각하였다. 영연암에 돌아와서 저녁을 먹은 다음 가등리로 내려가려고 밖으로 나섰을 때 공교롭게도 어떤 사내와 맞부딪쳤다. 명수였다.

"여기 계셨군요. 선생님을 한번 찾아뵙고자 왔습니다."

명수 쪽에서 먼저 이런 말을 했다. 그들은 다시 암자로 들어갔다.

"승현 스님이 외눈이었다지요?"

강칠은 단도직입으로 이렇게 말했다. 날카롭게 생긴 사내의 얼굴에 주름살이 확 모여들었다. 바람을 받아 촛불이 꺼질 듯이 비틀거렸다. 개울물 소리가 뜰 아래에서 흐르는 것처럼 가깝고 상쾌하였다.

"어떤 중녀석이 문틈으로 보았군요."

명수는 낮은 목소리로 이렇게 말하였는데 몹시 긴장하고 있는 듯한 음성이었다.

"돌아가실 때는 두 눈이 모두 소경이 됐었습니다. 승현 스님은 제가 죽인 거나 다름없습니다. 선생님, 용서하십시오. 화재가 나던 날 저는 명부당 앞 은행나무 뒤에 숨어 있었어요. 불이 삽시간에 번진 탓도 있지만 저는 발이 떨어지지를 않았습니다. 스님을 구해야 한다는 생각이 급하면 급할수록 발이 꼼짝을 안 하는데 어쩌겠습니까. 승현 스님이 불에 타 죽기를 마음 한편으로 바라고 있었는지도 모른다는 생각이 날 때마다 저는 미칠 것 같았습니다. 어제 버스에서 선생님에게 스님 이야기를 하고 나서부터는 그런 생각이 자꾸 들어서 미칠 것 같았습니다. 제 손으로 승현 스님을 죽이다니요."

　자기도 모르는 사이에 승현 스님에게 이끌려간 것은 지난겨울부터였다. 그전에는 가등리의 다른 주민들과 마찬가지로 승현 스님을 존경했을 뿐이었는데 지난겨울 승현 스님이 영연 외나무다리에서 실족하는 광경을 본 순간부터는 자기도 모르는 사이에 차츰 광적으로 스님에게 접근해 가기 시작했다. 가등산 상봉에 올라가 눈을 헤치고 토끼 덫을 놓고 내려오는 길이었는데 외나무다리를 마주하고 스님과 딱 마주쳤다. 가등산은 온통 폭설로 뒤덮여 대낮에도 눈에 홀려 길을 잃어버릴 지경이었다. 하늘에서는 떡가루 같은 함박눈이 계속 쏟아지고 윙윙거리는 한풍은 살을 엘 것 같았다. 폭설에 나뭇가지들이 부러지는 소리가 딱딱 들리고 개울물 어는 소리가 날카롭게 들렸다. 흐린 잿빛 승복을 입은 승현 스님이 영연 맞은편에서 내려오는 명수를 보자 손을 흔들었다. 명수는 이렇게 폭설이 쏟아지는데 웬일로 밖에 나왔을까 하고 스님이 다리를 건너오기를 기다렸다. 가등산에 흩어져 있는 암자와 가등사 본전과는 먼 것은 십 리가 넘는 것도 있었지만 젊은 스님들도 이러한 날씨에 암자를 찾아가기란 용이한 일이 아니다. 무릎까지 빠지는 폭설을 헤치고 가다가 자칫 잘못하면 낭떠러지로 떨어지기 쉽기 때문이다.

　명수가 이런 생각을 하며 서 있는데 스님은 다리 중간쯤지 와서 멈추더니 몸이 기우뚱하는 것 같았다. 스님이 위태로

울 것 같아서 명수는 외나무다리를 마주 건너갔다. 그때 스님이 한쪽으로 푹 기울다가 다리 아래로 떨어져 버렸다. 눈 깜짝할 사이였다. 명수는 허겁지겁 다리 아래로 내려갔다. 폭설이 쌓였으니 망정이지 빙판이 된 영연에 그냥 떨어졌다면 목숨도 부지하기가 어려웠을 것이었다. 명수는 스님을 업고 언덕으로 올라왔다.

문창호지같이 스님은 가벼웠다. 가느다란 신음소리와 함께 명수가 들은 것은 '명수…… 자네였군…… 벌써 사십 년이 가까와졌네. 그날도 폭설이 내렸지……'라는 말이었으나 무슨 내용인지는 전혀 요량할 수도 없었다. 이것이 명수가 스님에게서 들은 최후의 말이었다. 명수는 그때 스님을 업고 내려오면서 평소에 느끼지 못하던 이상한 기분에 잠기게 되었다. 무서운 온기, 스님의 몸에서 명수의 몸으로 전해져 오던 따뜻한 체온을 명수는 이렇게 표현하고 있었다. 혈육 사이에서나 맡을 수 있는 강렬한 체취였다. 명수는 땀에 흠뻑 젖은 채 명부당까지 스님을 업고 간 다음 그날부터 스님을 하루에도 몇 차례씩 찾아가 시중을 들었다. 목탁을 두드리며 염불만 중얼거리는 이 외엔 스님은 어떤 동작도 하지 않았다.

명수는 자기가 광신도가 됐나 생각해 보았지만 광신도라니 얼토당토않은 말이었다. 다른 스님들은 꼴도 보기 싫을 뿐만 아니라 석가여래의 금불상도 보기 싫었다. 명수는 가등사한테서 승현 스님을 빼앗아오고 싶은 욕망이 날 정도였다. 식음을 전폐한다기로서니 스님처럼 물 한 모금 입에 대지 않을 수도 있을까 싶었다. 석가여래상 앞에 앉아 목탁을 두드리는 스님의 자세는 조금도 흐트러지지 않았는데 마치 자기가 염불을 중단하면 가등사가 일시에 무너져 버린다는 듯 성채를 지키는 최후의 장수처럼 그 모습은 의연하고 숙연하였다. 이런 상태로 겨울이 지나 봄이 되고 여름이 되었다. 명수는 상점 일을 내팽개친 채 명부당에서 스님의 시중을 들었다. 절골된 다리에 숙지황을 이겨서 발라 드리고 붕대로 감고 붕대를 풀고 다시 약을 바르고 냉수를 끼얹고 어떤 때는 미음을 끓여 가지고 갔지만 스님은 입에 대려고 하지 않았다.

화재가 나던 날도 명수는 스님에게 미음을 억지로라도 먹게 하려고 했으나 스님은 완강히 거절했다. 미음 그릇을 들고 스님과 실랑이를 하다가 석유병이 넘어졌다. 명수는 석유병을 일으켜 세우고 물러앉아 곰곰이 생각하였다. 그러나 아무런 생각도 할 수 없었다. 명수도 극도로 몸이 쇠약해져 있었다. 스님에게서는 여전히 명수의 영혼을 마비시키는 이상한 체취가 풍겨 나오고 있었다. 잠시라도 가등리에 내려가 있으면 스님의 체취가 명수를 다시 명부당으로 불렀다. 무서운 체온의 냄새였다. 명수 자신도 어째서 스님에게 몰입해 가고 있는지 몰랐다. 알수가 없었다. 명수가 명부당에서 나와 가등리로 내려갈 때 명수의 귀에는 스님이 자기를 부르는 소리가 들렸다. 물론 환청이었다. 명수는 이를 악물고 돌아서지 않으려고 했다. 그러나 그 순간, 명수는 스님이 보고 싶어서 견딜 수 없었다. 명수는 되돌아서서 가등사로 올라왔다. 칠흑의 어둠이 사위를 에워싸고 있었다. 명수가 명부당 앞에 왔을 때는 이미 명부당은 화염에 휩싸여 있었다.

명수의 긴 이야기를 듣고 나자 강칠은 승현 스님의 죽음을 둘러싼 그 '무엇'이 차츰 해명되어 가는 듯한 심정이었다. 말을 마치고 난 명수는 벽에 기대어 앉아 담배를 피워 물었다. 바람 소리와 나뭇잎 흔들리는 소리, 계곡을 빠져 흐르는 개울물 소리는 바람을 타고 퍼져 오는 독한 단풍향과 어울려 남국의 가을밤의 풍취를 돋우고 있었다.

명수의 이야기를 들으며 강칠은 순간적으로 명수가 승현 스님의 아들이 아닐까 하는 생각이 들었다. 명수가 느낀 무서운 온기는 바로 육친애다. 이렇게 단정을 내리면 명수가 승현 스님에게 몰입돼 간 신비스러움이 설명될 수 있다. 강칠은 이렇게 생각해 보며 명수에게 다시 물었다.

"승현 스님의 유해를 훔쳐 가셨다지요? 주지 스님이 그러더군요."

이 말을 듣자 명수는 천천히 고개를 들고 강칠을 바라다보았다. 잔주름살이 마름모꼴의 얼굴을 뒤덮어 버렸다.

"그 일까지 알고 계실 줄은 몰랐습니다. 바른대로 말하지요. 이제 와서 숨길 게 뭡니까. 승현 스님의 뼈를 훔쳐다가 강서에 있는 가족묘지에 묻고 잔디를 입히고 어제 왔습니다. 나도 내가 왜 그런 무서운 일을 저질렀는지 모르겠어요. 허지만 생전에는 모시지 못했으나 돌아가신 다음에라도 스님을 제가 모시고 싶었습니다."

명수가 돌아간 다음에 강칠은 여러모로 생각해 보았다. 스님의 유해를 훔쳐 간 명수는 정신 이상자도 아니고 그렇다고 스님과 무의식중이나마 심리적인 동성애를 바란 것도 아니다.

'명수…… 자네였군……. 벌써 사십 년이 가까워졌네. 그날도 폭설이 내렸지…….'

승현 스님이 마지막으로 했다는 이 말은 무엇을 뜻하고 있을까. 사십 년 전 폭설이 퍼붓는 겨울 어느 날―그 다음에 승현 스님에게 어떤 일이 벌어졌는가. 이것은 아무도 모르는 일일 것이었다. 명수는 자기가 승현 스님의 아들이라는 것을, 아니 스님이 자기의 부친이라는 사실을 육감으로 알아차린 게 분명할지 모른다.

더구나 인승 스님도 이 사실을 알고 있을지도 모른다. 그렇지 않고서야 명수가 스님의 유해를 훔쳐 갔다는 것을 알면서도 그것을 묵인할 리가 없다. 승현 스님의 순교를 감추고 있는 것도 석연치 않은 점이 있다. 유해가 없어졌다고 해서 스님의 죽음이 증명되지 않는다는 이야기도 모순이 있고 가등리 신도들이 슬퍼할까 봐 스님의 죽음을 감추고 있다는 것도 말이 안 된다. 그것보다는 승현 스님의 과거가 세상에 알려지는 것을 꺼리고 있기 때문이다. 명수에게 그 사실을 입 밖에 내지 않는다는 약속을 받기 전에는 가등사 측은 승현 스님의 죽음을 발표하지 않을 것이다. 그런데 신문기자 신분인 강칠에게 스님의 유해가 없어진 사실을 왜 토로한 것일까.

그렇다면 강칠을 통하여 승현 스님의 순교를 뒤늦게 세상에 알리려는 의도일까. 그렇다면 강칠은 어디까지를 기사화해야 옳은가. 명수가 스님의 유해를 훔쳐다가 강서의 가족묘지에 묻었다는 사실을 기사화해야 한단 말인가. 강칠은 그럴 수 없다고 생각하였다. 그렇게 되면 세상은 발칵 뒤집히고 죽은 스님에게 욕이 돌아가고 명수도 법정에 서야 한다. 강칠은 회사보다도 가등사 쪽으로 기우는 자기 마음을 어쩔 수 없었다. 근 십 개월 동안을 금식하던 고승 승현의 거룩한 순교와 가등사 주승들의 꺾일 줄 모르는 신념, 가등리 주민 이명수 씨가 말하는 생전의 승현 스님…… 이 정도로 기사를 만들어도 주간은 싱글벙글할 것이다. 강칠은 승현 스님의 순교를 이 정도에서 마무리하여 보도해야 된다는 생각이 들었다. 웅장한 가등사와 가등사를 지키던 고승이 하룻밤 사이에 흔적도 없이 사라진다…….

바람 소리와 개울물 소리에 몇 번인가 잠이 깨었다. 어디선가 산짐승 우는 소리가 구슬프게 들려왔다. 이따금 방문의 창호지가 팅팅거렸다. 낙엽이 떨어지다가 바람에 날아다니는 소리였다. 서울에서 어떤 쇼킹한 사건이 발생하면 기자들은 수사관 못지않게 신경을 곤두세우고 범인을 찾고 그 가족을 인터

뷰하고 범인의 사진을 구하고 이성 관계를 파헤치느라고 밤샘을 한다. 강칠도 마찬가지였다.

그런데 이번 가등사 화재 사건을 취재하면서 강칠은 서울에서와는 딴판으로 변해 버렸다. 자기도 모르는 사이에 저널리스트의 의무를 망각하고 있는 셈이었다. 가등사의 불굴의 정신을 굳게 신봉하는 가등사의 주승들과 이명수 씨를 상대로 강칠은 서울에서는 맛볼 수 없는 쩌릿한 감동을 받았다.

"부처님께 귀의하겠습니다. 승현 스님의 뼈를 묻고 돌아오면서 이 생각만 했지요. 스님은 중생의 어버이였습니다."

명수가 돌아갈 때 마지막으로 한 이 말은 거짓 없는 진실감을 가지고 강칠의 심금을 울려 주는 것이 있었다. 사위를 둘러싼 가등산의 단풍이 계절의 위대한 신비로 불타오르는 시간에 누가 거짓을 말할 수 있으며 누가 눈앞의 이득이나 영광을 위하여 악착할 수 있는가.

강서행 아침 버스는 안개를 헤치며 가등리를 벗어나 오르막 길을 올라가기 시작했다. 잠에서 채 깨어나지 않은 산협의 나무들은 버스가 안개를 밀어 올리자 싱싱한 모습으로 얼굴을 내밀었다. 아침 단풍은 더욱 신선해 보이고 화사하게 보였다. 버스는 화당천을 옆으로 끼고 힘차게 덜커덩거리며 올라가고 있었다. 승객이라고는 강칠과 어떤 노인 세 사람뿐이었다. 차창에 나뭇잎들이 툭툭 부딪칠 때마다 이슬이 유리를 적시었다. 안개는 빠른 속도로 길 양쪽으로 달아나고 모퉁이를 돌 때마다 붕붕거리는 클랙슨 소리에도 상쾌한 산촌의 기분이 묻어났다. 여덟 시 사십 분. 이제 막 신설동 로터리 제일은행 지점 앞을 지날 시간이었다. 강칠은 언제나 그곳을 지날 때 시간을 보곤 했다. 광화문에서 교통 신호에 걸리면 5분 지각이고 그렇지 않으면 아홉 시까지 갈 수 있다는 것도 강칠은 알고 있었다. 출근부에 도장을 찍고 조간신문을 보고 커피를 마시고 취재하러 동분서주하다가 퇴근을 하게 되는데 몇 시 몇 분에 신설동을 지나는지는 자신도 몰랐다. 퇴근 시간이 일정하지 않기 때문이었다. 밤 열 시, 열한 시, 열한 시 반. 강칠은 되는대로 끌려가고 끌려오곤 했다.

"보소, 운전수 양반. 차 좀 세워 안 줄라요? 뒤가 급합니데이."

머리가 하얗게 센 노인이 카랑카랑한 목소리로 운전수에게 말했다. 운전수는 하얀 이빨을 드러내고 웃으며 버스를 정차시켰다. 노인은 허리춤을 붙잡고 버스에서 내려서 길가 갈대밭 속으로 들어갔다. 노인의 흰 머리가 갈대숲 사이로 언뜻언뜻 보였다. 강칠은 속으로 웃으며 버스에서 내려서 개울로 다가갔다. 아침에 가등리에서 이명수 씨의 기념품상에 들렀을 때 그가 준 유리컵을 꺼내어 물을 떴다. 깨끗한 물이 담기자 컵의 밑바닥에서 형언하기 어려운 작은 그림이 살아 올랐다. 울긋불긋한 단풍으로 에워싸인 가등사의 천연색 필름이었다. 가등사의 의연하고 아름다운 모습이었다. 물을 마시자 가등사의 단풍은 씻은 듯이 없어져 버린다. 물을 다시 채우면 가등사는 다시 살아난다. 가등사는 다시 살아난다……

아침 버스가 안개를 벗어나 벼랑을 감돌아 오르기 시작했다. 단풍으로 뒤덮인 산봉우리는 안개 속에서 솟아올라 휘황하게 빛나고 있었다. 강칠은 차창에 팔을 걸치고 앉아 안개 속으로 무너져 내리는 단풍의 사태를 둘러보았다. 단풍든 나뭇잎들은 강칠의 팔을 스치며 떨어져 내리다가 버스의 힘에 밀려 벼랑 아래로 팽그르르 돌며 날아갔다. 강칠은 포켓에서 경판을 꺼냈다. 경판당의 잿더미에서 가져온, 반쪽은 불에 타 없어지고 반쪽만 남은 것이었다. 눈을 가까이하고 목각된 글자를 유심히 보자 자획이 선명하고 힘차게 꿈틀거렸다. 가등산의 독한 단풍 냄새를 들이마셔 가며 강칠은 경판에 새겨진 글자를 하나하나 소리 내어 읽었다.

사리불에게 이르노니(告舍利弗) 나 또한 이러하매(我赤如是)
뭇 성인 중에 으뜸이오(衆聖中尊) 세간의 애비로다(世間之父)

(현대문학, 1970)

국도의 끝

우리들이 쫓기기 시작한 것은 지난여름부터였다. 그 후 우리들은 수많은 아침과 밤 동안 숨이 턱에 닿도록 쫓겨 다녔다. 잠시라도 마음을 놓을 수 없는 불안에 계속해서 시달리며 우리들은 수많은 언덕과 강을 지났다. 수많은 지붕과 얼굴을 보았다. 그러는 동안에 가을이 오고 겨울이 왔다.

우리들이 소강이라는 작은 읍에 도착한 것은 지난 주말이었다. 우리들은 읍의 왼편에 자리 잡은 남릉에 모였다. 살을 도려내는 듯한 강추위가 기승을 떨고 있었다.

"아직도 그놈들이 쫓아오니?"

우리들 중의 하나가 말했다. 우리들은 다 같이 눈을 가늘게 뜨고 예장강 건너 쪽을 주시하였다. 조금 전에 우리들이 건너온 강은 읍의 가슴패기를 꿰뚫으며 꽁꽁 얼어붙었으므로 날카로운 유리처럼 써늘하게 보였다.

강 건너 쪽으로 질펀한 벌판이 계속되어 있었는데 벌판 가운데로 비교적 곧바른 도로와, 도로와 엇비슷하게 전신주들이 한

없이 이어져 있었다. 예장교 위로 버스와 트럭들이 오가고 있었는데 엔진소리는 들리지 않았다.

씽씽씽하고 바람이 우리들의 귓전을 사납게 스쳐갔다.

"아직도 쫓아오고 있니?"

우리들은 일제히 강 건너 벌판 쪽을 응시하였다. 우리들을 쫓아오고 있는 자들은 모습이 보이지 않았다. 우리들은 한숨을 훅훅 내쉬었다.

"아, 이제는 살았다!"

우리들 중의 하나가 큰 소리로 말했다. 이제 정말 살아났다. 그 녀석들이 아무리 우리를 붙잡고 싶어도 이런 강추위에 여기까지 쫓아올 엄두는 못 낼 것이라고 우리들은 생각했다.

"망할 자식들."

"개새끼들 같으니."

우리들은 욕지거리를 하면서 남릉에서 천천히 내려왔다.

"몇 시나 됐을까?"

우리들 중의 하나가 이렇게 말했지만 아무도 대답하지 않았다. 시계를 가지고 있는 사람은 아무도 없었다. 지난여름부터 쫓겨 다니느라고 우리들의 시계는 모두 돈과 바뀌어서 짜장면, 라면 등이 돼 버렸다. 우리들도 끈질긴 놈들이지만 그놈들이야말로 여간한 놈들이 아니었다.

몇 달 동안 한결같이 우리들을 추적해 올 줄은 꿈에도 몰랐다. 정말 지독한 놈들이었다.

"여기서 겨울을 나야겠군."

우리들 중의 하나가 말했다. 우리들은 읍의 번화가에 도착해 있었다. 다방과 당구장, 음식점, 상점들의 울긋불긋한 간판이 길 양켠으로 늘어서 있었다. 이따금 자동차들이 지나가고 달구지와 자전거도 지나다니는 길에서 우리들은 꽁꽁 얼어붙어 버릴 것 같은 추위에 시달리고 있었다.

"어떻게?"

"집을 한 채 짓는 거야."

"집을 건축한다구?"

"그럼 어떻게 하니, 한두 명도 아니고."

"집을 짓는다……."

우리들은 한마디씩 지껄였으나 곧 입을 다물고 말았다. 우선 배가 고파서 죽을 지경이었다. 벌써 이틀째 우리들은 굶고 있었다.

"우선 여기서 제각기 헤어졌다가 해가 넘어간 다음에 다시 만나자. 예장교 위에 모이도록 하자."

"그래, 그럼."

우리들은 제각기 헤어졌다. 수단껏 밥을 먹기로 한 것이었다. 우리들이 그놈들에게 쫓기기 시작한 날부터 우리들은 대부분 이런 방법으로 밥을 얻어먹고 살아온 셈이었다. 밥을 얻어먹는 것은 아니었다고 해야 옳겠다. 무슨 일을 해주고 그 보수로 식사를 대접받았으니 말이다.

해가 넘어간 시각과 우리들이 예장교에 모인 시각은 꼭 같았다.

"빵집에 가서 밀가루 반죽을 해주고 찐빵을 얻어먹었다."

우리들 중의 하나가 말했다.

"나는 짜장면집에 가서 무턱대고 유리창을 닦아 주었다."

"뭐를 주던?"

"응, 짜장면을 곱빼기로 먹었다. 정말 이 세상에서 가장 더러운 것은 중국집 유리창이야."

우리들의 옆으로 자동차들이 획획 지나가고 있었다. 자동차가 지나갈 때마다 우리들은 깜짝깜짝 놀랐다. 우리들을 쫓아오던 녀석들이 자동차에서 우루루 내릴 것만 같았다.

"오늘 밤은 어디서 잔다?"

사방이 어두워지기 시작했다. 어둠은 다리 아래에서 차츰차츰 강을 뒤덮어왔다. 강의 하류 쪽에서 불빛이 보였다. 강언덕에서 불이 난 모양이었다. 불은 지네처럼 재빠르게 움직이고 있었다.

"누가 불을 놨을까?"

"아이들 장난이겠지."

우리들은 그 불을 한참 동안이나 바라보았다. 웬일인지 눈시울이 뜨거워지고 있었다. 이상한 일이었다. 하얀 갈대와 풀이 우거진 강언덕에서 피어오르는 야화가 우리들의 눈시울을 뜨겁게 해 준다는 것은 정말 이상했다.

"들에 불을 놓고 놀 때 생각이 난다."

"정말이야, 정말."

우리들은 빨갛게 불타고 있는 야화를 보면서 어릴 때 생각에 잠겼다. 겨울이면 썰매를 타다가 들판에 불을 놓고 언 몸을 녹이곤 했다. 언 몸을 녹인다는 말은 사실 핑계였다. 우리들은 들판의 여기저기에 불을 지르고 뛰어다니며 소리 지르며 노는 게 재미있어서 그러한 불장난을 했다. 들판 여기저기에서 하얗게 피어오르는 연기. 꿈틀거리며 타오르는 불. 불장난이 너무 재미있어서 어떤 아이는 오줌을 싸기도 했고 바지와 양말을 태우기도 해서 어른들에게 야단을 맞기도 했다.

우리들은 야화를 보고 있다가 다시 지껄이기 시작했다.

"저기로 가서 잠을 잘까?"

"그래, 춥지도 않고 좋을 거야."

우리들은 강언덕으로 내려와 야화가 꿈틀거리는 쪽으로 달려갔다. 강언덕은 갈대와 잡초가 하얗게 바람에 날리다가 야화의 손끝에 닿자마자 빨간 꽃처럼 타올랐다.

건초가 타는 냄새는 매캐하고도 향기로웠다. 빨간 불꽃들이 바람에 튀어 올랐다가는 곧 사라졌다. 우리들의 얼굴은 불빛에 비쳐서 따뜻해지고 있었다.

"쨍."

우리들은 곧 긴장하여 무슨 소리인가 하고 다시 귀를 기울였다. 한참 동안 아무 소리도 나지 않다가 다시 쨍하는 날카로운 소리가 들렸다.

"무슨 소리야?"

우리들 중의 하나가 근심스러운 음성으로 말했다.

"결빙되는 소리야……."

우리들 중의 하나가 어깨를 펴면서 마침내 대답했다.

"결빙이라니?"

"강이 어는 소리야."

"강은 꽁꽁 얼었는데?"

"더 두껍게 밑바닥까지 어는 소리야."

우리들은 한숨을 푹 내쉬었다.

"그놈들이 쫓아오는 줄 알았다."

"정말 그놈들이 쫓아오면 어떡한다?"

우리들은 갑자기 근심스러운 표정이 되었다. 불은 힘차게 피어오르고 있었다.

"이제 그놈들도 지쳤을 거야."

우리들 중의 하나가 확신에 가득 찬 음성으로 말했다. 그렇다. 그놈들이 더 이상 우리들을 쫓아올 리는 없을 것이었다.

"그래. 겁낼 것 없다."

"오늘 밤부터 우리는 자유의 몸이야."

"아, 이젠 쫓겨 다니지 않아도 되니 정말 꿈같다."

우리들은 곧 활기를 되찾았다. 야화가 너무 넓게 퍼지지 못하도록 불길을 잡고나자 얼었던 몸이 완전히 녹았다. 꽁꽁 얼어붙은 강심이 더욱 두껍게 어는 소리와 건초가 타는 소리가 아름다웠다. 우리들은 갈대를 뜯어다가 강언덕에 깔고 그 위에 웅크리고 앉았다. 밤하늘에는 별이 총총히 빛났다. 이렇게 조용히 하늘을 쳐다본 지도 오랜만이었다. 별, 달, 구름, 넓은 하늘을 쳐다보고 있으면 문득 지나간 시간이 생각났다. 이젠 돌아올 수 없는 잃어버린 시간.

"아니 저게 뭐야?"

우리들 중의 하나가 펄쩍 일어서면서 소리쳤다.

"뭐야? 사람들이 이쪽으로 뛰어오는 것 아냐?"

우리들은 모두 급하게 일어섰다. 예장교 쪽에서 사람들이 이쪽으로 달려오는 모습이 어둠 속에서 분명하게 보였다. 우리들의 가슴은 다시 콩 튀듯 했다.

"야단났다!"

"지독한 놈들이구나. 어떻게 알고 쫓아올까?"

우리들은 절망에 가득 찬 목소리로 말을 주고받았다. 우리들 쪽으로 뛰어오는 사람들의 모습이 확실히 보이지는 않았으나 웅성거리는 목소리는 들려왔다.

"어떡하지?"

"뛰자!"

우리들은 강의 하류 쪽으로 재빨리 뛰어 달아났다. 야화의 불빛을 벗어나자 강언덕은 캄캄한 시간이었다. 발에 돌부리가 툭툭 차였다. 그럴 때마다 발톱과 발가락이 아프다고 소리쳤으나 우리들은 들은 척도 안 했다. 한참 동안 정신없이 뛰어가다가 우리들은 멈추어 서서 야화가 불타는 곳을 바라보았다.

"저놈들이 저기에 있는데?"

우리들을 쫓아오던 사람들은 야화가 불타는 곳에 모여 있는 모양이었다. 불빛에 사람들이 어른어른하는 모습이 보였다.

"불꽃이 점점 작아진다."

"불을 끄나 보군."

조금 후에 야화는 꺼져 버렸다. 캄캄한 어둠뿐이었다.

우리들은 다시 한참 동안 그들이 쫓아오는가 하고 기다렸으나 아무 기척도 없었다. 귀가 떨어져 나갈 것같이 시렸다.

"불을 끄러 온 사람들인가 보다……."

우리들 중의 하나가 말했다. 우리들을 쫓아온 사람들이 아니라는 것은 좋은 일이었으나 야화를 끄고 간 것은 좋은 일이 아니었다. 잠깐 동안이나마 우리들을 따뜻하게 해주던 불이 사라져 버렸다는 것은 참을 수 없는 절망의 하나였다. 우리들은 언 발을 동동 구름 구르며 손으로 귀를 감쌌다.

"공연히 도망을 왔군."

"누가 아니래. 괜히 놀라서 말야."

"어떡하면 좋을까? 이대로 여기 있다가는 얼어 죽겠다."

이때 우리들 중의 하나가 앞으로 툭 튀어나왔다.

"됐다."

"되다니? 뭐가?"

"아까 그곳으로 가자."

"불도 꺼졌는데?"

"아니야. 돌멩이는 아직도 뜨거울 거야."

우리들은 다시 야화가 불타던 곳으로 돌아갔다. 우리들 중의 하나의 말대로 정말 돌멩이가 아직도 뜨거웠다.

우리들은 재 속에서 되도록 큼직한 돌을 찾아내어 손으로 어루만지고 발을 돌 위에 비벼대며 추위를 쫓았다.

"군고구마 생각이 난다."

우리들 중의 하나는 자갈을 한 움큼 쥐고 이렇게 말했다.

"군고구마라구? 홍, 나는 우리 엄마 젖 생각이 난다."

"나는 밤을 구워 먹던 생각."

"흐흐, 나는 말이지, 누이동생 생각이 난다. 추워서 꼭 껴안고 자면 누이동생의 뜨거운 입김이 내 이마에 와 닿았었는데……"

"지금은 어디 있니?"

"죽었어. 장티푸스를 앓다가, 고아원에서 죽었지. 그 후 나는 고아원을 도망쳤다."

우리들 중의 하나는 말했다.

"너는 어딜 가려던 참이었니?"

"우리가 처음 만났을 때 말야? 그때부터 쫓겨 다녔잖아? 너희들과 함께."

"아니 우리들과 만나기 전에 말야."

"정포로 가는 중이었어. 그곳에 새로 건설되는 정유공장에서 인부를 많이 쓴다고 해서 말이야."

"흐흐, 그런데 그것이 뜻대로 안 됐군."

"너는 어디로 가는 길이었니?"

"가긴 어딜 가니? 무작정 기차를 탔던 거야."

"이거 또 추워진다. 돌이 다 식은 모양이다."

이튿날 아침이 되었다.

우리들은 다시 읍내로 들어와서 아침 식사를 했다. 어제저녁과 엇비슷한 방법으로 그럭저럭 배를 채우고 나서 삼광페인트 상회 건너편 공지에 모였다. 우선 집을 짓기로 하였다. 읍내의 구석구석을 뒤져서 나무와 벽돌을 모았다. 삽과 괭이를 빌려다가 10평방미터의 넓이로 1미터가량 땅을 팠다.

"이렇게 되면 지하 건물이 되겠군."

우리들 중의 하나가 이렇게 말했다.

"정말 그렇다."

"땅굴 같기도 하고."

우리들은 추운 줄도 모르고 열심히 작업을 했다. 똥개 한 마리가 공터로 뛰어와서 뒷다리를 쳐들었다. 작업을 하면서 우리들은 제각기 맨 처음 우리들이 만나게 됐던 때의 이야기를 했으나 모두 시시껄렁하였다.

"우리들은 너무도 시시한 놈들이야."

"시시한 놈들이라니?"

"그렇지 않아? 몇 달 동안 쉴 새 없이 쫓겨 다니기만 했으니 말야."

"허지만 안 쫓길 수가 없었잖아?"

"정말이야. 빌어먹을."

"놈들이 또 나타날까 봐 겁이 난다."

"걱정 없다. 집을 짓고 사는데야……."

우리들은 벽돌을 쌓고 그 위에 나무를 걸쳐놓았다. 지붕을 덮기만 하면 쓸 만한 지하 가옥이 될 판이었다.

생각해 보면 정말 어처구니없는 일이었다. 덜커덩거리는 열차에서였다. 제복을 입은 자들이 갑자기 우리들을 붙잡아 캄캄한 화물칸 속에 감금했다. 그때의 열차는 초만원이었고 폭서가 기승을 떨고 있으므로 우리들의 몸에서는 심한 냄새가 났다. 그 냄새는 정말 지독한 것이었다. 우리들이 가까이 가면 사람들이 코를 막고 피해 다닐 지경이었다. 그래서 우리들은 온갖 멸시를 받았다. 우리들이 캄캄한 화물칸에 감금당한 원인이 무엇인지 확실히 아는 바 없으나 그 냄새 때문인지도 모른다는 생각이 들기도 했다. 화물칸 속에서 밖을 내다보지도 못한 채 몇 시간 동안을 우리들은 운반되어 가다가 어느 역에선가 탈출을 했다. 역의 잘 다듬어진 꽃밭과 울타리를 가로질러 들판으로 도망을 치기 시작했을 때부터 우리들은 쫓겨 다니는 신세가 됐다. 제복을 입은 자들이 고함을 치며 뒤쫓아왔다. 얼마 동안 쫓아오다가 포기할 줄 알았는데 그놈들은 그렇지가 않았다. 우리들은 있는 힘을 다하여 달려가 봐야 쫓아오는 놈들도 마찬가지의 속도로 우리들의 뒤를 바싹 뒤쫓아왔다. 하루, 이틀, 한 달, 두 달, 어떤 때는 우리들을 앞질러서 길목에 잠복해 있기도 했으므로 우리들은 항상 앞뒤를 보며 쫓아오는 자들을 확인해 가며 도망쳐 왔다. 도대체 우리들이 그렇게도 중범이란 말인가. 그러나 우리의 죄가 무엇인지 왜 그렇게 쫓겨 다녀야 하는지에 대하여 우리들은 깊이 생각할 여유도 없었다. 무엇인가가 잘못된지도 몰랐다. 쫓아오는 놈들은 우리들을 오해하고 있는 것일지도 몰랐다. 수많은 밤과 낮, 아침과 대낮과 저녁을 우리들은 발이 부르틀 정도로 쉴 새 없이 쫓기다가 소강에 와서야 비로소 그놈들의 굴레를 벗어난 것이다.

"거기에 정말 집을 지을 셈인가?"

삽과 괭이를 빌려준 집의 노인이 우리들이 일하는 곳으로 어정어정 걸어와서 이렇게 말했다. 노인은 털 외투를 입고 털신을 신고 털모자를 썼다. 난방장치가 잘 된 그 노인은 풍신이 좋았고 늠름하였다.

"정말 집을 지을 셈인가? 이렇게 날씨도 추운데……."

"날씨가 추우니까 집을 짓는 거지요."

"할아버지, 어때요? 그럴듯하지요?"

"글쎄 말이야. 날씨가 이렇게 추운데 그렇게 언 땅을 파고 움막을 지어봐야……. 쯧쯧."

"아주 훌륭한 집이 됩니다요, 할아버지."

우리들은 공지에 널려 있는 헌 가마니 쪽을 주워다가 지붕을 덮었다.

"젊은이들은 어디서 왔나?"

우리들은 말문이 막혔다. 할 말이 없었다. 공터가 끝나는 곳은 예장강이었다. 우리들은 강을 덮은 얼음판을 한참 바라다보았다. 우리들은 어디에서 왔는가. 캄캄한 화물칸에서 뛰쳐나왔다고 이야기를 하면 노인은 무슨 말인지 모를 것이었다. 우리가 도망친 역의 이름도 몰랐다.

"……"

"무슨 사정이 있는 모양이군 그래."

야화 속을 내달리고 소리치며 양말과 바짓가랑이를 태우고 오줌을 싸던 지나가 버린 겨울. 군밤을 구워 먹던 겨울밤의 화롯불.

"저의 집은 남도였습니다. 부모님도 다 계시고 형제들도 많았지요."

우리들 중의 하나가 갑자기 노인 쪽으로 다가가며 말했다.

"어느 날 아침에 해일이 마을을 덮쳤어요. 논밭을 다 잃고 부모형제도 한꺼번에 잃었지 뭡니까."

"저런 쯧쯧……"

노인은 혀를 찼다. 우리들 중의 하나는 말끝을 맺지 않고 코를 핑 풀었다. 더 이상 아무 말도 하지 않았다. 잠깐 동안의 침묵. 바람소리. 배부른 똥개가 심심해서 콩캐앵 짖는 소리.

"배가 뒤집혔어요. 어머니는 바다에 빠진 아버지를 기다리다가 미쳐버리고 그만 모든 게 끝장이 났지요……."

우리들 중의 하나가 말했다.

우리들은 곧 지금 지껄이는 이야기가 시시하다는 생각을 하게 되었다. 고의적으로 노인을 무시한 채 강언덕에서 갈대를 뜯다가 1미터 깊이로 판 땅바닥에 깔았다. 풍신이 좋은 노인은 마을 쪽으로 가서 없어졌다. 땅바닥에 갈대와 잡초를 두툼하게 깔고 우리들은 그 안에 웅크리고 앉았다. 커다란 개 한 마리가 공터를 가로질러 뛰어갔다.

"앞으로 살아나갈 일이 걱정이야."

우리들 중의 하나가 말했다.

"너희들 집으로는 돌아가지 않을 작정이니? 언제까지 여기서 살 작정이야?"

우리들 중의 다른 하나가 말했다.

"돌아갈 곳이 없지 않아?"

"정말이야. 나도 돌아갈 곳이 없어."

"우린 결국……."

"결국 뭐야?"

"너무 시시한 놈들이라구."

"빌어먹을."

"우선 잠을 잘 곳이 마련됐으니까 안심이야."

우리들은 잠시 후에 읍의 번화가로 들어가서 수단껏 점심 식사를 끝냈다. 소강읍은 아담하고 조용한 곳이었다.

행인들의 모습도 한결같이 행복하고 건강해 보였다. 안정된 생활을 누리고 있는 표정이 역력히 보였다. 라디오 가게에서 음악이 방송되다가 찍찍하고 그치자 아나운서의 음성이 들려왔다. 뉴스 시간이었으나 우리들은 그것을 듣지 않았다. 뉴스가 무슨 소용이 있는가. 우리들은 이제 쫓겨 다니지 않아도 되고 추운 거리에서 잠을 자지 않아도 되었다. 뉴스 같은 것은 필요 없었다. 우리들 중의 하나는 길에서 풍선을 가지고 노는 어린아이에게 말을 걸어보았다.

"너의 집이 어디니?"

"네, 저 건너 김성태 씨 집이에요."

"김성태라니?"

"우리 아빠예요. 읍사무소 산업계장이에요."

"그래? 너 아주 똑똑하군. 몇 살이니?"

"일곱 살."

"아저씨가 까까 사줄까?"

우리들 중의 하나는 과자를 그 아이에게 사주고 싶을 만큼 그 아이가 귀여웠다.

"아빠가 까까 사 먹으면 나쁜 사람이라구 했어요."

"그래?"

우리들 중의 하나는 그 아이와 헤어졌다. 똑똑하고 행복한 그 아이는 풍선을 띄우고 골목으로 들어갔다. 야화를 볼 때처럼 가슴이 훈훈해졌다.

우리들이 다시 움막으로 돌아왔을 때 기겁을 할 만한 일이 벌어졌다. 갈대를 깔아놓은 움막 안에 커다란 개 한 마리가 웅크리고 있었기 때문이었다. 우리들이 움막 안으로 몰려 들어갔는데도 그놈은 꿈쩍도 하지 않았다. 시커먼 털과 번쩍이는 눈깔, 좌우로 짜개진 아가리, 그야말로 무시무시하게 생긴 놈이었다. 우리들은 그놈과 일정한 간격을 두고 대치하였다. 그러나 개는 도망가려는 눈치를 보이지 않고 앞발을 쭉 뻗고 편안한 자세를 취했다. 직의가 없음이 분명했다. 그러고 보니 개는 뒷다리에 큰 상처를 입고 있었다. 손바닥 넓이만 하게 뻘건 피가 묻어 있었다.

"뭐야? 다리를 다친 개로구나."

우리들은 마음 놓고 갈대 위에 앉았다.

"이 집이 개집으로 보이나 보지?"

"개가 찾아들 만도 하지."

우리들은 자조적인 억양으로 말했다. 개도 자조적인 듯이 낑낑거렸다.

"내쫓을 수도 없고 할 수 없군."

"개와 동숙을 해야겠군."

"식구가 하나 늘었어."

개가 낑낑 끙깽 하며 동의를 표했다.

"아무리 개라고는 해도 내쫓을 수는 없어."

"집 잃은 개인가 봐. 어휴 냄새가 지독하군."

밤이 되자 날씨가 더욱 추워졌다. 지붕을 덮은 가마니에서 흙과 모래가 우수수 떨어지고 나무막대로 얼기설기 엮어놓은 지붕은 왈가닥달가닥하였다. 개한테서 비릿하고 역겨운 냄새가 나고 있음을 우리는 한참 만에 알았다.

개의 호흡하는 소리가 쉭색쉭색하며 크게 들렸으므로 우리들의 숨소리는 들리지도 않았다. 거리 쪽에서 왁자지껄하는 사람들의 소리가 들리다가는 뚝 끊어지고 화살 날아가는 듯한 소리를 내며 바람이 씽씽 불었다.

"아직도 그놈들이 쫓아오고 있을지도 몰라."

우리들 중의 하나가 어둠 속에서 말했다. 그 말을 듣자 우리들은 일제히 움막 밖의 어두운 공터를 주시하였다. 정말 우리들은 아직까지도 쫓기고 있을지도 모르는 일이었다. 어둠 속에 잠복해 있다가 놈들은 허연 이빨을 내보이며 여유만만하게 튀어나와 우리들을 체포할지도 모르는 일이었다.

"그놈들이 도대체 누굴까?"

"뭘?"

"몇 달 동안 우리를 쫓아오던 놈들 말이야."

"한번 얼굴이라도 봤으면 좋겠다. 어떤 놈들이기에 그렇게 끈질긴지."

"……."

우리들은 지난 몇 달 동안 우리들을 쫓아오던 놈들의 생김새를 머릿속에서 상상해 보았다. 생각만 해도 끔찍했다.

놈들은 그 모든 막강한 힘의 상징이었다. 우리들이 도저히 뿌리칠 수 없는 거대한 손아귀였다.

우리들이 이러한 우스꽝스러운 공상을 하고 있을 때 밖에서 인기척이 났다. 우리들은 깜짝 놀라 숨소리를 죽였다. 개의 콧김 소리와 우리들의 가슴이 뛰는 소리가 뒤범벅이 되어 들렸다.

"어이, 어이, 아무도 없나?"

움막 밖에서 들리는 소리. 우리들의 몸은 마른 갈대같이 오그라 붙었다. 놈들이 여기까지 기어코 쫓아왔구나 하는 생각이 들자 우리들의 몸뚱이는 바싹 마른 갈대에 불이 붙는 것처럼 분노와 절망이 뒤범벅이 되어 타버리는 듯했다.

"아무도 없나 보지요?"

팔팔한 목소리. 이러한 목소리를 내는 놈들은 그 생김새도 목소리를 닮아, 팔팔하고 인정사정 보지 않는 성격이 그대로 드러나 있을 것이었다. 캄캄한 화물칸으로 우리들을 밀어 넣고 문을 잠근 자들. 몇 달 동안 우리들을 추적해 온 끈질긴 놈들.

"이상하군."

이렇게 말하는 사람은 낮에 우리들을 찾아왔던 풍신 좋은 노인임이 분명했다. 망할 놈의 늙은이 같으니라구.

"여기서 겨울을 난다고 했는데……."

"몇 명이던가요?"

"여러 명이더군. 죄를 짓고 도망 다니는 놈들임이 분명하던데……."

"노인께서 잘못 보신 것 아닙니까? 죄인들이라면 대낮에 이런 곳에 나타날 리가 없는데요."

"무슨 소리. 큰 죄를 진 놈은 원래 대담하거든."

팔팔한 목소리를 가진 사람은 경찰관인 모양이었다. 그들은 땅바닥에 구둣발을 탁탁 구르며 헛기침을 했다. 우리들은 그 추운 움막 속에서도 땀을 뻘뻘 흘리며 숨 막힐 듯한 순간순간을 이겨내고 있었다. 망할 놈의 늙은이가 밀고를 했음이 분명했다. 우리들은 움막 속에서 뛰어나와 도망을 칠까도 생각해봤으나 우선 움막 속에 아무도 없는 것처럼 위장을 하는 게 가장 효과적이라고 생각했다. 근심했던 것과는 달리 개도 찍소리 하지 않고 우리들의 뜻을 따르고 있었다.

그들은 또 발을 탁탁 굴렀다. 날씨가 차츰 더 추워지는 듯했다. 숨을 죽이고 있는 우리들의 발가락과 손가락은 신경이 마비돼 버렸다.

"김 순경은 그 소식 들었소?"

"무슨 소식인데요?"

"미친개 말이오. 미친개한테 물려서 병원에 입원한 사람이 벌써 몇 명인 줄 아오?"

"어느 집 개인지 잡아 죽이면 되겠군요."

"모르는 소리. 누구네 개인지 알고도 또 당할까? 대낮이고 밤중이고 불쑥 나타나서 사람을 해치고 사라진단 말일세."

"어휴, 야단났군요."

그들은 헛기침을 번갈아가며 했다. 우리들과 개는 꼼짝도 못하고 그들의 거동을 살폈다. 그들이 뭐라고 중얼거리며 발길을 돌리는 기척이 난 순간에 우리들이 우려했던 사태가 발생하고야 말았다.

"컹! 컹!"

개가 짖으며 움막 밖으로 뛰어나갔다. 우리들은 기겁을 했다. 우리들은 어쩔 수 없이 움막 밖으로 뛰어나왔다.

도망을 가기 위해서였다. 그러나 우리들이 도망을 칠 필요는 없었다. 경찰관과 노인이 개가 짖으며 뛰어나가자 비명을 내지르며 마을 쪽으로 쫓겨갔기 때문이었다. 그들을 쫓아 보낸 개는 코를 흥흥거리며 움막 속으로 들어가 다시 엎드렸다. 우리들은 개에게 감사하며 다시 움막으로 들어갔다. 먼동이 틀 때까지는 우선 움막에 있다가 피신을 하기로 작정했다. 사실 우리들을 밀고한 노인이 나쁘지 우리들이야 소강읍에 대하여 나쁜 짓을 한 것이 없으니 떳떳하였다. 그러나 경찰관이 우리들을 연행할 것이 분명한 이상에야 도망을 치는 것이 상책이라는 생각이 강렬하게 들었다.

"우리들의 죄가 점점 무거워지는구나."

"무거워지다니?"

"무허가 건물을 지었으니 죄가 하나 늘었지."

"이런 움막을 짓는 것도 죄야?"

"우리들의 죄가 무엇인지조차 모르겠다."

"빌어먹을 놈들."

"먼동이 트면 여기를 떠나자."

"아까 경찰관이 하는 말 들었니?"

"화재가 자꾸 난다는 말?"

"그래 공연히 여기서 우리가 우물우물하다간 방화범으로 몰리겠다."

"빌어먹을"

"이러다가는 미친개로 몰리는 것 아니야?"

"흐흐."

"하하."

우리들이 미친개로 몰린다는 공상을 하자 웃음이 나왔다. 아까 낮에 마을에서 본 광경이 생각났다. 마을 청년들이 몽둥이를 들고 예장교 쪽으로 뛰어가고 있었다. 또 다른 한 패의 청년들이 역시 몽둥이를 들고 남릉에서 내려오는 모습도 보였는데 아마 광견을 잡으려고 수선을 피운 모양이었다. 이런저런 생각을 하며 추위에 오돌오돌 떨면서 깜박깜박 잠이 들다가 후다닥 깼다. 우리들은 수면 부족과 영양 부족 상태임이 뻔했다.

움막 안으로 불빛이 어른거렸다. 우리들은 놀라서 밖을 내다보았다.

"또 화재가 난 모양이다."

그러나 곧 우리들은 마을에 화재가 나지 않았다는 사실을 알았다. 횃불을 든 사람들이 마을 쪽에서 공터로 몰려오고 있었다. 와자지껄하게 떠들며 그들은 정확하게 우리들이 있는 움막을 향하여 달려오고 있었다.

"큰일 났다! 도망가자!"

우리들은 허겁지겁 몸을 일으켰다. 그러나 도망갈 수가 없었다. 신경이 마비된 다리가 우리들의 뜻을 좇지 않았을 뿐만 아니라 이미 횃불과 몽둥이를 든 마을 사람들이 움막을 포위해 버렸다. 개가 컹컹 짖으며 움막 밖으로 뛰어나갔다가 다시 들어왔다.

"우, 우, 저놈 잡아라!"

"와! 와! 미친개다! 미친개!"

"몽둥이를 단단히 들고 조심해!"

그들은 함성을 지르며 기세당당하게 포위망을 압축해 왔다. 개가 더욱 세차게 짖으며 펄펄 뛰었다. 우리들과 동숙을 한 개가 바로 미친개였단 말인가. 마을 사람들의 함성이 더욱 확실하고 거칠어지자 개는 또 한 번 밖으로 뛰어나갔다. 그러나 개는 곧 쫓겨 들어왔다. 우리들도 우물쭈물하다가는 미친개로 몰려서 몽둥이에 맞아 죽을 형편이었다. 우리들은 말하고 싶었다. 우리들은 개가 아니다. 우리들은 당신들과 꼭 같은 사람이다. 그러나 우리들은 갑자기 실어증 환자가 된 모양이었다. 말을 할 수가 없었다. 팔과 다리도 우리들의 말을 듣지 않았다.

"이놈의 미친개! 자, 여러분, 움막 속으로 들어가서 때려잡읍
시다!"

"위험하지 않을까요?"

"그렇다. 섣불리 하다가는 큰일 난다."

개가 움막 속으로 들어와서 꼼짝하지 않자 밖에서는 의논이
분분하였다.

우리들이 쫓기기 시작한 것은 지난여름부터였다. 그 후 우리
들은 수많은 아침과 밤 동안 숨이 턱에 닿도록 쫓겨 다녔다. 잠
시라도 마음을 놓을 수 없는 불안에 계속해서 시달리며 우리
들은 수많은 언덕과 강을 지났다. 수많은 지붕과 얼굴을 보았
다. 그러는 동안에 가을이 오고 겨울이 왔다.

어머니의 따뜻한 젖무덤. 화롯불과 군밤. 눈이 쌓인 겨울. 겨
울 들판에 피어오르는 야화. 논밭을 삼켜버린 해일. 폐허. 캄캄
한 시간. 쫓겨 다니기.

"여러분, 좋은 방법이 있소!"

밖에서 와글와글하는 함성이 들렸다.

"불을 지릅시다!"

"자! 횃불을 던집시다!"

움막 속으로 횃불이 날아오기 시작했다. 지붕을 덮은 가마니
가 불에 타기 시작했다. 우리들과 개는 동시에 밖으로 뛰어나
왔다.

"와! 미친개떼다!"

"여러 마리다!"

밖에서 몽둥이를 휘두르는 사람들이 당황해서 소리쳤다. 우리들은 두 팔로 땅을 짚고 엉금엉금 기면서 그들을 향해 전진했다. 개는 컹컹 짖으며 날뛰었는데 사람들의 비명이 터져 나오는 것으로 보아 닥치는 대로 물어뜯는 모양. 움막은 삽시간에 불더미가 되어 이글이글 타올랐다. 날뛰는 개와 엎어지고 자빠지며 엉금엉금 기어 다니는 우리들과 몽둥이를 휘두르는 사람들의 모습이 어울려 때아닌 겨울밤의 불더미는 공터를 괴기스럽게 만들었다.

"와, 벌써 다섯 사람이 개한테 물렸다."

"여러분, 조심하시오!"

"안 되겠다. 일단 후퇴합시다."

"와! 와!"

그들은 함성을 지르며 마을 쪽으로 달아났다. 개는 펄펄 뛰며 그들을 뒤쫓다가 다시 돌아왔다. 움막은 이미 잿더미가 돼 버렸다. 사람들이 내던지고 간 횃불과 잿더미에서 날아오르는 불티가 공터를 비추며 날씨는 더욱 추워졌다. 우리들은 흙과 재로 얼룩진 얼굴을 쳐들고 땅바닥에서 일어났다. 개는 우리들의 주위를 빙빙 돌며 으르렁거리다가는 마을 쪽을 향하며 사납게 짖었다. 영락없이 우리들도 광견으로 몰리게 되자 이상하게도 온 몸뚱이에는 힘이 버럭버럭 솟아나는 것 같았다. 추운 줄도 모르게 되었다. 발을 몇 번 탁탁 구르고 어깨를 쭉 폈다.

힘이 솟아났다.

"꼼짝없이 미친개가 됐구나."

"빌어먹을."

"집이 다 타버렸으니 어쩐다?"

우리들의 입도 열렸다. 우리들 중의 하나는 옆구리를 몽둥이에 얻어맞아서 몸을 똑바로 세우지 못하면서도 분노에 찬 말을 했다.

"언제까지 쫓겨 다녀야 되는 거야?"

"빌어먹을 세상 같으니. 죽을 때까지 쫓겨 다녀야 한단 말인가?"

"죽을 때까지……."

"……."

죽을 때까지 쫓겨 다녀야 한단 말인가, 하고 한탄을 했을 때 우리들 중의 하나의 이빨이 뿌드득뿌드득 갈렸다.

잠시 후에 마을 쪽에서 다시 사람들이 몰려왔다. 굉장히 많은 사람들이었다. 횃불과 몽둥이를 들고 함성을 지르며 우리들 쪽으로 몰려왔다. 우리들은 어둠에 휩싸인 마을을 증오에 가득 찬 시선으로 쏘아보았다. 개가 펄펄 날뛰며 짖었다.

"컹! 컹!"

"컹! 컹!"

"컹!"

어느 틈엔지 모르게 우리들의 입에서도 개와 꼭 같은 소리가 튀어나왔다. 개와 우리들은 사납게 짖었다. 공터에 흩어진 횃불을 집어서 사람들 쪽으로 휙휙 던졌다. 사람들 쪽에서도 횃불과 몽둥이가 날아왔다. 공터는 수라장이 되었다.

"미친개를 잡아라! 와! 와!"

"여러 마리다! 조심해서 때려잡아라!"

"와! 와!"

"미친개를 잡아라!"

사람들은 함성을 질렀다. 우리들도 컹컹컹 하고 짖으며 내달렸다. 그러나 우리들과 개는 잠시 후 사람들에게 쫓기기 시작했다. 우리들은 손에 든 횃불을 마을의 지붕으로 멀리 내던지고 예장강의 얼음판을 건너 도망쳤다. 미친개도 다리를 절름거리며 우리들의 뒤를 따라왔다. 마을 사람들이 우리들을 뒤쫓아오며 함성을 질렀다. 우리들은 허겁지겁 도망을 쳤다. 개는 사납게 짖으며 사람들이 쫓아오는 쪽으로 달려갔다가 다시 헐떡거리며 돌아오곤 했다. 강언덕을 넘어 한참 동안 달려가자 넓은 국도가 나왔다. 가로수가 양편으로 우뚝우뚝 솟아 있어서 검은 거인처럼 보였다. 살을 도려내는 듯한 혹한의 어둠을 뚫고 우리들은 국도의 끝으로 헐레벌떡 쫓겨가고 있었다.

(월간문학, 1970)

한겨울의 꿈

　모년 모월 모일에 충주사람 이 아무개는 낙향하는 기차에서 문득 그 생명을 잃었다. 공이 세상을 떠난 연유는 다음에 기록되는 그의 육성을 들어보면 짐작할 것이로되, 하늘이 대개 사람에게 주시는 것은 뿔을 주는 자에게는 날개를 붙여주지 않는 것처럼 모든 것을 다 주지 않으시는데, 공에게는 특히 재물을 주지 않으셨다.

　공으로 하여금 돈을 벌게 해 주시는 듯하다가 끝까지 시침을 뚝 뗀 하늘의 조화는 내 알 바 아니다.

　공과 생전에 친교가 도타웠던 최용팔이라는 작자가 공의 애자를 데리고 와서 두툼한 사례로써 내게 비명을 청하니 어찌 거절할 것인가. 마침 그들이 가져온 테이프에 공의 육성이 담겼다 하여 내가 그것을 청하여 듣는 동안, 용팔이와 공의 아들이 펑펑 우는 바람에 아까운 지묵이 다 젖는다. 내가 천하의 무명인들의 비명이나 적어주며 생업을 삼는다는 말을 듣고 찾아온 무리와 더불어, 이공의 자초지종을 들어 본 연후에 짤막한 명문을 초해 볼까 한다.

삼가 공손히 생각하건대, 지존하옵신 상제께서 사계를 만드신 뜻은 '겨울이 오면 봄도 멀지 않으리'라고 읊조린 아무개의 글귀가 인구에 회자하는 명시가 될 수 있게끔 사시사철이 두루두루 번갈아 가며 순환되게 하여 우매한 중생들이 상제의 그윽한 은혜를 입도록 하심에 있음이 분명할진대 우러러 아뢰옵건대, 올해는 사계의 구별이 뚜렷하지 못하여 미거한 소생은 겨우내 얼음판 한번 구경치 못하고 우수경칩을 맞았으니 이 어찌 된 영문이오며 포복할 일이옵니까.

춘삼월 호시절을 당하여 문득 상제께 소생의 낙향을 고하나이다. 너 같은 졸부의 낙향을 내 알 바 아니로다, 하시고 외면하지 마옵소서. 상제의 그윽하신 은총을 입어 지금까지 천한 목숨을 이어 왔삽는데, 분수를 지키지 못하고 허욕에 들떠 마침내 재물을 탕진하고 적수공권으로 낙향하게 된 소생의 자초지종을 들으옵소서.

소생의 집은 물 맑고 산 좋은 충청도 충주이온데 장독간에 앉았던 파리 뒷다리에 묻은 된장을 찾으려고 백 리 길을 뒤쫓았다는 자린꼽재기만큼은 검소하지 못해도 개 밥통에 밥풀 한 개라도 빠졌으면 건져서 씻어 먹을 줄 아는 사람입니다. 근면 성실하던 불초가 문득 허욕에 눈이 어두워 전답을 팔아 상경한 것은 동짓달 해가 쥐꼬리만큼 짧던 초겨울이었습지요. 말은 제주도로 보내고 사람은 서울로 보내랬다는데 소생은 충주 땅에서 나서 그곳에서 쭉 자라면서 바깥 구경 한번 못했었답니다. 바깥 구경이라고 할만한 나들이라야 사변 때 노무자 노릇하느라고 강원도 원주로 문경 새재로 식량이다 탄약이다 하는 군수 물품을 지고 다닐 때뿐입니다. 여름에는 탄약을 짊어지고 새재를 넘어갔다가 두 달 만에 돌아왔구요, 초겨울엔 식량을 지고 원주 횡성으로 갔지요. 그러니까 이쪽저쪽 앞잡이 노릇을 번갈아 가면서 한 셈이지요.

모든 만물을 창조하시고 저마다 슬픔과 기쁨을 주어 상제의 은혜로우신 음양이 곳곳에 미치는바 모를 중생이 어찌 있으오리까 마는, 참말 사변은 너무했습니다요. 소생 소싯적에 글방으로 천자문을 읽으러 다닐 때 수염이 허이연 선생한테 벌을 받던 생각이 나는군요. 그 선생은 회초리로 종아리를 때리지 않고 두 녀석을 일으켜 세워 마주 보게 한 다음 뒤통수를 두 손으로 꽉 밀어서 이마가 부딪치게 했습죠. 꼭같은 갓 쓰고 망건 쓰고 흰 버선 신고 사는 동족끼리 피를 흘리게 하신 상제의 뜻은 말하자면 한문 선생이 이런 벌을 주던 뜻과 비슷하지요.

전쟁이 끝난 지 벌써 몇 년입니까요. 아직까지도 상제께서는 반도의 중생들에게 벌을 주시고 있으시니 너무하십니다요. 한문 선생이 장난이 심한 학동들을 마주 세우고 코와 코 사이에 붓두껍을 끼워 놓고, 붓두껍이 떨어지면 불벼락을 내렸던 일이 생각되는구면요.

사뢸 말씀이 빗나갔습니다마는, 불초 소생이 오십 평생에 바깥 구경 한번 한답시고 상경을 했습니다. 전답을 처분하고 소돼지를 팔아 모으니 간신히 큰 거 한 장은 안되나 조히 되더군요. 그놈을 허리에 차고 가솔을 이끌어 서울로 올라온 게 바로 동짓달 초순이었습지요. 청량리 역두에 처억 내리자 거리 모습이 참 어마어마하더구먼요. 거룩하신 옥좌에서 미거한 소생을 굽어살피시는 상제님, 뭐가 어마어마하냐구 하문하지 마옵소서. 다 잘 아시면서.

　우선 여관을 잡아놓고, 소생은 용팔이란 녀석을 찾아 나섰겠다요. 용팔이는 소생의 죽마고우인데 서울에 올라가 밥술이나 먹으며 제법 땅땅거리는 사람입죠. 사실 소생이 전답을 팔아 상경하게 된 것은 이 용팔이 녀석 때문이지요. 그러니까 지난해 추수기 때인 됍쇼. 이 녀석이 고향엘 다니러와서 한다는 소리가 참 희한번쩍했지요.

　"어이 여보게나. 언제까지나 이 지랄을 할 텐가? 머리를 써서 돈을 한꺼번에 확 벌 생각은 없는가?"

　그런 생각이 없긴 왜 없겠습니까. 씨를 뿌려 거두는 곡식을 먹고 사는 제주밖에 무슨 재주가 있을 턱이 없는 소생이 한꺼번에 돈을 확 벌게 된다는 용팔이 말에 그만 혹했습죠.

　"이 사람아. 추수가 끝나거든 전답까지 몽땅 팔아서 서울로 올라오게. 당장 이번 겨울에 몇백만 원을 벌게 해 줄테니깐. 호미 자루 쥐고 백 년을 땀 흘려봐야 아무짝에도 소용없네."

용팔이가 며칠 후에 고향을 떠나면서 이렇게 신신당부를 했겠다요. 소생은 용팔이 말대로 추수를 끝내고 나서 바로 논밭을 내놨지요. 처음에는 내 말을 듣지 않던 마누라를 잘 타일러서 납득을 시킨 다음, 논밭을 헐값에 처분했지요. 그러니 자연히 고향을 떠난 게 동짓달 초순이었다 이 말씀입니다.

"고얀 놈 같으니! 무턱대고 전답을 팔아?"

상제께서 요렇게 불호령을 하시겠지만 잠깐 고정하십시오. 다 꿍꿍이 속이 있었답니다. 서울에 와서 돈을 왕창 벌 비결이 있었다니까요. 용팔이가 시골에 와서 다 일러준 게 있습죠. 고향을 떠날 때까지 그 비결에 대해선 입을 꽉 다물고 있었습죠. 공연히 발설을 했다가는 너도나도 하고 우루루 몰려들어, 전답을 모두 내놓으면 낭패가 안 됩니까.

"그래 그 얼음판은 어디다가 차리게 되는가?"

청량리역에 내려서 식구들을 여관에 들여보내고 소생은 용팔이를 찾아 나섰다고 아까 말씀드렸지요. 용팔이는 청량리에서 서쪽인지 동쪽인지로 담배 한 대 피울 참만큼 떨어진 곳에서 공작소를 차리고 있습니다.

소생은 용팔이를 보자마자 얼음판 이야기를 꺼냈지요. 공손히 머리 조아려 아뢰옵건대, 소생과 용팔이 사이는 네 것 내 것이 없고 네 계집 내 계집이 없는 친구입니다. 이러한 용팔이가 고향에 내려와서 소생에게만 귀띔을 해 준 일확천금할 방도가 바로 얼음판을 차리는 일입니다요. 얼음판을 차리다니 무슨 말이냐고 노여워하지 마십쇼. 아, 시골에서야 겨울이 되기가 무섭게 개울과 논바닥이 꽁꽁 얼어붙지만, 어디 서울에야 그런가요. 지금 당장 수염을 쓰다듬으시며 굽어 살펴보셔도 아시겠지만 서울 바닥은 웬통 사람 사는 동네 천지지요. 그래서 서울 바닥에다가 겨울에 얼음판을 차린다 이 말씀입죠.

"이 사람아, 너무 성급히 굴지 말게나. 그래 식구들은 여관에 됐나?"

"그럴쎄. 얼음판을 차리면 정말 돈을 벌게 되는가?"

소생은 전답 판 돈을 간직한 허리춤을 추스르며 헛기침을 했습니다.

"얼음판이 뭔가? 이 사람아. 스케이트장을 만드는 거야."

스케이트장입니다. 얼음판을 만들어서 그곳에 스케이트장을 꾸미며 돈을 벌게 된다는 이야기지요. 입장료를 받는 족족 모조리 생돈이 된다는 용팔이 말은 참 시원시원 했습죠. .

"일인당 백 원씩 받으면, 에또, 하루에 삼백 명이면 하루에 삼만 원, 한 달이면 구십만 원, 하루 오백 명이면 한 달에 백오십만 원이라……."

"백오십만 원?"

소생은 용팔이가 말하는 대로 한 달에 백오십만 원을 벌면 이 땅에 살아있을 수가 결코 없습니다요. 너무 기뻐서 심장마비로 죽게 될 것입니다. 용렬한 소생은 죽어서 상제님의 발톱 아래 조아린다 해도 한 달에 백오십만 원을 벌게 되면 얼마나 좋을까 하고 침을 꿀꺽꿀꺽 삼켰습죠.

"아무렴, 백오십만 원은 거뜬하지."

용팔이와 소생은 그 길로 공작소를 나왔습니다. 공작소 앞에서 시내버스를 타고 한참을 갔습죠, 설사 똥 한줄기는 실히 할 만큼 버스를 타고 가다가 내렸습니다.

"자, 바로 여길쎄."

용팔이는 가슴을 떡 펴면서 호기 있게 한마디 하고는 둑으로 성큼 올라섰습니다. 질펀한 개천이 둑 아래 자빠져 있었습니다. 질펀하다고는 말씀 올렸으나 쥐뿔도 질펀할 건 없습니다요. 개울물은 꼭 미친년 오줌싼 것만큼 흐르는 둥 마는 둥 하고 개울 바닥은 왼통 모래와 진흙이 깔렸으니까요.

"바로 여기야, 이 사람아."

용팔이는 소생의 어깨를 탁 치면서 수선을 피웠습니다.

"물도 없는데 어떻게 얼음판을 차린다는 거야?"

소생은 말라붙은 개천 바닥을 내려다보며 시큰둥하게 말했습죠. 건너편으로는 성냥갑 같은 판잣집들이 다닥다닥 붙어있구요, 개천 바닥은 연탄재와 쓰레기가 널려 있더구먼요.

"그러니까 스케이트장을 만든다는 거야. 개울물이 콸콸 흘러서 저절로 얼음판이 생기는 줄 알았남? 그러면 어느 미친놈이 돈을 내고 얼음판으로 들어오려고 하겠나?"

하긴 용팔이 말이 다 일리가 있는 말이었지요. 시골처럼 개울과 논바닥이 저절로 얼어 붙는 데서야 스케이트장을 따로 만들어 봐도 누가 오겠습니까. 서울 바닥에는 저절로 얼어붙는 얼음판이 없다는 게 참 다행스럽고요.

"개울을 막아서 스케이트장을 닦아 놓는 거야. 개울물이 보잘것 없지만 별문제는 없지. 한치 깊이만 되면 안 되나?"

용팔이는 개천 바닥으로 뚜벅뚜벅 내려갔습니다. 소생도 내려갔죠. 동짓달 초순이어서 아직 꽁꽁 얼지는 않았으나 개천 바닥의 모래흙이 제법 얼음기를 띠고 서걱서걱하던데요.

"바닥이 고르지 못해서 어쩐다?"

소생이 미련하게 이렇게 말하자 용팔이는 가래침을 탁 뱉었습니다. 시골뜨기가 자꾸 미련한 소리만 탕탕하니까, 엔간히 화딱지가 난 모양이었습니다. 그래서 소생은 미련한 소릴랑 입밖에 내지도 않으리라 작정했지요. 공연히 용팔이 비위를 건드렸다가는 스케이트장이고 깻묵이고 모든 게 끝장이니까요.

"불도저로 쓱쓱 밀어붙이면 되지 않나? 그런데 말씀이야. 크기는 어느 정도로 할꼬? 논 열 마지기쯤으로 할까?"

열 마지기이면 이천 평이 아닙니까요. 너무 넓지 않을까 하는 생각이 들었으나 용팔이 녀석 비위 맞추느라고 고개를 크게 끄덕끄덕했습지요. 개천 건너편 둑으로는 휴지 조각과 사람들이 바람에 날리듯 지나가고, 개천을 가로지른 커다란 다리 위로는 빽빽거리는 자동차들이 수없이 지나가고, 소생의 흉금에는 큼직큼직한 돈뭉치가 어른거렸습니다.

이렇게 돼서 제1차 현지답사를 끝내고 소생은 용팔이를 따라 다시 청량리 쪽으로 돌아왔습니다. 벌써 점심때가 되었는지 속이 출출하더군요. 용팔이를 앞세우고 청요릿집으로 들어가서 까막국수를 먹었습니다. 여관에 두고 온 흥부 새끼 같은 자식들이 젓가락을 움직일 때마다 선했습니다. 채옹의 소설에 보면, 직원 영감이 향교의 선비들에게 떡 한다는 소리가, 공자님하구 맹자님하고 팔씨름을 하면 누가 이길꼬? 했다지요.

소생도 무식하기는 그 윤 영감만큼 되지만 그래도 자식들을 공부 잘 시키려는 마음은 영감보다 몇 배 많았습니다. 전답 팔아 서울 올 때는 다아 자식 공부 버젓이 시켜서 자식 덕분에 호의호식 해보려는 심뽀 아니겠습니까요.

용팔이와 저녁때 다시 만나기로 하고 소생은 여관으로 돌아와 가솔을 데리고 밖으로 나왔습죠. 점심 요기를 시킨 다음에, 낮에 용팔이와 답사한 개천까지 가서 셋방을 얻었습죠. 다리를 뻗고 자빠지면 무르팍에서부터 발바닥까지가 벽 밖으로 튀어나올 만큼 좁다란 방이었습니다. 지아비가 돈을 벌게 된다는 희망 때문에 소생의 마누라는 불평 한마디 없이 부엌에 솥을 걸고 이불 보따리를 방으로 쌓아놓고…… 부산을 떨었습니다. 보증금 기만 원에 월세가 기천 원인 셋방이었는데 콧구멍만 한 창으로 내다보면 개천 바닥이 훤히 내려다보였습니다. 스케이트장을 차릴 비용은 허리춤에 꼭 묶어 놓은 채 저녁때가 돼서 용팔이를 또 찾아갔지요.

백설 같은 수염을 쓰다듬으시면서 여유만만하게 하계를 굽어보시는 상제님, 참으로 알 수 없습니다요. 개천 바닥을 막아 얼음판을 만들면 한 달에 백오십만 원이 굴러 들어오는 줄을 다른 서울 사람들이 까맣게 모르고 있다니 소생의 소갈머리 없는 소견으로는 참으로 알 수가 없습니다.

"네 애비 묘를 잘 쓴 탓이렷다?"

상제님께서 이렇게 말씀하실 줄 다 알고 있습니다요. 전들 왜 모르겠나이까. 소생의 애비가 죽어서 산소를 잡을 때 지관이 다 예언을 했습니다. 그 자리에 묘를 쓰면 후손 중에서 정승 판서가 난다나요. 모든 게 상제님의 하해 같은 은혜가 아니고 무엇이겠습니까.

"벌써 불도저는 다 계약해 놨네. 자넬랑 아무 걱정 말고 돈이나 꺼내 놓게나."

용팔이의 말을 듣고 소생은 허리춤에서 돈뭉치를 꺼냈습니다. 불도저를 계약했다는 말은 다른 말이 아닙니다요. 개천 바닥을 고르게 닦자면 불도저가 있어야 안됩니까.

"얼마에 계약을 했는가?"

"닷새 쓰는 데 십만 원일쎄."

"음, 닷새에 십만 원이라……."

"스케이트장을 넓게 닦아야만 손님을 그만큼 많이 받게 되지 않나?"

마치 논마지기 수가 많아야 추수할 곡식도 많은 이치와 꼭같습니다. 아무렴요. 얼음판을 넓게넓게 만들어야지요.

"믿는 도끼를 조심해야 되나니라."

소생이 십만 원 뭉치를 용팔이에게 선뜻 내어줄 때 제 귓전에 이와같이 은은한 옥성이 들렸습니다요. 원, 공연한 걱정을 다 하시네요. 용팔이는 소생과 불알친구랍니다. 소생이 전답을 팔아가지고 온 돈을 알길 생각을 하는 나쁜 녀석이 아닙니다요. 용팔이는 왼쪽 불알은 호도알 만하고 오른쪽 불알은 앵두만 한 토산불알입니다. 공연히 소생이 가진 돈을 탐하다가는 호도와 앵두를 잘근잘근 씹어 삼킬랍니다. 아무 걱정 마십쇼. 마음 푹 놓으시고 소생의 자초지종을 들어 줍소사.

이튿날부터 공사가 시작됐습니다. 불도저 두 대가 와서 개천 바닥의 울퉁불퉁한 모래더미를 쓱쓱 밀어붙였습니다. 용팔이가 쫓아다니면서 개천 부지 사용 허가증이랑 또 뭐랑뭐랑 허가증이네 증명이네 신고서네 하는 서류를 다 떼어왔습죠. 내 나라 금수강산을 내가 좀 일구는 데 무슨 허가가 그리 많은지요. 이래저래 또 비용이 꽤 나갔겠다요. 소생의 허리춤이 점점 가뿐해졌습니다요.

겨울 날씨치고는 엔간히 푹해서 작업하기가 참 수월했습니다. 이대로 일을 해 나가면 크리스마스 대목을 실컷 볼 수 있게 됐습니다. 중고등학생들의 겨울방학이 대목이라더군요. 대목을 잘 보면 돼지 대가리 차려놓고 상제님께 제사나 올려얍죠.

하루만 지나면 평탄작업이 다 끝나고 개울물을 막아 댈 때였습니다. 거름더미만 한 흙덩이를 불도저가 밀어붙이는데, 맙소

사, 이변이 생겼겠다요.

"아니 저게 뭔가?"

"시체 아닌가?"

소생과 용팔이가 동시에 소리치며 불도저로 뛰어갔습니다. 불도저가 밀어붙인 흙더미에서 뜻밖에도 시체가 밀려 나왔습니다. 시체는 죽은 지가 며칠 밖에 안 된 모양으로 생김생김이 말짱했습니다요. 소생이 전답을 팔아서 고향을 떠나던 날이 꼭 닷새 전인데, 아마 그날쯤에 죽었나 봅니다. 나이도 소생의 나이쯤 돼 보였고 옷도 허름한 걸 보아 어디 시골에서 논밭이나 일구다가 서울에 와서 변을 당한 모양이었습니다.

우러러 조아립니다요. 소생이 고향을 떠나면서 애비 산소가 있는 파랑재를 올려다볼 때였습니다. 갑자기 귀가 멍멍해지고 지잉 하는 이명이 났습니다. 바로 이명이 났을 때, 몇백 리 떨어진 서울에서 이 사내가 숨을 거둔 게 틀림없다는 생각이 들었습니다. 이명이 나면 그 시각에 어디선가 동갑내기가 죽는다고 어른들이 말씀하시더니 정말 아닙니까요. 동갑내기가 죽었다는 게 뭐 그리 기겁할 일이 있겠습니까마는 웬일인지 소생은 눈앞이 캄캄해졌습니다. 이미 말씀드린 바와 같이 소생은 사변 때 노무자 노릇을 했사온데 그때는 하루에도 수백 명의 시체를 보았지만 눈썹 한올 요동치 않았습니다. 그런데 웬일인지 개천 바닥에서 나온 사내의 시체를 보자 가슴이 울렁거리고 등골이 선뜩했습니다.

"경찰에 연락을 해야지요?"

불도저 운전수가 용팔이에게 이렇게 말했습니다. 운전수가 시체를 흙더미에서 끌어냈습니다.

"자는 사람같구만 그래. 아주 말짱하구만."

용팔이 말대로 시체는 꼭 자는 사람 같았습니다요. 옷도 찢어지지 않고 사지도 멀쩡했습니다. 죽은 지가 얼마 되지 않은 탓으로 아무런 악취도 나지 않았고요.

"흙더미 속에 묻힌 걸로 봐서 자살은 아닐 테고…… 타살이 분명한데, 여보슈 빨리 경찰에 신고합시다."

용팔이가 팔짱을 끼고 이렇게 지시하자 운전수는 급한 걸음으로 개천 바닥을 가로질러 둑으로 올라갔습니다. 용팔이와 소생은 사자를 앞에 놓고 망연 실색 했습지요.

"어느 놈이 살인을 했단 말 아닌가? 어느 몹쓸 놈이."

소생은 등골이 선뜩해서 이렇게 중얼거렸지요. 높은 곳에 거하시는 상제님, 목돈을 벌게 돼서 희망에 벅찬 소생에게 어찌하여 이렇게 참혹한 광경을 보이시나이까. 예기치 않은 사자의 출현이 소생이 하는 스케이트장을 잘되게 하시려는 길조인지 망하게 하려는 흉조인지 도무지 짐작도 못 하겠더군요.

"아니? 이 사람은……"

소생이 시체를 내려다보면서 외치자 용팔이가 후닥닥 놀라서 말하더군요,

"아는 사람인가?"

"이 사람은 바로……"

소생은 말문이 꼭 닫혔습니다요. 사자의 얼굴을 내려다보다가 소생은 그 얼굴을 꼭 어디서 많이 본 사람이라는 생각이 들었더랬습죠. 어디선가 많이 본 얼굴, 늘 가까이하면서 스스럼없이 대해온 얼굴이긴 얼굴인데 딱 잡아 '누구'라는 생각은 떠오르지 않았습니다.

"누구야? 아는 사람이야?"

"……"

소생은 아무런 대꾸도 못 했습니다. 아무리 생각해도 그가 누군지 생각나지 않았으니까요. 그러나 많이 보아온 얼굴이라는 생각은 떠나지 않았습니다요.

"누군지 생각이 안 나네."

"예끼, 싱거운 사람."

잠시 후에 경찰관이 몰려 왔습니다. 하계를 여유만만하게 굽어살피시는 상제님께서 다 똑똑히 보셨을 테니까 중언부언을 하지 않겠습니다만 소생은 며칠 동안 경찰서에 불려 다니면서 성가심을 당했습니다요. 오비이락이라는 말이 이럴 때 사용하는 말이랍니다. 이 통에 작업도 며칠 늦어졌습니다요. 다시 작업이 시작되어 얼음판 주위로 둑을 쌓느라고 삽질을 하면서도 이따끔씩 소생의 머릿속에는 흙더미 속에서 나온 사자의 얼굴이 어른거렸습니다. 나중에 들은 이야기이지만 그 시체를 둘러싸고 숱한 이야깃거리가 나왔습지요. 신원도 알 수 없었고, 사인도 알 수 없었답니다요.

뒷덜미를 예리한 칼에 찔린 것은 분명하지만 그것만 가지고야 어떻게 타살이라고 규정할 수야 있나요. 시체의 뒷덜미에 꽂힌 칼을 뽑아 감정을 해보았으나 더욱더 오리무중이었다는군요. 칼의 생김새는 물론이려니와 칼을 만든 쇠붙이의 성분도 밝혀내지 못했다니깐요. 은은 아니고 강철도 아니고 알루미늄도 아니고 아무튼 이 세상에는 없는 이상한 물질로 된, 그야말로 하늘에서 떨어진 듯한 칼이었다는군요. 사자의 포켓에서 나온 거금이랑 서류들이랑 아무튼 꽤 많은 이야깃거리가 나돌았지요. 입찰보는 데 필요한 서류, 대부받는 데 필요한 서류, 토지증명, 재산증명, 납세 증명 등등의 서류가 나왔는데 조사해보니 모두 허위문서여서 수사진도 혀를 내둘렀답니다.

"한탕 하려다가 저승객이 됐군."

사람들은 이렇게 말했습니다. 사기범이거나 악덕 브로커 노릇을 하다가 변을 당한 모양입죠만, 참 가련합니다요. 머리통을 조아려 비옵나이다. 부디 죽은 사내가 극락 장생케 해주옵소서.

"얼음판 이야기나 하랍신다."

상제님이 보내신 사자가 소생의 등을 꾹꾹 찌르며 이렇게 말하고 있는 것 같습니다. 사실 말씀이 샛길로 빠졌음을 깊이깊이 사죄드립니다. 이제는 얼음판 이야기만 하겠사오니 귀가 아프시더라도 들어주시길 바랍나이다.

"드디어 얼음판이 다 됐군."

소생은 감개무량하여 소리쳤답니다. 논 열 마지기는 실히·될 스케이트장이 멋있게 만들어졌으니 참 감개무량했습니다요. 정방형의 스케이트장은 사방으로 서너 자 높이의 둑으로 둘러싸여서 아주 그럴듯하게 보였습니다. 미친년 오줌 줄기 같이 시답잖게 흐르는 개천물을 수로를 내어서 스케이트장으로 인수한 지 이틀이 지나자 물이 제법 그득했습니다요. 오줌똥이 마구 섞여서 지독한 냄새도 나고 지저분하기가 이를 데 없지만, 뭐 퍼마실 물이 아니니 흠 될 것 있나이까.

"이제 얼음만 꽝꽝 얼면 되겠네. 돈이 막 쏟아지겠군······."

용팔이는 의기양양하게 떠들어댔습니다. 소생은 용팔이가 시키는 대로 부지런히 뛰어다니면서 개업준비를 했습죠. 광목을 사다가 플래카드처럼 늘어세워서 색 글씨로 '제비스케이트장'이라고 써 걸었고요, 만국기도 사다가 스케이트장 입구에서부터 휘황찬란하게 쳐 놓았고요. 꼭 시골에 내려온 서커스단의 단원들처럼 온 식솔이 이리 뛰고 저리 뛰면서 개업준비를 했답니다. 이미 다 굽어살피셔서 훤하게 아시겠사오나, 모래와 진흙더미에서 나는 악취가 가득하던 개천 바닥이 일시에 축제처럼 들뜨기 시작했습니다. 판자촌의 소년소녀들이 몰려와 법석을 떨어서 장내 정리를 하기가 힘들었고요. 벌써부터 군고구마 장수 튀김 장수 빵 장수들이 스케이트장을 둘러싸고 진을쳤지요. 용팔이가 시원스럽게 돌아다니면서 잡상인들에게서 자릿세를 받았지요.

"전답 판 돈은 다 어찌했는고?"

상제님께서 이렇게 불호령을 하시기 전에 이실직고하오리다. 앞에서 사뢴 바와 같이 소생이 상경할 때 가져온 돈은 큰 거 한 장이 못되지만 꽤나 됐사오나 공사비가 십만 원 넘게 먹혔고 개천 부지 사용 허가비 명목으르 기십만 원, 흙더미에서 송장이 나오는 바람에 뒤치닥꺼리 하느라고 십여만 원…… 이래저래 백만 원 한 장은 거뜬히 날렸습죠. 그러나 염려 푹 놓으십쇼.

"얼음만 얼면 만사형통이것다?"

"아무렴. 얼음만 쨍쨍 얼면 이게 바로 화수분일쎄."

용팔이와 소생은 어깨춤이 덩실덩실 나왔다니까요. 잘 생각해 보십쇼. 시골에서야 일 년 열두 달 땀 흘려가며 일을 해도 일 년에 겨우 간신히 식량밖에 더 법니까. 여섯 식구 목구멍에 들어가는 일 년 치 식량을 만들자면 오줌똥 마다않고 허리뼈가 휘도록 일을 해야지요. 그런데 용팔이 그 녀석, 소생의 둘도 없는 죽마고우인 그 녀석 말을 따라 전답 팔아 상경했더니 돈 벌기가 여반장 아닙니까요. 정말 세상은 참으로 요지경입니다. 이렇게 잘 되는 돈벌이가 있는 줄을 모르고 지금 시골에서는 마실이나 다니며 한겨울을 허비하고 있겠구만요. 소생이야 애비무덤 잘 골라 쓰고, 친구 잘 둔 덕택에 일찌감치 돈벌이에 눈을 떴으니 감개무량합니다요. 돈만 있다면야 자식들 공부 잘

시켜 자식 덕 톡톡히 보고 늘그막에 적적하면 궁둥이 통통한 첩년이나 서넛 거느릴랍니다.

이래저래 돈은 바닥이 났습니다만 근심걱정은 통 안 했습니다. 시절은 동짓달 하순이라 기온은 점점 겨울 날씨로 변해 갔습니다. 수은주의 키가 점점 오무라들어서 개천물에서도 찬 기운이 획획 났습니다.

"내일부터 추워진다네그랴."

용팔이가 신이 나서 이렇게 말했습니다. 관상대의 일기예보에 의하면 내일부터 본격적인 겨울 날씨가 시작된다는 이야기였습니다. 용팔이는 생업인 공작소일은 저편으로 돌려놓고 스케이트장에 나와서 살았습니다. 세상에 이렇게 고마운 친구가 어디 있습니까.

"매표소도 만들어야 하겠군. 그리고 찌라시도 돌려야지."

용팔이는 부지런히 쫓아다니며 잡일을 처리하더군요.

'겨울의 낭만! 서울의 명물! 제비스케이트장 개장!' 이렇게 쓰인 전단을 뿌렸습니다. 신문지국을 찾아가서 신문지 사이에 끼워서 집집마다 전단을 배달했습니다.

"자, 오늘 밤 꿈이나 잘 꾸게나."

용팔이는 이렇게 말하며 밤늦게 돌아갔습니다. 용팔이가 자금을 댄 것은 아니지만, 다 요량을 하고 있었습니다. 수입금에서 얼마씩 떼어주려고 했으니까요. 돈도 돈이지만 친구 간에 의리도 중하다는 걸 저는 잘 압니다요. 그래서 그 녀석과 가끔 막소주를 기울이며 일확천금을 꿈꾸었지요.

밤은 점점 깊어 갔습니다. 찹쌀떡 장수가 천변을 누비며 소리를 지르고, 됫박만 한 방에는 입김이 허옇게 서렸습니다. 정말 기온이 급강하하는 모양입니다. 아무렴, 겨울 날씨는 얼음이 쨍쨍 얼고 추워야 합죠. 그날 밤을 추위에 꽁꽁 얼며 잤지만 소생의 마음은 기쁘기만 했습니다.

이튿날 아침이 됐습죠. 엔간한 추위였습니다. 소생은 아침 일찍 개천으로 달려갔습니다. 공손히 우러러 하소연하건대, 이게 웬일이옵니까. 소생의 '제비스케이트장'은 얼음은커녕 그대로 물이 찰랑찰랑했습니다. 골목집 웅덩이에 고인 물은 쨍쨍 얼었는데 스케이트장은 얼지 않다니 세상에 이렇게 불공평한 일이 어디 있습니까.

"자네도 일찍 나왔네그랴."

"어, 용팔인가? 얼음이 통 얼지 않으니 이게 어떻게 된 영문인가?"

용팔이는 담배를 꺼내서 성냥을 그어대며 코웃음을 치더구만요.

"이 사람아, 아무 걱정 말게나. 이제 내일 아침이면 꽁꽁 얼것이네. 이 개천물이 다른 물하고는 성질이 다르다 이거야."

"성질이 다르다?"

"아무렴. 개천물이 하도 더럽기 때문에 얼자면 시간이 좀 걸리지. 한번 얼어놓기만 하면 철판같이 딴딴하네."

쉬 덥는 방은 쉬 식는다는 말이 있겠다요. 용팔이 말을 들으니 사실 그럴듯했습니다. 쉽게 얼었다가 날씨만 조금 푹 해도 질질 녹는 것보다야 천천히 얼더래도 한번 얼기만 하면 한겨울 동안 끄떡도 없는 편이 좋은 게 아닙니까.

"하루만 더 기다리게나."

용팔이는 시무룩해진 소생에게 다짐하듯 이렇게 말했습니다. 하루 아니라 이틀이라도 더 기다려야지 별수 있습니까요. 얼지 않은 스케이트장이 얼 때까지 기다려야죠.

하루가 지나고 이틀이 가도 '제비스케이트장'은 얼지가 않았습니다요. 날씨도 점점 푹해져서 겨울 날씨 같지도 않았다니까요. 어여쁘신 상제님께 조아려 묻습니다. 겨울 날씨가 이렇게 따뜻해서야 어디 되겠습니까요. 이래저래 동지섣달이 획 지나갔습니다.

"허, 이것 야단났네. 무슨 놈의 겨울 날씨가 이렇담."

용팔이는 그제서야 몸이 단 모양이었습니다. 중고등 학생들도 방학을 해서 그저 얼음만 꽝꽝 얼면 만사형통인데 이게 무슨 날벼락입니까요. 이상 난동이라더니 참말 이럴 수가 있습니까. 모든 게 상제님의 뜻일 테니까 이 자리에서 긴 말씀 사뢰지는 않겠나이다. 스케이트장 주변의 풍경이 겨우내 어떠했는지도 사뢸 필요도 없고요. 다 내려다보셨을 테니깐.

"하늘이 벌을 주시나보다……"

소생의 마누라가 이렇게 종알거리는 것이었습니다만 원 그럴 리야 있겠습니까. 모든 만물을 점지하시고 우매한 중생을 굽어살피시는 분께서 천벌을 내리다니요. 이날 이때까지 남의 집 곡식 한 톨 넘보지 않은 소생에게 벌을 주시는 분이 있다면 온 정신이 아니고 노망이 들어서겠지만 불로초를 숭늉 퍼마시 듯 하실 분께서 노망이 날 리도 없는 일. 하온데, 소생은 참 큰 일났습니다요.

"좀 더 기다려보세. 날씨가 추워지면 문제는 모두 해결이니 깐 너무 낙담하지 말게나. 빌어먹을 겨울이 어디로 줄행랑을 쳤 나 보군……."

용팔이가 소생을 위로하랴 푸념하랴 안절부절이었습니다.

"다 틀렸네. 벌써 입춘일쎄."

소생은 일찌감치 체념을 했습니다. 학생들 방학도 다 끝나고 요, 겨울도 어느덧 다 지나가고요. 수중에는 한 달 치 식량 살 돈도 제대로 남지 않았습니다.

"친구 잘못 사귄 탓이려니……"

상제님께서 이렇게 말씀하시며 혀를 끌끌 차신다구요. 원, 사람을 약 올려도 분수가 있지 참 너무하십니다. 상제님께서 날씨를 춥게만 해주셨다믄 무슨 탈이 생겼겠습니까. 좋은 돈벌 이가 있다고 하여 친구를 서울로 불러올려 궂은일 마다 않고 돌봐 준 용팔이에게 무슨 잘못이 있습니까요. 용팔이를 사귄 게 잘못일 리는 눈곱만큼도 없습니다.

바야흐로 만물이 소생하는 봄이 돌아왔습니다요. 집사람은 울며불며 매일 안달복달을 했고요, 용팔이도 풀이 죽어서 어깨가 축 늘어졌습니다. '제비스케이트장'이라고 써 내걸었던 광목도 다 뜯어버렸고 홧김에 얼음판 둑도 다 허물어버렸습니다요.

'제비스케이트장' 전말에 관한 자초지종은 지금까지 말씀드린대로입니다. 이제 소생은 어디로 가야 합니까. 논밭 한 뙈기 없는 고향으로 갈깝쇼. 서울에 눌러앉아 지게품이라도 팔깝쇼. 인생은 일장춘몽이니까 맘 독하게 먹고 상제님의 궁궐로 입궐할깝쇼.

춘삼월 호시절을 맞이하와 상제님의 하해 같은 덕을 우러러 칭송하건대, 부디 사시사철을 두루두루 만드신 소신을 꺾지 마시고 다음 해부터는 겨울이 오면 얼음이 얼고 함박눈이 내리고 봄이 오면 도리앵화가 만발케 하시고, 여름이면 여름, 가을이면 가을답게 해줍소사.

내일 새벽 기차로 서울을 떠나려고 하오니 부디 붙잡지 마옵소서. 흙 속에서 태어난 사람은 흙으로 돌아가야지 어디 얼음판 놀음이 될 말입니까. 콧구멍만 한 창문으로 개천 바닥을 내다보니 지난겨울이 참 기가 찹니다. 얼음 한번 얼지 않은 개천이지만 그래도 해동한다고 김이 무럭무럭 피어오릅니다요. 망연히 개천의 모래 바닥을 내려다보고 있으려니까 문득 지난 동짓달에 흙더미 속에서 불쑥 튀어나왔던 시체가 생각납니다. 어디선가 많이 본 듯한 얼굴, 수시로 만나 이런저런 말을 주고

받은 듯한 생김생김. 금방이라도 그가 누군지 생각날 것 같습니다요. 사자의 얼굴이 누구의 얼굴인지가 곧 생각날 것 같습니다요.

고 이공의 육성은 여기서 끝나고 있다. 이러한 육성이 어떻게 녹음테이프에 수록되었는지는 내 알 바 아니지만 다만 한 가지 궁금한 것은 개천의 흙더미에서 나왔다는 시체와 이공과의 연관성에 관한 모종의 맥락일 뿐이다.

"시체는 결국 이공이 평소에 잘 알던 사람이었는가?"

나는 붓을 들어 먹을 듬뿍 찍으면서 최용팔이와 이공의 애자에게 물어보는 것이다.

"아닙니다. 시체와 이공과는 생면부지의 관계입죠."

"이미 죽은 사람을 붙잡고 물어볼 수도 없는 일이긴 하지만, 왜 시체의 얼굴을 많이 접해 본 모습이라고 말했을까. 마지막에 가서는 그 시체가 누군지 생각이 날 것 같다고 했지 않았나?"

최용팔이는 솥뚜껑 같은 손등으로 눈물을 쓱쓱 닦아내면서,

"청량리역에서 기차를 타고 낙향을 할 때입니다. 여보게, 용팔이, 이제야 생각이 났네그려…… 그가 이렇게 말하더군요." 하면서 고개를 들어 망우를 그리워하는 얼굴이 된다.

"그가 바로 나 자신이었네그려…… 이렇게 말했지만 저는 그냥 그 친구가 가산을 탕진하는 바람에 낙심이 되어 하는 소린 줄 알았지요."

나는 최용팔이의 이 말을 듣자 잡았던 붓을 벼루에 다시 놓고 망연자실하였다. 연후에 붓을 들어 일필휘지하여 명문에 이르기를,

'우리 상제는 온유하기 옥같고 정직하기 살대 같은 것이 행하면 벌써 뜻을 가다듬으니, 부앙에 무엇이 부끄러우리. 억조만물을 만드실 때에 이미 뜻이 모두 세워졌으니, 피래미는 피래미가 놀아야 할 물에서 놀아야 하고 개구리는 개구리가 놀아야 할 물에서 놀아야만 보전하는 이치와 같도다. 세간에는 이런 뜻을 거스르는 자 많아서 금주발로 밥을 먹고 금욕에 눈이 멀어 큰일을 그르치는 무리가 많으니 장탄식이 강토를 진동하는도다.

하해 같은 우리 상제는 중생을 벌하되 작디작은 것부터 하시니, 이공을 부르심이 이런 이치이니라. 물욕에 눈이 먼 자를 징벌하심은 옥같이 귀한 뜻이로되 사람들은 이 뜻을 거역하기를 방귀 뀌듯 하니 고현지고. 개천 흙더미 속에서 나온 시체는 온유하신 상제의 이와 같은 결의의 표시이나 진작 알아보지 못한 이공의 우매함이여, 허욕에 들뜬 뭇 사람들은 바로 허욕을 부리는 그 장소의 땅속에 자신의 시체가 상제의 벌을 받아 묻혀있음을 명심하는 게 일신상에 해롭지 않으리.

이공을 벌하신 상제의 처사는 일벌백계로써 다스리려는 뜻일진대, 삼가 이공의 소박하고도 주변머리 없는 거슬림을 사면해 줍시사 청하는도다.

울창한 저 산이여. 소나무 노나무 빽빽히 들어선 것이 편안도 하고 좋기도 함이여. 이공, 그대의 계실 곳 마땅하고 후손에게도 무해무익 할 것이리.'

하였다.

(현대문학, 1971)

황성 옛터

그가 이번에 황성 옛터를 찾아가게 된 것은 우연한 일이었다. '소생 최'라고만 쓰고 이름을 밝히지도 않은 그 노인의 편지를 받았을 때도 황성을 찾아가겠다는 마음은 조금도 내키지 않았었다. 최 노인의 편지를 받은 것은 이미 다섯 달 전 겨울이었다. 일일신문에 그 문제의 글이 실리고 나서 얼마 지나서였다. 문제의 글이라고는 했지만 그것이 학문적으로 그렇다고는 생각하지 않는다. 그 글을 읽은 최 노인은 적어도 그것을 문제의 글이라고 생각하는 모양이었다. 그 글은 우리나라 중세사에 의문점을 제기해 본 소론이었다. 그러나, 의문점의 제기라고는 했지만 중세사의 정설을 뒤엎을 만한 것은 아니었고, 다만 대학에 몸을 담고 있는 사람으로서 한 번쯤은 터치해야 할 문제를 다룬 글이었다. 학문에 있어서나 인생에 있어서 몸조심을 하는 노교수들은 이미 그러한 문제를 터치할 용기도 아무런 흥미도 없었다. 하긴 구체적인 사료도 없이 직감과 공상을 토대로 하여 국사학계에 불필요한 혼선을 일으킬 필요는 없는 것이다. 조그만 사실을 확대 왜곡시켜서 중세의 어떤 사실에 대한 불신이나 여기서 조성되는 과거에 대한 일종의 환상을 야기한다는 것은 학자로서 올바른 태도가 아닌 것쯤은 그 자신이 잘 알고 있었다. 그러나, 이제 서른한 살의 소장 학자인 그는 필요 이상의 몸조심도 할 필요가 없었고 무엇보다도 이미 정설로 굳어진 중세사의 체계에 다양성을 부여해 보고 재검토할 돌파구를 마련해 보고 싶었다. 그가 중세사에 이론을 품게 된 것은 대학원 재학 중 석사학위 논문을 준비할 때였다. 야사를 뒤적이다가 그는 이상한 말을 발견했던 것이다.

兩軍合攻我朝, 滅之. 予今敢不立都, 以雪宿憤乎. 澄自稱皇帝, 是唐慧明九年, 今焚城者古皇城也.

(양군이 우리 조정을 공격하여 멸하였다. 내가 어찌 도읍을 세우지 않고 분함을 풀겠는가. 징은 스스로 황제라 칭하니 이때가 당나라 혜명 9년이다. 지금의 분성이 옛 황성이다.)

이 야사는 조선 초기의 것으로 민간에 전승되는 것을 모은 것인데 집성한 사람이 누구인지도 명확히 알 수 없었다. 다만 권두에 분성·호월이라고만 되어 있었다. 호월이라는 것이 누구의 호인지도 알 수 없었지만 그가 이 야사를 읽고 의문을 느긴 것은, 이러한 서지학적인 것이 아니었다. '양군이 우리 조정을 공격하여 멸망하였다'라는 것은 나당연합군을 가리킨 것 같았으나 '우리 조정'이란 과연 어느 나라를 말함인지 알 수가 없었다. 그러나, 이 경우 그것은 백제라고 일단 단정 지을 수 있다. 왜냐하면, 고려 시대에는 두 나라 외군의 침입을 받은 적도 없고 더구나 고려는 이성계에게 멸망당하지 않았던가. 그렇다면 어째서 백제를 아조라고 했는가. 그러나 이 점은 고려 초기에 백제 유민이 쓴 것일지도 모르니까 그다지 문제 될 것이 없다고 하자. 그러나, 도대체 백제가 멸망한 다음 나라를 세운 사람이 누구인가. 후백제를 일으킨 견훤의 이야기인가. 그러나, 견훤이 징이라는 사실은 찾아볼 수 없다. 징은 누구인가. 더구나 황제라 칭했다니 이상한 일이다. '지금의 분성이 옛 황성이다'라고 한 것을 보면, 징이 도읍을 황성에 정했던 모양이다. 그는 우선 당나라에 혜명이라는 연호가 있는가 조사해 보았으나 허사였다.

그렇다면 이 야사의 기록은 단순한 허구인가.

이러한 의문이 몇 해 동안 그의 머릿속에서 꿈틀거렸으나 이런 단편적인 야사의 기록만 가지고 무슨 색다른 학설을 주장할 수는 없는 일이었다. 야사에는 불명확한 기록이 많지만, 그러나 일국의 건국을 기록하여 한담으로 삼은 경우는 그다지 많은 일이 아니었다.

그는 백제가 나당연합군에게 멸망하여 삼천 궁녀가 낙화암의 이슬로 사라진 후 자기의 모국을 부활하려고 일어선 견훤 이외에 징이라는 인물을 가정해 보았다. 수백 년의 사직이 무너지고 나면 백성들은 몇 대가 흐르도록 자기의 조국을 잊지 못한다. 고려가 망하자 고려의 유민이 얼마나 많이 조선을 등지고 살아왔던가……. 백제가 망하고 나서도 마찬가지였다. 황성이라는 곳에 징이라는 숨은 영웅이 있었다. 백제가 망하자 다시 나라를 일으켜 스스로 황제라 칭하고 나당연합군에게 대항하다가 실패하였다. 황제라 칭한 것으로 보아 그의 적은 신라이기보다는 당나라였다. 스스로 황제가 되어 반도를 다시 통일하여 중국 대륙을 정복할 원대한 꿈을 가진 인물이었다. 그러나, 징도 몇 달 안 가서 소정방에게 패하여 황성은 폐허가 되었다. 견훤이나 궁예와는 달리 황제라 칭하며 반란을 일으킨 징은 당나라의 노여움을 사서 징에 대한 기록이 역사에 오르지 않도록 엄격히 조처되었다. 그 뒤 고구려가 망하고 통일신라도 사치와 문약으로 망하고 다시 왕건이 나라를 세우는 등 반도는 극도로 어수선했으므로 이러한 숨겨진 사실이 올바로 역사에 기록되지 못한 채 세월이 흘러갔다. 역사란 허구의 현실화이다. 이와 같은 허구일수록 진지하게 검토하여 중세사에 다양성을 부여하고 단조로운 역사에 새로운 가능성을 부여해 봐야 한다. 소정방의 당군이 신라에게 그렇게도 만만히 쫓겨 반도에서 손을 떼었다기보다는 징이라는 의외의 복병을 무찌르는 데 군력을 소비했으므로 할 수 없이 반도에서 손을 떼고 철수한 것은 아닐까. 신라는 이 통에 어부지리를 취하여 삼국 통일의 기반을 구축했던 것은 아닌가…….

앞에서 말한 소론이란 대강 이상과 같은 것으로 일종의 시론이었다. 이 글이 발표되자 학계에서는 이렇다 할 반응이 없었다. 그는 자신의 무책임한 논조를 후회하기도 하였다. 학자로서 자기는 너무 경솔하고 환상적이 아닌가 하는 자책도 들었다. 학문은 어디까지나 과학이다. 과학은 이론이 분명해야 하고 그 이론을 뒷받침하는 증거가 있는, 합리적인 것이어야 한다. 이러한 자책에 빠져 있는 그에게 최 노인의 편지가 날아왔다. 그 논문을 감명 깊게 읽었다. 이제야 올바른 학자를 만나 나의 선조가 빛을 보게 되었다. 나는 바로 징의 후손으로서 지금 살고 있는 인충군 분산리가 바로 옛 황성이다. 나의 선조가 세운 나라는 우리나라 최초의 제국으로서 내가 바로 황족의 후손이다……. 이런 내용의 편지였다. 현대의 철자법과는 아무 관계도 없이 한문에다가 토를 단 정도로 쓴 한문 편지였던 것이다.

2

"사자는 아직도 안 돌아왔는가?"

징의 목소리는 대들보를 쾅쾅 울릴 만큼 우렁찼다.

"예, 아직 소식이 없나이다."

수령의 목소리가 들리자 징은 흰 수염을 쓰다듬으며 충허산을 바라보았다. 나당연합군이 사비성을 공략하기 시작한 것은 이미 보름 전 일이었다. 그러나 황성 사람들은 당나라 군사의 얼굴도 보지 못했다. 징이 성주로 있는 황성은 충허산에 둘러싸인 천연의 요새로서 충허산 뒤에 이토록 비옥한 고을이 있을 줄은 아무도 모르고 있었다. 황성은 땅이 기름지고 그곳에서 태어나는 사람들은 모두 용맹스러울뿐더러 우마조차도 다른 고을과는 달리 슬기와 용맹을 겸비하여 일 년에 한 번씩 사비성에서 열리는 무술대회에서 언제나 황성 사람이 우승을 독차지해 왔다. 황성 출신으로서 이미 사비성에 나가 벼슬을 하는 사람도 많았다. 말하자면 백제의 인재를 키워 내는 국력의 원산지였다.

징은 황성에서 태어났으나 평민이 아니었다. 그의 조부는 원래 왕자였는데 그 당시 일어난 왕위 계승 분쟁 때에 홀연히 몸을 피하여 황성에 내려와 살았었다. 그를 숭앙하는 백성들이 모여들기 시작하자 그는 조정에 아뢰어 황성 고을을 세우고 스스로 다스렸다. 그의 덕망은 뛰어나서 황야였던 황성은 몇 년이 지나자 부강한 고을이 되었다. 징은 황성의 삼대 성주로서 인물과 지략이 뛰어나서 이미 다섯 살에 꿩사냥을 했고 나이가 들자 사비성 무술대회에 나가 우승을 차지했다. 왕이 벼슬을 주었으나 사양하고 고향에 돌아와 그의 부친의 뒤를 이어 황성을 지켰다. 황성의 인구는 이천여 명, 우마는 그 몇 갑절을 넘었다. 화강암을 쪼개어 쌓은 견고한 성채, 충허산의 기암절벽을 기어오르며 단련된 천여 명의 군사, 충허산 속에서 빼어낸 서릿발 같은 쇠로 만든 창과 방패, 청우도, 황우도, 흉년을 모르는 기름진 전답, 나날이 황성의 힘은 자라고 있었다. 황성의 인구도 나날이 늘어 갔다. 인구가 그토록 급격히 불어나는 것은 타처에서 이사 오는 백성들이 많기 때문이었다. 의자왕의 방탕으로 왕정은 질서를 잃기 시작하고 궁성은 수많은 궁녀들의 화려한 옷으로 꽃밭을 이루자, 뜻있는 선비와 장수들은 벼슬을 버리고 산속으로 들어갔다. 그중에는 황성으로 찾아오는 장수가 많았다. 이미 징의 명성은 방방곡곡에 퍼져서 이름난 장수들이 징의 부하 막료로 모여들고 있었다.

그중에 황외자 장군이 있었다. 여덟팔자 콧수염이 보는 이의 가슴을 섬쩍하게 만들 정도로 날카로운, 힘이 장사요, 무예 또한 귀신 같은 장수였다. 징은 그를 가장 신임하였다. 황 장군도 징을 충성스럽게 비호하였다. 왕정을 바로잡고 사직을 튼튼히 하기 위하여 의자왕에게 상소하려고 징을 비롯한 여러 장수가 모였던 날 아침이었다.

충허산 망루에서 급보가 날아왔다.

"아뢰오. 새벽부터 신라 쪽에서 군사들이 사비성으로 진격하고 있습니다. 수천을 헤아리는 군대이오."

여러 장수는 곧 대책을 숙의하기 시작하였다. 군사를 정비하여 곧 사비성으로 출동해야 된다는 의견이 다수였다. 그러나 황외자 장군은 다른 의견을 말했다.

"나당연합군이 우리 조정을 공격하는 것이 분명하다고 보오. 우리가 군사를 일으켜 사비성으로 진격하여 적의 후방을 교란한다면 큰 성과를 거둘 수는 있지만 그러나 사직의 위기를 구해야 되는 신하 된 우리들로서는 좀 더 심사숙고하여 작전을 세우는 게 옳을 줄 압니다."

"그래 어떤 복안이라도 있는가?"

징은 황 장군에게 물었다. 마장에 매여 있는 말들이 푸루루 푸루루 우는 소리가 들려왔다.

"예, 아시다시피 황성에서 사비성은 수백 리 길이요. 반면에 신라국과는 백 리 안쪽에 서로 접경하고 있지 않습니까. 우리가 만일 군사를 일으켜 출군한 다음에 황성이 공격을 받으면 어떻게 되겠습니까? 또한 기강이 허물어진 백제군은 이미 나당연합군에게 항복했을지도 모르는 판국에 우리가 출군한다는 것은 마른 나무를 안고 불길로 뛰어드는 격입니다. 황공하오나 만일 불행하게도 우리 조정이 패한다면 우리는 황성을 거점으로 하여 원한을 갚아야 합니다. 하오니 우선 사자를 보내어 사비성의 사정을 알아보는 것이 좋을 듯합니다."

모두들 황 장군의 말에 찬성을 하자 징은 곧 날랜 무사를 사비성으로 보냈다. 징은 황성의 성을 더 견고히 손질하게 하고 백성들에게 영을 내려서 남녀노소 할 것 없이 유사시에는 전투 병력으로 동원될 수 있도록 전시 체제를 갖추게 하고 아침 저녁으로 비상 훈련을 시켰다. 일시에 황성은 전운이 뒤덮였으나 질서 있는 명령 체계와 상호우애와 협조로 백성들의 안보와 안락에는 추호의 금도 가지 않았다. 사비성으로 사자를 보낸 지 보름이 넘자 징은 초조해지기 시작하였다.

"아직도 사자는 안 돌아왔는가?"

징의 우렁찬 목소리는 계속하여 울렸다. 그때 성의 망루에 있던 군졸이 북을 둥둥둥 울렸다. 징은 벌떡 일어났다.

"저 북소리는 뭐고?"

"예, 사비성에 보냈던 사자가 돌아와 지금 막 성문을 통과하여 달려온다 하옵니다."

"음……."

징은 가슴이 답답하였다. 의자왕은 무사한지…… 조정이 썩었다고는 하지만 아직도 충신과 장수들은 많다. 당나라 오랑캐들을 무찔렀는지. 의자왕도 이번에는 정신을 차려서 종묘사직을 튼튼히 해야 할 텐데.

"무엇이라고?"

징은 추상같이 소리쳤다. 흰 수염이 곤두서고 얼굴 근육이 파르르 떨렸다.

"황공하오이다."

돌아온 사자는 이미 살아 있는 사람이 아니었다. 뎅겅 잘린 모가지가 밧줄에 매달려 말의 다리에 동여매어져 있었다. 적군에게 기습을 받은 모양이었다. 사자의 모가지에 쪽지가 붙어 있었다.

告皇城之澄. 予亦罰徒輩 欲我朝傳萬古……(황성의 징에게 고하노니 내 또한 너희들을 징벌하여 우리 조정을 만고에 전하리라……)

"……음 그렇다면 우리 조정이 이미 망해 버렸는가."

징은 머리를 숙였다. 잠시 후에 징은 장수들을 집합시켰다.

"여러 장군들은 내 말을 잘 들으시오. 사비에 보냈던 사자는 죽어서 돌아왔소. 더구나 이 쪽지를 보건대 머지않아 우리 성을 공격해 올 모양이오. 여러 장수는 곧 출군할 태세를 갖추기 바라오. 우리 조국의 사직을 도로 세우고 오랑캐 무리를 섬멸하기 위하여 최후의 일 인까지 목숨을 나라에 바칩시다."

"……"

장수들의 표정은 숙연해졌다. 출군 명령을 내리기는 했으나 지금 당장 사비성으로 공격한다는 것은 위험한 일이라고 징도 생각하고 있었다. 그의 가장 심복 부하인 황외자 장군도 마찬가지 생각이었다. 징은 다시 영을 내렸다.

"좀 더 사비성의 전황을 알아보고 난 뒤에 최종 결정을 내릴 것이니 그때까지 장수들은 자기가 맡은 막사에 돌아가 군졸들의 장비를 점검하고 군량미를 충분히 확보해 놓기 바라오!"

"네, 잘 알았습니다."

장수들이 흩어진 다음에 징은 황 장군과 단둘이 만났다. 먼저 황 장군이 입을 열었다.

"이미 사직은 무너진 것 같습니다. 사치와 방탕에 물든 사비성이 소정방과 김유신의 칼 앞에 지금까지 버틸 수는 없는 일인가 합니다. 황성이 공격을 받기 전에 먼저 선제공격을 하는 것도 좋으나 저 험준한 충허산 산맥을 넘자면 병마가 모두 지칠 것이오니 우리는 적군이 침입해 오길 기다려 그들과 대전하는 것이 가장 효과적인 방법인 것 같습니다."

"……."

징은 황 장군을 물끄러미 바라다보았다. 사비성의 병마권을 한 손에 잡고 있었던 천하의 명장 황외자였다. 징은 괴로운 듯이 눈을 꾹 감고 있었다. 칠백 년 사직이 하루아침에 무너져 버린 지금 징이 마땅히 해야 할 일은 어떤 것인가. 더군다나 징은 왕족이 아닌가. 사비성으로 달려가 나당연합군을 맞아 혈전을 벌일 것인가. 그러나 수천의 적군을 이기고, 쓰러진 사직을 일으킬 수 있을 것인가. 무너진 종묘 앞에 나아가 초개같이 목숨을 버리는 것으로써 충성을 했다고 자부할 수 있는가. 징의 기다란 눈썹이 부르르 떨렸다. 눈을 뜨고 충허산을 이윽고 바라보았다. 성 동편에서는 말발굽 소리가 요란히 들려 오고 있었다. 출전을 앞둔 병정들은 밤낮을 가리지 않고 맹훈련을 하고 있는 중이었다. 징도 황 장군의 말이 옳다고 생각하였다. 황 장군의 얼굴을 바라보았을 때 그는 섬찟한 기분이 되었다.

황 장군의 번쩍이는 눈이 서릿발같이 차갑고 날카로웠다.

"사불여의할 경우엔 나라를 세우심이 좋을 것 같습니다. 이미 사직이 쓰러진 지금에 와서 백제를 도로 일으키려고 무모한 전쟁을 하는 것보다 새로운 나라를 세워서 백성의 사기를 드높이고 당당한 국가로서 적군과 대전함이 좋을 듯합니다."

"나라를 세우라고?"

"네, 그러하옵니다. 하늘이 뜻을 내리면 그것을 받아야 합니다."

황 장군은 단호하게 말했다.

나라를 세운다⋯⋯. 징은 스스로 왕이 된다는 생각은 해 본 적이 없었다. 그러나 황장군의 말을 한마디로 딱 잘라 물리치지 못한 자기에게는 저도 모르는 사이에 이러한 불충한 마음이 도사리고 있었던 게 아닐까 하는 자책감이 일어났다. 벼슬을 마다하고 사비성을 떠나 황성에 돌아왔던 당시부터 나의 마음에는, 새로운 나라를 세우려는 음모가 꿈틀대기 시작한 것인가⋯⋯. 그렇지 않다.

추호도 그렇지 않다. 징은 눈을 꾹 감았다. 흰 눈썹이 부르르 떨렸다. 훈련을 하는 병정들의 함성소리가 들려오고 있었다.

나라를 세우는 일보다 적군을 격퇴시키는 일이 급선무라고 징은 생각했다.

3

나당연합군이 충허산을 넘어 침입해 온 것은 이튿날 새벽부터였다. 안개가 짙게 내려서 지척을 분간할 수 없는 일기였다. 망루에서 급보가 날아들자 황성은 삽시간에 응전 태세를 갖추었다.

징은 전복으로 갈아입으면서 부인 김 씨에게 말했다.

"오늘은 우리의 운명이 결정되는 날이오. 인명은 재천이라, 죽고 사는 것은 하늘의 뜻이지만 저 어린 상을 잘 부탁하오."

상은 나아가 겨우 네 살인 징의 외아들이었다. 만년에 얻은 귀중한 핏줄이었다. 김 씨 부인은 상을 안으며 징을 쳐다보았다.

"몸조심하셔요. 무사하시길 신명님께 빌겠어요……."

징이 옷을 다 입고 나서려는데 밖에서 목소리가 들렸다. 황 장군이었다.

"성주님, 어서 납시지요……."

"알았소."

밖으로 나오고 나서야 징은 모든 걸 알아차렸다. 뜰 아래 늘어선 장수들은 그 등급에 따라서 예복을 입고 두 줄로 나란히 서 있었다. 황 장군이 징을 안내하며 근엄하게 말했다.

"황성의 성주님이 오늘 이 시각부터 개국하니 그리 알고 모든 장수들은 충성을 맹서하시오!"

이 말이 떨어지자 장수들은 엎드려 머리를 땅에 대었다. 황 장군도 무릎을 꿇고 엎드렸다.

"신 황외자 아룁니다. 한시바삐 신들의 받듦을 받아 주십시오. 당나라 군사들이 지금 물밀듯 쳐들어오고 있습니다. 이왕 나라를 세우는 데 있어서 일개 왕국을 세울 것이 아니라 우리도 떳떳하게 황국을 세움이 좋을 듯합니다."

징은 그들의 추대를 뿌리치고 싶지 않았다. 그렇다. 제국이 되는 거다. 당나라와 동등한 자격으로 전쟁을 하여 승리를 해야 한다. 제국을 세우는 거다. 징의 가슴은 펄펄 뛰었다.

"좋소. 그대들의 결심을 받기로 하겠소."

"황공하여이다. 황제 폐하, 황공하여이다."

황제의 대관식은 간단히 거행되었다. 여러 장수에게 새로운 명칭으로서 벼슬을 내리고 나라 이름은 돈이라 정하고 연호를 광시라 하였다. 이러한 의식이 거행되고 있을 동안에도 충허산 쪽에서는 뿌옇게 먼지가 피어오르고 군사들의 함성이 들려오고 있었다.

"기어코 당군을 격퇴하여 우리 황국의 터전을 튼튼히 해야 되오."

황제 징은 여러 신하를 굽어보며 명령하였다. 김 씨 부인이 아들 상을 안고 이러한 광경을 내다보고 있었다. 실로 반도에 처음으로 황국이 탄생하는 순간이었다.

황외자 장군을 선봉장으로 하여 돈국의 군사들은 즉시 출군하였다. 황제 징도 그 뒤를 따라 말을 달렸다. 성안은 잠시 후에 아녀자들만 남아서 근심스러운 듯이 충허산을 바라다보았다. 잠시 후에 군사들의 모습은 충허산 안개 속으로 자취를 감추었다. 계속해서 함성 소리와 말 우는 소리가 우뢰처럼 들려오고 있었다. 충허산을 요새화한 것은 이미 지난해 나당연합군이 백제를 공격하리라는 소문이 떠돌 때였다. 수천 개의 함정을 파서 그 위를 나무와 돌로 위장해 놓았으며 충허산 산마루에는 큰 바위를 쌓아 놓았다. 웬만한 군사들이 쳐들어와야 꼼짝없이 함정 속으로 빠져 바위 벼락을 맞아 죽을 것이다. 그러나 당군은 우선 숫자가 많을 것이 틀림없었다.

돈국의 주력 부대가 전선에 당도하자 충허산 수비대와 당군은 피투성이의 혈전을 벌이고 있었다. 새까맣게 기어오르는 적군들은 함정에 빠지고 돌에 깔려 쓰러지면서도 악착같이 전진해 왔다. 처음에는 활로, 그다음엔 창과 칼로 싸우다가 이제는 백병전을 벌이고 있는 중이었으나 돈국의 수비대는 기력을 잃은 지 오래였다. 바로 이때 주력부대가 도착한 것이었다. 산마루까지 기어 올라온 수십 명의 적군을 섬멸해 버리는 데는 오랜 시간이 걸리지 않았다. 펄럭거리는 군기를 산마루에 높이 꽂고 북을 둥둥 울리며 독전을 하는 것은 황 장군이었다.

황 장군은 청우도를 치켜들고 적군을 향하여 벼락같이 외쳤다.

"오랑캐 무리들은 듣거라. 너희들은 평화로운 우리 황국을 침범하여 우리 황제의 성안을 흐리게 했으니 그 죄는 육시를 해야 마땅하다! 그러나 우리 황제 폐하께서는 평화를 사랑하시는 분이라 지금이라도 늦지 않으니 칼을 버리고 항복하는 무리는 목숨을 해치지 않겠다!"

적군 쪽에서 비웃는 함성이 들려오고 화살이 날아왔다. 황 장군은 날아오는 화살을 가볍게 손으로 잡았다가 곧이어서 적 군 쪽으로 휙 던졌다. 적병이 화살에 목을 꿰여서 나둥그러졌 다가 아래로 굴러떨어졌다.

"이 무례한 녀석아! 너희들은 한낱 이름 없는 동이가 아니 냐! 우리 당나라의 속국이 분명하거늘 조공이나 잘 바치면 됐 지 무슨 놈의 황국이냐! 너희들이야말로 빨리 항복을 해서 이 왕 죽을 목숨에 칼자국을 내지 말아라!"

적장이 크게 고함을 지르며 앞으로 내달려 왔다.

적장은 한 손에 창을 꼬나쥐고 계속해서 말했다.

"흥, 황군이라고? 너희들은 태어날 때부터 큰 나라를 섬겨야 하는 변방의 파수병인 줄을 모르느냐? 지금 백제가 나의 칼 아 래 무릎을 꿇고 머지않아 신라와 고구려도 없애 버릴 참이다. 하물며 너희들이 나라를 세우고 대항한다면 씨도 안 남기고 죽여 버릴 것이다. 황국은 이렇게 조그만 소국에는 당치도 않 은 말이다."

"적장은 듣거라! 이제 사대의 폐풍을 뿌리 뽑고 자주적인 국 방과 자주 건설로써 조국 근대화를 성취시킬 것이다. 너희들이 대국이라고 뽐내지만 오늘 그 콧대를 꺾어 주고야 말겠다."

"어림도 없는 수작 말아라! 당돌한 변방의 오랑캐 같으니!"

설전의 공방은 오래 계속되지 않았다. 곧 본격적인 전투가 개시되었다. 안개도 걷히고 밝은 아침 햇살이 충허산을 뒤덮으며 쏟아져 내렸다. 화살이 날고 창이 날아가고 바위가 굴러떨어졌다. 파놓은 함정은 이제 당나라 병정들로 가득 차서 더 이상 병정들이 빠질 수도 없었다. 적병들은 함정에 빠진 병정들의 머리를 밟고 전진해 왔다. 싸움은 시간이 갈수록 처절해지고 있었다. 그러나 해가 중천에 걸리자 돈의 황군들은 패색의 기미가 뚜렷해졌다. 이럴 즈음인데 갑자기 날이 흐리고 빗방울이 후두둑거리기 시작하더니 곧 폭우가 쏟아져 내리기 시작했다.

"바위가 다 없어졌습니다!"

"음……."

황 장군은 징을 바라보며 신음소리를 냈다. 징의 전복에도 핏자국이 낭자하게 묻었다.

"장군! 성으로 후퇴를 해야겠소!"

징은 황 장군에게 이와 같이 말했다.

"폐하! 신의 불충을 용서하십시오. 워낙 중과부적입니다. 성으로 후퇴하겠습니다. 성에서 다시 적을 맞아 싸우면 승산이 있을 것 같습니다. 적군은 지금 피로해 있는데다가 군량미도 바닥이 났을 것입니다."

돈의 황군들은 곧 충허산을 내려와 성으로 후퇴하기 시작하였다. 군사의 숫자가 반으로 줄고 남은 군사들도 반 이상이 부상을 당하였다.

징은 피 묻은 칼을 꽉 움켜쥐면서 이를 부드득 갈았다.

"오냐, 네놈들을 섬멸하여 동방에 찬란한 제국을 일으키고야 말겠다."

이런 심정은 황 장군 이하 온 군사들도 마찬가지였다. 징의 군사들은 성으로 들어와 성문을 굳게 걸어 잠갔다. 적군은 바로 뒤따라 쳐들어왔다. 성벽 위에서 쏟아지는 화살과 돌멩이에 적군은 한꺼번에 수백 명이 피를 토하고 죽어 갔다. 그러나 몇 천의 대군이었다. 적군은 조금 물러나서 진을 쳤다. 성 위에는 군기가 펄럭이고 군기에 쓰인 글자 가운데서는 유난히 '皇' 자가 두드러져 보였다. 적장은 그 군기를 보자 이를 갈았다.

"괘씸한 놈들, 감히 우리 폐하의 존엄을 훼손하다니!"

적군은 그날부터 성문을 부수려고 하였으나 육중한 성문은 부서질 리가 없었다. 나무에 불을 붙여서 성안으로 던지기도 하였으나 화재가 날 리도 없었다. 고전을 하고 있는 황성이었으나 황제 징을 정점으로 온 백성이 충성을 하여 나라를 지키고 있었다. 남녀노소 할 것 없이 돌멩이를 나르고 화살을 만들고 전투를 하였다. 적군도 만만히 물러나지 않았다. 군량미가 곧 바닥이 났지만 다시 운반해 왔고 몇천의 군사가 또다시 황성 전투에 투입되었다. 황제라고 일컫는 데 대하여 상당히 분개한 모양이었다. 황성을 섬멸하겠다는 결의는 필사적이었다. 적군 중에 신라군은 보이지 않았다. 신라군은 사비성을 함락하고 바로 서라벌로 되돌아간 모양이었다.

피비린내 나는 전투는 오래 계속되었다. 계절이 바뀌었다. 징의 신하 가운데 한 사람이 화평안을 내놓기에 이르렀다.

"폐하! 당군과 화평하심이 어떠한지요. 저장해 둔 곡식도 이제 한 달 후면 동이 나고 더 이상 무기를 만들 재료도 없을 뿐만 아니라 성안에는 돌멩이조차 동이 났습니다!"

"……."

징은 눈을 감고 한동안 생각에 잠겼다. 다른 신하들이 화평안을 동박하려고 하자 징은 손을 내저으며 가로막았다.

"우리가 싸우는 것은 우리 민족의 자주정신과 후세에 전해줄 튼튼한 조국의 기초를 닦기 위해서가 아니요? 우리가 이제 와서 화평을 한다는 것은 지금까지 흘린 피에 보답하는 일이 아닐뿐더러 그렇게 한다면 외군을 끌어들여 동족이 사는 국가를 멸한 신라놈과 다를 게 뭐가 있겠소. 만일 우리들이 화평을 한다거나 적군에 항복한다면 자손만대에 씻지 못할 치욕을 안겨 주는 것이오. 부전자전이라고 하지 않았소? 후손들은 늘 선조들의 피를 물려받고 태어나는 법. 우리들이 이번에 우리의 자주성을 발양하지 못한다면 우리 후손들은 대대로 대국의 속국 노릇이나 하며 조공을 바치고 변방의 문지기 노릇을 하게 될 것이오. 여러 신하들은 짐의 이와 같은 충정을 깊이 생각하기 바라오."

"황공하옵니다."

신하들은 일제히 무릎을 꿇고 대답했다. 징의 말은 곧 황성 백성들의 마음이기도 하였다. 화평안을 내놓았던 신하는 이날 밤 자결하였다. 황제의 뜻을 거역한 신하들이 스스로 목숨을 끊는 것은 황성의 불문율이었다.

그날 밤 황제 징은 침전에 들기 전에 세자 상을 불렀다. 한번 안아 보고 싶은 마음이 불현듯 났기 때문이었다. 김 씨 부인, 아니 이제는 황후인 부인은 상을 안고 있다가 징에게 건네주었다. 평화스럽고 귀엽고 깨끗한 세자의 얼굴이었다. 징의 흰 수염이 닿자 세자 상은 방긋방긋 웃었다.

이날 밤 당군이 무엇을 하고 있었는지는 아무도 몰랐다. 이날 밤만이 아니었다. 징의 군사들이 성안으로 들어가서 성문을 닫아걸고 나서부터 당군은 낮에는 지상 전투를 하고 밤에는 지하 작업을 했던 것이다. 당군이 진을 친 곳에서 시작하여 성벽 안까지 땅굴을 파는 작업이었다.

당군의 적장은 지략이 있는 장수였다. 그는 징이나 황 장군이 보통 인물이 아님을 알았고 소수의 병력이긴 하나 황성의 군사들은 무술에 뛰어나고 단결력이 강하기 때문에 충분히 일당백의 전투력이 있다는 것도 한눈에 알았다. 충허산 전투를 겪고 나서 알게 됐던 것이다. 황성을 섬멸하는 길은 땅굴을 파고 성안으로 들어가 백병전을 하는 것뿐임을 알게 되자 그는 곧 매일 밤을 이용하여 땅굴을 파도록 명령하였다. 그런데 징이 그 아들 상을 안아 보던 날 밤에는 이미 땅굴이 성벽 밑을 통과하고 있었던 것이다. 이제 지상을 향하여 조금만 파 올라오면 땅굴은 뚫릴 판이었다. 적장은 군사들을 땅굴로 들어가게 하고 새벽 먼동이 트면 지상으로 나오는 구멍을 뚫으라고 명령하였다. 땅굴이 워낙 넓어서 몇 백 명의 병정들이 들어가도 후미가 남을 지경이었다.

새벽녘, 먼동이 트기 시작하였다. 매일 일과처럼 시작되는 지상 전투가 개시되었다. 당군은 병력이 많아서 몇백 명이 땅굴 속에 미리 잠복해 있었지만 표가 나지 않았다. 드디어 당군의 적장은 북을 둥둥둥 울렸다. 병정들의 함성 소리가 천지를 진동할 듯이 울리기 시작했다. 징은 군사를 독전하다가 깜짝 놀랐다. 황 장군도 마찬가지였다.

성벽 안쪽 마당 한복판이 뻥 뚫리자 당군들이 뛰어나오지 않는가. 성 밖과 성안에서 적군의 공격을 받자 황성의 군사들은 곧 무너지기 시작하였다. 성안에 들어온 적군을 맞아 싸우느라고 성벽의 방어가 허술해지자 밖에 있던 적군들은 성벽을 기어 올라왔다. 곧 성문이 활짝 열렸다. 치열한 백병전이 전개되었다. 그러나 워낙 중과부적이었다. 사람의 숫자가 모자라는 것이었다. 부녀자들까지 창을 들고 전투에 참가했으나 이미 대세는 기울어진 뒤였다.

"폐하! 신의 불충을 벌하여 주십시오. 폐하를 받들고 조상이 내려주신 이 땅에 천하제일의 제국을 건설하려 했습니다만 사람이 부족합니다. 신의 죄를 벌하여 주옵소서, 폐하!"

황 장군은 피투성이가 된 채 징을 가로막아 싸우며 외쳤다. 잠시 후 당군의 손에 황성의 병정들은 대부분 살해되고 말았다. 성은 온통 시체 더미였다. 징과 황 장군은 적병의 기습을 받아 무기를 뺏기고 포로가 되었다. 적장 앞으로 끌려가면서 황 장군은 혀를 깨물어 자결하였다.

"……"

쓰러지는 황 장군을 보면서도 징은 아무 말도 하지 못했다. 말이 나오지 않았기 때문이다. 징의 흰 수염이 곤두섰다가 파르르 떨렸다.

"네가 징이냐?"

적장이 내뱉듯 소리쳤다.

"그렇다. 짐이 바로 돈황국의 황제다!"

징은 적장을 쏘아보며 의연히 말했다.

"음! 네가 바로 우리 폐하의 존엄하신 이름에 먹칠을 한 놈이구나!"

"역시 오랑캐는 무례하구나! 너는 너의 폐하만 알고 다른 사람의 폐하는 모르는가? 너는 도대체 어느 놈인데 그토록 무례한고?"

"하하하, 나? 내가 바로 소정방이다. 너의 고국인 백제도 나의 한칼에 무너져 버렸다. 신라도 고구려도 같은 운명이다. 너는 함부로 황제의 칭호를 사칭하고 난을 일으켰으니 무엄하구나. 국가든 민족이든 모두 그 타고난 숙명이 있는 법. 그 숙명을 거역하는 자는 씨도 남기지 않는 것이 우리 대국인의 기질임을 모르는가."

"……."

징은 더 이상 아무 대꾸도 하지 않았다. 포로가 된 황성의 병사들과 아녀자들이 묶여 있었다. 잠시 후에 징의 목이 잘렸다. 목뿐이 아니라 사지도 잘렸다. 황군의 군기가 펄럭이던 장대 끝에 여섯 토막이 난 징은 매달려 원통한 듯 피를 뚝뚝 흘렸다.

소정방은 피 묻은 칼을 그대로 칼집에 넣으며 중얼거렸다.

"동이 가운데서는 전무후무한 영웅이로구나…… 영웅이야. 이러한 영웅을 제거했으니 앞으로 우리 대국의 번영에 서광이 올 것이다……."

이어서 소정방은 포로와 아녀자를 포박한 그대로 성안에 남긴 채 군사들을 성 밖으로 후퇴시켰다. 성문도 도로 잠그게 하였다.

"불을 질러라!"

소정방은 크게 외쳤다. 불덩이가 성벽 너머로 날아가자 곧 불길이 오르기 시작하였다. 인육 타는 냄새가 진동하였다. 포로로 잡힌 황성의 병정 가운데 몇 명이 성벽을 넘어 탈출하기 시작하였다.

"저 놈들을 잡아 오너라!"

그들은 곧 붙잡혀 왔다. 불에 타서 한쪽 귀가 없어진 사람도 있었고 머리칼이 노랗게 탄 사람도 있었다. 그들은 당나라 병정에게 침을 뱉으며 이를 갈았다.

"저놈들을 모조리 소경을 만들어라!"

그들은 곧 소경이 되었다. 두 눈에서 핏방울이 뚝뚝 떨어졌다. 두 눈을 잃은 황성의 병정들은 침을 뱉으며 다시 이를 뿌드득 갈아대다가 그 자리에 쓰러져 꿈틀댔다.

"저놈들을 모두 거세시켜라."

4

최 노인의 아들이라는 최창국 씨는 자기 아버지 무덤 앞에 앉아 이상과 같은 돈황국의 흥망을 이야기해 주었다.

"선친께서 늘 이와 같은 이야기를 하시면서 뼈를 보존하라 하셨지요. 옛 황족의 후손으로서 긍지를 지니라는 말씀이었습니다만……"

그는 최 씨의 이야기를 들으면서 반신반의의 심정이었다.

그가 백제 토기 발굴대의 일원으로 이 남도에 내려온 것은 일주일 전이었는데 작업이 끝나자 문득 최 노인 생각이 났다. 그는 곧 인충군 분산리를 찾아갔다. 험산준령이 펄떡이다가 스르르 꼬리를 틀고 앉은 지형으로 된 작은 분지였다. 분산리에 가서 최 노인을 찾았으나 이미 한 달 전에 노환으로 별세했다는 것이었다. 최 노인의 아들 최창국 씨에게 최 노인의 편지에 관해서 말하자 처음에는 시침을 떼려고 하였다. 자기 선조들의 내력에 관하여 말하기를 꺼려 하는 기색이었으나 한참 후에 입을 열고 이상과 같은 돈황국 흥망기를 들려주는 것이었다.

"그런데 최 노인의 편지에는 자신이 황족의 후예라고 했는데 그때 황성 사람은 모두 죽었고 행여 살아남았다 해도 거세를 당했으니 후손이 끊겼을 텐데요……."

그는 최 노인의 무덤을 보면서 이렇게 말했다. 최 씨는 나지막한 소리로 확신에 가득 차서 이렇게 말했다.

"네. 황성 사람으로서 살아남은 사람은 없습죠. 그런데 말이죠. 징이라는 분은 보통 인물이 아니었나 봅니다. 그의 네 살짜리 아들 상이 있었지 않습니까. 당군이 땅굴을 파고 성안으로 들어온 바로 그 전날 밤에 상을 말에 태워 성 밖으로 탈출을 시켰습니다. 말에 태우고 비단으로 칭칭 감았겠지요. 상의 가슴에는 황성의 그 당시 사연을 적은 쪽지를 동여매 주었습니다. 지금 저의 가문이 그 후손이지요."

최 씨의 말은 너무도 환상적이었고 엄격히 말하면 아무런 사실성도 없는 공론에 불과한 것이지만 그는 최 씨의 환상을 깨뜨리고 싶은 생각은 없었다. 그들은 황성의 이야기를 신화처럼 믿고 있을 뿐이었다.

어째서 정사에 황성 돈황국의 건국이 기록되지 않았는지에 관해서는 그들은 아무런 관심도 없는 것 같았다. 그의 이야기를 듣고 나서 학자인 자기로서도 어떤 심증이 가는 데가 있었으나 최 씨 일가의 구술을 제외하면 아무런 자료가 없음이 안타까운 일이었다.

"저 산이 충허산인가요?"

"네, 그럴 겁니다. 지금은 충인산이라고 합지요."

그들은 최 노인의 무덤에서 내려와 최 씨의 집으로 갔다. 기와에 이끼가 퍼렇게 자란 고가였다. 여기가 황성의 옛터임이 분명해 보였다. 동네의 지형으로 보면 알 수 있었다. 자주를 외치던 징의 목소리가 곧 들려올 듯이 산촌의 풍치는 신비한 구석이 있다고 그는 느끼고 있었다.

"이 황성 옛터를 발굴해 보고 싶습니다. 그러면 그 당시의 유물이 발견되지 않겠습니까? 그렇게 되면 돈국의 개국과 징과 당군과의 혈전이 다시 사실로서 기록될 수도 있지 않겠습니까?"

"그건 안 됩니다!"

최 씨는 단호하게 거절하였다.

"조상들이 대대로 후손에게 말씀하셨지요. 뼈를 보존하라구요. 이것이 우리의 가훈입니다. 그 이상 지금에 와서 번거롭게 땅을 파헤쳐 조상들을 시끄럽게 하다니요."

몇 번 더 황성 옛터를 발굴해 보자고 권해 보았으나 최 씨는 막무가내였다.

그는 최 씨와 헤어져서 밖으로 나왔다. 길섶에서 낮잠을 자던 개구리와 풀벌레들이 그의 발소리에 놀라 후다닥 뛰어 달아났다. 그는 도랑에서 세수를 하였다. 찬물이 얼굴에 닿자 천년 전 징의 목소리가 들려오듯 귀가 찌잉하고 울리는 것 같았다. 그는 세수를 하고 일어서다가 이상한 것을 발견하고 놀랐다. 장마 때 흙이 파여나간 자리에 푸르딩딩한 쇳조각이 박혀 있었다. 그는 그것을 집어 들었다. 나무처럼 가벼웠으나 분명히 쇠붙이였다. 심하게 녹이 슬어 있었다. 이것은 혹시 황성의 유물일지도 모른다는 생각은 그의 가슴을 소용돌이치게 만들었다. 그는 그것을 손수건에 싸서 포켓에 넣었다. 청우도, 황우도가 번쩍이던 천년 전의 전장의 모습, 목이 잘리는 징의 분노, 소경이 되는 병사들, 거세당하는 병사들의 모습, 자주를 절규하는 황 장군의 목소리, 변방의 오랑캐라고 숙명론을 갈파하는 소정방의 목소리…….

그는 충인산을 넘어가는 막차 안에서 고개를 돌려 황성 옛터를 바라보았다. 기름진 평야와 울창한 산림으로 펼쳐진 황성 옛터에는 평화롭게 저녁연기가 피어오르고 있었다.

역사는 과학이기는 하지만 그러나 일종의 문학이다. 엄연한 객관적 사실과 그 사실을 해석 평가하는 주관적 사실의 혼합체다. 며칠 동안 존재했던 국가가 문제가 아니라, 이 경우에 있어선 그보다 더 귀중한 것이 있다. 한국인의 정신사에 있어서 훌륭한 테마를 제공해 주고 있는 것이다. 신라가 당군을 끌어들여 삼국을 통일한 것과는 근본적으로 다른 것이 돈황국의 짧은 흥망 속에 깃들여 있다. 지정학적인 숙명을 극복하려는 한국인의 최초의 도전이 아닌가.

최창국 씨의 구술만을 근거로 하여 이와 같은 문제점을 제기하는 것은 올바른 일이 아님을 잘 알고 있는 그였다. 그러나 그는 포켓 속에 넣어 둔 녹슨 쇠붙이를 감정하여 우선 연대를 추정하고 가능한 한 황성 옛터를 발굴해서 돈황국의 존재를 확립해 보겠다는 심정이 되어 충인산을 넘고 있었다.

(월간문학, 1971)

실종

서준태 중위는 호기 있게 담배를 한 대 꼬나물고 차창 밖으로 얼굴을 돌렸다. 군사 도시인 H읍은 이미 보이지도 않았다. 서 중위가 소속돼 있는 X사단이 그대로 H읍을 이루고 있다고 해도 지나친 말이 아니다. 수천 명의 병력과 고급 장교들의 가족, 병정들의 주머닛돈을 노리는 각종 술집과 당구장, 영화관, 다방, 제과점에서부터 PX에 납품하는 군납업자 등에 이르기까지 어느 것 하나 X사단과 관련을 갖지 않은 것은 없었다.

두 개의 국민학교와 한 개의 중학교가 있는데 생도들은 거의 군인 가족이어서 아버지가 군인이 아닌 사람은 불과 몇 명밖에 없었다. 사단이 기동훈련을 하게 되어 병정들이 모두 완전무장을 하고 온갖 중장비를 앞세우고 읍의 1번 도로를 행진할 때면 마치 전쟁이 터지기라도 한 것같이 읍 전체가 웅성웅성해지고 묘한 긴장감이 거리를 휩싸게 된다. 그런 날이면 학교 수업도 정상대로 될 리가 없다. 산 너머에서 쿵쿵 들려 오는 포성과 따따따 하는 총성은 생도들의 어린 마음을 공연히 들뜨게 하기 때문이다. 영화관이나 다방은 말할 것도 없이 시장의 상점들도 장사가 통 될 리가 없다. 기동훈련 기간 동안에 이렇게 철시가 되는 것과 마찬가지로 매달 한 번 있는 월급날에는 읍 전체가 공연히 흥청거리기 시작하고 어수선하게 들뜬다. 월급날이란 말할 것도 없이 군인들, 특히 읍에 가족을 데려다 살림을 하는 고급 장교들의 월급날을 가리킨다. 이런 때면 아이들도 모형 비행기를 사서 날리기도 하고 솜사탕을 사 먹기도 하면서 궁둥이를 까불며 골목을 내달리고 거리에까지 쫓아나와 장난을 치는데 군용 트럭이 달리다가 길 한복판에서 장난을 치는 아이들을 만나면 클랙슨을 붕붕 울려 대지만 아이들은 비키려는 생각을 좀체로 하지 않는다. 할 수 없이 운전병이 내려서 아이들을 병아리 쫓듯 조심조심 쫓아 버린 다음 다시 차를 몰고 가기가 일쑤이다.

아마 아이들의 이런 버릇은 자기 아버지들이 운전병보다 높은 계급장을 달고 있어서 평소에도 졸병들을 우습게 보기 때문인가 보다. 우습게 본다고 해서 깔보는 게 아니라, 자기 아버지 앞에서는 부동자세로 꼼짝을 못 하고 서서 어린애 취급을 받던 병정들이 시키면 트럭을 씽씽 몰고 다니거나, 기동훈련 때 완전무장을 하고 늠름하게 행진하는 것을 보면 철없는 아이들은 공연히 코웃음이 나오는 것이다.

H읍은 사방이 산으로 둘러싸인 조그만 분지로 된 도시인데 서남쪽으로는 산이 조금 트여서 마치 읍의 출입구같이 보이지

만 그것은 도로가 아니라 조그만 강이었다. 강은 바로 서해 바다와 연결된다. 최전방으로 가는 군사도로와 인접한 G읍으로 통하는 도로는 모두 산을 깎아 만들어서 도폭이 좁고 상승 지그재그형이었다. 험산준령을 토해 내며 줄달음질쳐 내려오던 산맥이 서해에 이르러 문득 멈추고 팔을 벌려 H읍을 껴안고 있는 듯한 지세이다. 조그만 강이 흘러 나가는 작은 통로를 빼고는 바다 쪽이 모두 산으로 차단되어 있어서 H읍은 연안에 자리 잡고 있다는 실감이 나지 않았다. 바다 쪽의 산꼭대기에는 거대한 레이다가 설치돼 있었다.

서 중위가 타고 외출을 가는 버스는 지금 막 고갯마루를 넘고 있다. 왼쪽의 사구에는 시멘트벽으로 된 육중한 토치카가 있고 오른쪽으로는 〈위험, 접근하면 발포함〉이라는 표지판이 서 있다. 오른쪽에서 구릉을 타고 3킬로미터만 가면 레이다 기지였다. 버스는 내리막길을 징징거리며 달리고 있다. 서 중위는 지금 자기가 찾아가고 있는 K시에 도착하는 시간이 다섯 시 반쯤 되리라는 것을 알고 있다. 도시는 이 도의 도청 소재지로서 H읍에서 45킬로미터 되는 남방에 자리 잡고 있었다. K시 서가동 7통 3반 217번지— 서 중위가 지금 수첩을 펴서 읽고 있는 지번은 바로 이런 것이었다. 서 중위가 소대장으로 있는 3소대원인 일등병 한 명이 어젯밤 탈영을 했는데 이 지번은 바로 탈영병의 집주소였다. 하긴 일등병 한 명이 탈영을 했다고 해서 소대장이 직접 찾아 나설 필요는 없는 것이었다. 선임

하사를 시켜도 될 일이었으나 웬일인지 이번에는 자신이 직접 탈영병을 부대까지 데려오고 싶다는 생각이 아침 식사를 하다가, 매일 똑같은 질량의 콩나물국을 먹는 도중에, 갑자기 났었다.

서 중위는 탈영병이 탈영을 하게 된 이유도 모르고 그 녀석의 가정환경이나 성질도 잘 몰랐다. 다만 몇 년에 한두 번씩 발생하는 탈영 사고와 다른 점은 그 녀석이 소총을 휴대한 채 탈영했다는 사실이다. 이것은 중대한 사건이었다. 그러나 탈영 사고나 총기 분실 사고를 겁내면서도 군에서는 그것을 외부에 알리지 않기 때문에 별다른 중대성도 없이, 즉 지휘관이 인책을 당하거나 사회 문제, 군기 문제로 확대되지 않도록 처리하기 때문에 감쪽같이 해결되므로 원칙적으로 말하면 사고가 아닌 셈이었다. 탈영병에 대해서 서 중위가 아는 인적 사항은 별로 없었다. 그 녀석이 외아들이라는 사실밖에는 아는 것이 없었다.

무기를 휴대하고 탈영을 한 병정은 십중팔구 돌발적인 사고를 일으키기 쉬운 법이다. 어린아이가 성냥불과 휘발유를 가지고 소꿉장난을 할 경우와 같은 위험성이 있는 것이다. 서 중위도 이것을 잘 알고 있다. 마음이 변한 여자 친구를 사살하거나 위협해서 물의를 일으키는 수도 있겠고 가족 관계, 친구 관계에서 받은 의외의 쓰라린 배반에 대하여 복수를 한 다음 자살을 하는 경우도 있을 수 있다. 만일 이번의 탈영병이 이러한 사고를 낸다면 서 중위로서도 속수무책이었다. 그러한 사고가 나면 사회 문제가 되고 신문에서 군기가 엉망진창인 점을 대대적으로 보도하면 X사단은 쑥밭이 되기 십상이다.

서 중위는 팔목시계를 보고 벌써 4시 반이 넘었음을 알았다. 한 시간도 채 못 되어 K시에 도착할 것이었다. K시에 관한 추억이 없을까 하고 서 중위는 갑자기 생각하다가 곧 청춘이발관을 머릿속에 떠올렸다. 청춘이발관은 K시의 기차역 맞은편에 있었는데 그 윗층은 중국요리를 파는 식당이었다. 작년 여름 어느 날 저녁때였다. 몹시 지루하고 덥던 날이었는데 그때 서 중위는 소위였고 부대에 귀대하는 중이었다. 열차에서 내려서 H읍행 버스를 기다리다가 서 소위는 아직 버스의 출발 시간도 꽤 남았으므로 이발을 하기로 했었다. 서 소위는 그때 서울에 다녀오는 길이었다.

ROTC 출신 장교인 서 소위는 이제 한 달 후엔 제대를 하게 돼 있었는데 그때 서 소위는 서울에 가서 형님 한 분과 스승 한 분, 그리고 학창 시절에는 서로 죽도록 남김없이 사랑하던 민자를 만났다. 마포에서 자전거 수리센터를 경영하는, 빚 삼백만 원을 걸머진 형은 서 소위의 복무 연장에 관하여 극력 반대를 했다. 사람 팔자 시간문제이니까 얼핏 제대를 하고 나와서 직장을 구하라는 권고였는데 이것은 지당한 말이었다. 스승인 최 교수는 장기 복무가 좋은지 나쁜지 전혀 알 수 없다는 식으로 말했고, 민자는 서 소위의 장기 복무 의사를 알고 홀짝홀짝 울었다. 모두 다 뻔한 일이었고 예상 밖의 일은 한 가지도 없었다.

　더웠다. 서 소위는 청춘이발소로 들어가자마자 웃통을 벗고 부채질을 휘휘 하였다. 어서 오세요, 이리 앉으세요, 날씨가 푹푹 삶아대는군요. 대개 이런 말이 이발사들에게서 쏟아져 나왔다. 서 소위는 의자에 앉기도 전에 눈을 감았으므로 거울 속에 비친 자기 얼굴을 보지 못했다. 이발소에 들어와서 거울 속에 비친 자기 얼굴을 보지 않는 사람도 있다는 묘한 자신감 같은 감정이 서 소위의 가슴속에서 꿈틀거렸다.

　이발은 순서대로 진행되고 있었다. 면도를 할 차례가 되었다. 저질의 비누 거품이 얼굴에 칠해지고 고약한 비누 냄새가 코를 찔렀다. 면도를 하는 사람은 여자였다. 서 소위는 눈을 뜨고 면도사의 얼굴을 쳐다보았다. 괜찮게 생긴 아가씨였다. 서 소위는 눈을 감고 수염이 깎여지는 소리를 듣고 있었다. 따끔. 그다지 아프지는 않았다. 그러나 이틀에 한 번씩 면도를 해야 하는 서 소위는 웬만한 서툰 면도사보다 면도에 관하여 더 숙달되어 있었으므로 지금의 이 따끔한 충격은 살이 베어졌을 때의 아픔이라는 것을 금방 알아차렸다. 조금 쓰라리다가 곧 아무렇지도 않아서 서 소위도 잠자코 있었고 면도사도 아무 말도 없이 면도를 계속해 나갔다. 면도사의 손의 체온이 더 뜨거워진 것밖에는 별다른 차이가 없이 면도는 계속되었다. 다음 세발, 화장, 드라이, 이런 순서로 이발은 전부 끝났다. 밖은 이미 어두워져 있었다. H읍행 막차가 떠날 시간은 이제 15분 정도. 서 소위는 이발료를 지불하고 밖으로 나왔다. 무더운 여름날 저녁이었다. 먼지를 일으키며 쌩쌩 달리는 트럭과 땀을 흘리며 달려가는 자전거들이 더욱 K시의 무더위를 부채질했다. 서 소위가 버스정류장으로, 스적스적 걸어가는데 뒤에서, 여보세요 아저씨이, 하는 여자 목소리가 들려왔다.

서 소위는 뒤에 따라오는 여자가 자기를 불렀다는 것을 곧 알게 되었다. 그 여자는 청춘이발소의 면도사 아가씨였다. 면도를 하다가 살을 베고는 시침을 똑따고 다만 손의 체온이 조금 뜨거워지던 그 아가씨였다. 균형 잡힌 몸매라고 서 소위는 그때 생각했었다.

K시에 이제 곧 도착할 시간이 됐다는 것을 서 중위는 잘 알고 있었다. 이명복—이 고유명사가 바로 탈영병의 것이다. K시에 도착하면 먼저 서가동 217번지를 찾아간다. 녀석이 집에 있을 턱은 한 푼어치도 없다. 그러나 녀석의 집을 찾아가 보면 행방을 알 수 있을 것이다. 이미 사고를 냈다면? 그러면 할 수 없다. 소대장으로서 응분의 책임을 져야 한다. 이런 경우의 책임이란 뻔하다. 소대장 노릇을 더 열심히 해야 한다. 탈영이라는, 이 기막히게 스릴 있는 꿈을 꾸지 못하도록 내리조져야 한다. 이명복이 때문에 골탕먹는 것은 나머지 소대원들이다.

서 중위는 버스를 타고 있는 승객들 가운데 소위가 한 명 있는 것을 처음으로 알았다. 손가락에 낀 반지를 보면 곧 알 수 있듯 그는 ROTC 장교이다. 이번에 새로 임관돼 온 소위다. 장교로 병역 의무를 때우게 되면 좋은 일 보다 책임감을 느끼며 군이란 무엇이며 조국이란 무엇이며 김신조란 무엇의 심볼인가를 체득하게 된다. 서 중위도 재작년 임관됐을 때 사명감 있는 육군 소위였다. 민자도 육군 소위의 자랑스런 애인임을 자부한다고 그 당시의 연서는 기록하고 있다. 왜 장기 복무를 자원했는가. 서 중위는 이러한 우스꽝스러운 자문을 하지 않을 만큼 현명하다.

"정말 미안해요."

면도사 아가씨가 서 소위에게 이렇게 말했다.

"정말 미안해서 어쩌면 좋을지 모르겠어요."

"뭐 괜찮습니다. 예쁜 아가씨한테 면도를 해서 즐겁습니다."

서 소위는 대강 이런 뜻으로 대꾸했다.

"이름이 뭐야? 숙희라구? 맑을 숙, 계집 희? 뭐? 기쁠 희? 그래 지금 기쁜가?"

서 소위는 그날 부대로 귀대하지 않고 면도사와 정사를 할 때 이런 말을 했다. 면도사는 처녀였다. 숙희. 열아홉 살, 아무 고등학교 중퇴, 아버지가 사업을 크게 하다가 실패—이런 이야기를 서 소위는 그녀에게서 들었다. 그 후 숙희는 H읍으로 서 소위를 만나러 몇 번 왔는데 그때마다 서 소위는 그녀와 정사를 했다. 하루 늦게 귀대를 하자 서 소위는 이미 장기 복무 자원자가 되어 있었다. 중대장 최 대위가 멋대로 장기 복무 자원서에 서준태의 사인을 해서 사단 본부로 올려보냈기 때문이다. 아무래도 상관없는 일. 서 소위는 이렇게 생각했다. 며칠 후 중위로 진급되었다. 그 후 숙희와 민자가 서 중위의 마음속에서 싸움을 하기 시작했는데 숙희가 기권승을 거두었다. 서울의 민자는 졸업 후 어떤 무역회사 타이피스트로 일하다가 그 회사 영업과장과 결혼을 하게 됐는데 그녀는 결혼 전에 서 중위에게 마지막 편지를 보냈다. 나의 사랑은 변함없이 준태 씨의 것이다. 그러나 사랑과 현실을 혼동하면 안 된다. 준태 씨와의 사랑을 결코 잊지 않는다. 그대는 나의 꿈이며 나의 질서이다. 누구나 잠잘 때는 흉한 얼굴을 한다. 이러한 흉한 얼굴을 준태 씨에게 보인다는 것은 도대체 있을 수 없는 일. 아아 사랑하는 준태 씨!

K시의 숙희는 사랑은 곧 결혼이라는 등식을 철저하게 신봉하고 있었다. 면도사도 그만두고 시집을 오기 위하여 아후강 뜨개질을 배우고 있다는 편지가 며칠 전에 왔다. 서 중위의 의견으로는 숙희와 결혼을 하게 된다고는 도저히 믿어지지 않는다. 이번에 이명복을 데리러 K시에 가고 있지만 K시에 가서 숙희를 만날 생각은 해 보지도 않았다.

"다 왔습니다. 빨리 내리세요."

차장이 소리쳤다. K시. 드디어 K시에 온 것이다. 서 중위는 천천히 일어나서 밖으로 나왔다. 시계는 다섯 시 사십 분이었다. 큰길을 나오자 서 중위의 눈에 뜨이는 것이 청춘이발관과 숙희와 최초의 정사가 있었던 중국 음식점이었다. 등이 으시시해 왔다. 여보세요 아저씨가 아니라 이봐요 준태 씨 하며 숙희가 곧 튀어나올 것 같은 생각이 들었다.

서가동 7통 3반 217번지를 찾는 데는 그다지 많은 시간이 걸리지 않았다. 문패에 〈이상주〉라고 쓰여 있었다. 탈영병의 아버지 이름이었다. 낡은 건물로서 꽤 큰 집이었다. 시멘트 벽에는 태성한의원이라는 페인트 글씨가 쓰여 있었는데 그 글씨는 다시 검은 페인트로 지워져 있었다. 서 중위는 집을 확인해 놓고 다시 거리로 나왔다. 이러한 서 중위의 행동은 수사관의 상식에 속한다. 급습하여 범인을 체포—라는 말도 실은 미리미리 범인이 숨어 있는 장소를 확인하고 타이밍을 맞추어서 급습하는 것이지 무턱대고 급습하는 게 아니다. 성급하게 일을 하다가는 오히려 자수하려는 범인을 줄행랑치게도 만드는 경우가 생긴다는 것을 서 중위도 잘 알고 있었다.

곧 어둠이 되었다. K시의 어둠이나 H읍의 어둠이나 마찬가지가 아니었다. 군인들로 꽉 차 있는 H읍의 어둠은 짓눌린 어둠이다. 병정들은 내무반 안에서 소등된 어둠 속에서 무엇을 하는가. 고향 생각. 목포의 눈물. 황포돛대. 에델바이스. 진도 아리랑. 흑인 영가. 여자 생각. 정사 생각. 여자 친구의 손톱과 발톱. 누나의 일기장. 누이동생의 일기장. 다방 레지의 핸드백. 아무 여대생의 매니큐어……. 십 년 전에 죽은 할머니의 가래침. 아버지를 낳아 준 밤의 정사. 자기가 태어난 날 어머니의 아픔. K대 영문과 재학 중 입대했다는 최 이등병은 그 짓눌린 어둠 속에서 무슨 생각을 하고 있는가. 데모. 여석기 교수의 코. 이호근 교수의 눈. 조성식 교수의 구두. 딜란 토머스의 시. 스타인벡의 소설. 박긍수 교수와 영문학 배경.

서 중위는 어느 대폿집으로 들어갔다. 소주 2홉과 오징어 볶음 한 접시. 시계는 일곱 시를 가리켰다. 다시 소주 2홉. 혓바닥에서 소주 냄새가 퍼져 올라왔다. 대학 2학년 때 겨울. 준태는 그때 잠잘 장소가 없었다. 우스운 일이었다. 저녁이 되면 잠을 잘 장소가 없다. 그때 형님은 자전거를 타고 가다가 노인을 들이받아 즉사시켰다. 그래서 과실치사로 징역 1년 6개월. 형님 댁에서 기거를 하던 준태는 형수가 조카들을 데리고 친정으로 간 다음부터 당장 잠을 잘 장소가 없게 되었다.

무슨 대학 무슨 과. 장학생. 성심껏 지도. 침 정도. 입주 원. 준태가 그때 신문에 낸 가정 교사 광고에는 식이라는 말은 빠지고 침만을 강조했다. 잠만 재워주면 성심껏 지도하겠다는 결의를 분명히 했던 것이다. 따르릉. 전화를 건 사람은 민자였다. 그 집에 들어가서 잠만 자고 밥은 굶으며 사 먹으며 민자의 동생을 공부시켰다. 한 달이 채 못 되어서 민자를 훔쳤다.

그 집에서 나와서 준태는 학교 안의 연구소에서 조교 노릇을 하며 학비를 벌었고 민자와 연애도 열심히 하고 ROTC 훈련도 열심히 받았다. 형님이 교도소에서 풀려나온 것은 준태가 졸업을 앞둔 몇 달 전. 육군 소위로 임관되어 대학을 졸업. X사단에서 복무. 그냥 준태는 두려웠던 것이다. 잠을 잘 자리가 없다. 앞으로 살아가는 동안에 잠을 잘 장소가 없게 될지도 모른다. 대학 2학년 때 잠을 잘 장소가 없었던 경력이 있다. 이러한 두려움을 없애 준 것이 장기 복무 자원을 생각한 동기였다. 그사이에 숙희가 나타나서 장기 복무는 준태의 손을 다시 거치지도 않고 성립되었다. 민자와의 이별. 숙희의 결혼 대작전. 이명복의 탈영. 지나간 몇 년의 풍경은 소주 4홉과 함께 서 중위의 피와 살을 파고들었다.

"한 병 더 드시지요?"

술집 심부름 소년이 서 중위에게 말했다. 서 중위는 간단히 고개를 끄덕였다. 서 중위의 주량은 소주 10홉은 자신 있었다. 군대에 들어와서야 성질이 느긋해졌으나 그 이전에는 성미가 팔팔하기로 타인의 추종을 불허했다. 〈침식 정도〉가 아니라 〈침 정도〉라고 가정교사 광고를 낼 때도 준태의 마음은 복합적인 것이었다. 얼마나 사정이 딱하고 바보 같은 친구면 겨우 침식 정도만 요구하겠는가. 준태의 평소 생각은 이랬다. 그러나 준태는 재워 주고 먹여 주기만 하면 성심껏 귀댁의 자녀를 가르친다는 게 아니라 다만 재워 주기만 하면 그렇게 하겠다는 것이었다. 팔팔한 준태는 그 당시 세상이 역겨웠다.

다른 녀석들은 학비에 하숙비에 용돈까지 받으며 대학엘 다니는데 준태는 형님 집에서 잠만 자고 먹기만 했을 뿐, 학비와 용돈 심지어는 양말, 셔츠, 팬티, 내의, 구두, 바지, 잠바까지 자급자족이었다. 그러면서도 과 안에서 알짜로 실력 있는 축에 들었고 교수들의 촉망도 받았다. 그런데 형님이 교도소에 들어가고 나자 거처할 곳이 없어졌다. 다 같이 생각해 보자. 이것은 아주 중대한 일이 아닌가. 준태는 이상하게 운명 같은 것에 대하여 두려운 생각을 하기 시작하였다. 며칠 밤을 학교 뒷산에서 자다가 수위에게 발각되어 쫓겨나자 신문에 가정교사 광고를 내었다. 침식 정도가 아니라 침 정도를 요구하였다. 이미 이야기한 대로, 따르릉. 민자.

"아버지가 막 웃으셨었어요. 얼마나 사정이 딱하면 잠만 재워 달라겠느냐는 거예요. 그런 사람은 가난에 찌들려 성격이 비뚤어지기가 쉬우니까 그만두라는 걸 제가 막 우겼지요."

민자는 자기 집에서 준태를 가정교사로 채용하게 된 내막을 이렇게 그 후에 털어놓았다.

"아무튼 고맙군그래."

"아이 싱겁긴. 나 때문에 채용됐으니 한턱하셔요."

"한턱하라구?"

"그럼 시침 뚝 뗄 참예요? 아이 싱겁긴."

준태와 민자가 이런 이야기를 주고받은 것은 준태가 침 정도의 아르바이트를 시작하고 열흘이 지나서였다.

"한턱내셔요."

"글쎄……."

"아이 싱겁긴."

민자는 이름 있는 여자대학 이름 있는 과 1학년이었다. 준태는 민자가 세 번째로 '아이 싱겁긴'이라고 말했을 순간에 침을 생각했다. 그 당시 준태 또래의 대학생들 사이에서 침은 곧 남자 섹스의 은어였다. 준태는 호기 있게 민자를 정면으로 쳐다보았다.

"좋아. 침을 한 대 놓아 줄까?"

침을 놓는다는 말은 물론 성행위를 가리키는 말이었다. 야 임마, 너, 그 계집애한테 침을 놨니? 아직 침은 못 놨고, 키스는 했지. 야 임마, 침을 놔 주는 게 장땡이야. 예방주사란 말이야.

"네?"

"침을 놔 줄까? 침 말이야."

민자는 얼굴이 빨개졌다. 그런 다음에 홱 돌아서서 뛰어가 버렸다. 준태가 아르바이트를 시작한 지 꼭 1개월이 되던 날 저녁때, 민자는 흰 봉투에 돈 1만 원을 넣어서 준태의 책가방에 몰래 넣었다. 민자는 이미 준태의 침을 한 대 맞은 것과 다름이 없었다. 이렇게 돼서 준태는 그 집 딸을 훔쳤고 그 후 졸업 때까지 세월은 가고 사랑은 남는다. 결국 〈침 정도〉라는 광고는 준태의 몇 년간의 운명을 결정지어 주었다. 민자는 헌신적으로 자기 아버지의 주머니에서 보증수표를 꺼내다가 준태에게 주었다. 준태의 졸업식 날 꽃을 사 들고 온 사람도 민자였고 준태의 어깨에 소위 계급장을 달아 준 사람도 민자였다. 민자가 훔쳐 오는 보증수표는 준태의 손에 쥐어지면 즉시 현금으로 바뀌어져서 데이트 비용으로 충당되었다. 준태는 그 돈을 민자와 함께 모두 날려 버리며 스피디한 연애를 한 셈이다.

4학년 여름에 준태는 서대문 교도소로 형님을 면회하러 갔었다. 너무도 높은 담 속에 수인들은 갇혀 있었다. 면회 절차를 받는데도 한 시간이 걸렸다. 교도소 정문 앞에는 떡장수, 콜라장수, 사과장수, 엿장수 등이 면회 온 사람들을 상대로 물건을 파느라고 난장판이었다. 준태도 깨엿과 떡을 5백 원어치 샀다. 준태와 수인 서준식의 면회 시간이 됐다. 면회실은 각각 칸막이로 막아져 있었고 준식은 간수에게 이끌리어 개찰구 같은 통로를 걸어 나와 1년여 만에 농생 준태를 만났다. 푸르스름한 수의, 허연 얼굴, 도대체 아무런 생기라고는 찾아볼 수 없는 얼굴이었다. 자기 마누라를 장작 패듯 패고 고래고래 소리를 지르며 쌀 두 가마니를 자전거에 싣고 좁은 골목을 질풍같이 내달릴 때의 기개는 눈곱만큼도 없었다. 준태는 형님을 마주 보고 섰다. 준태의 목구멍에서 자갈이 오르락내리락했다. 형님이 덥수룩한 머리털을 쓸어넘기며 먼저 말했다.

"학교 다니느라고 고생이 많겠다."

"……."

"병출이 어미 소식은 들었냐?"

병출이는 준태의 조카 즉 형님의 세 살 난 아들 이름이었다.

"병출이 외가로 편지를 했는데 소식이 없군요."

"이상하다. 면회 한 번 안 오고."

준태는 담배를 한 대 피우려고 했으나 간수가 근엄하게 제

지했다. 준태는 깨엿과 떡이 든 봉지를 형님에게 건넸다. 그리고 목례를 한 뒤 물러 나왔다. 목구멍에서는 자갈이 연방 오르락내리락하였다. 교도소 정문을 빠져나오며 준태는 땀으로 흠뻑 젖은 몸을 질질 끌며 세상이 두렵고 지루하다는 생각을 하고 있었다. 교도소 밖의 여름은 그러나 신선하였다. 가로수의 푸른 잎사귀 아래로 요란한 소리를 내며 달려가는 시내버스도, 버스 안에 탄 승객들의 모습도, 다방과 당구장의 아크릴 간판도, 스피커 소리도 모두 모두 신선하고 상쾌하였다.

교도소 안의 적막과 엄숙한 분위기와는 딴판이었다. 준태는 땀을 흘리며 걷다가 빙수집을 찾아 들어갔다. 목구멍에서는 자갈이 계속하여 오르락내리락하고 있었다. 병출이가 생각났다. 깽깽 처울고 삐쩍 마르고 사람만 보면 악을 쓰며 우는 병출이의 꼴은 세상 살기가 싫어지고 싶은 사람을 위하여 태어난 듯했다. 우유 깡통에 그려진 통통하게 살찐 어린아이와 정반대되는 어린아이를 보고 싶어 하는 사람은 당장이라도 이천행 시외버스를 타고 개마리에 가서 병출이를 보면 속이 시원할 것이다. 며칠 전 준태는 병출이 엄마에게 편지를 쓴 게 아니라 직접 이천에 다녀왔다. 병출이 엄마는 집에 없었고 사돈어른이 시무룩한 얼굴로 준태를 맞았다. 병출이는 준태를 보자마자 저주하는 듯한 기분이 들 정도로 악을 쓰며 울어 댔다. 가슴에는 갈비뼈의 모습이 아른아른하고 극도의 영양실조로 저주받은 인간의 심볼같이 보였다.

"병출아, 삼촌이다. 삼촌한테 가 봐."

병출의 외할머니가 요렇게 씹어 뱉었으나 병출이는 더 악을 썼고 준태도 병출이를 안아 볼 마음은 없었다.

"형수님은 어디 가셨습니까?"

"에미는 말일세…… 모두 다 가난 때문이지. 병출 애비는 죽지 않고 잘 있던가. 딸을 시집보낼 땐 잘 살라고 보내는 건데…… 무슨 팔자소관인지."

병출 엄마는 나이가 삼십도 안 된 새파랗게 젊은 여자였다. 형님한테서 장작개비처럼 얻어맞으면서도 골목에서 싸움이 났다 하면 한몫을 단단히 하고, 아기의 기저귀는 며칠 동안 방 구석에 쌓아 놓으면서도 미장원에는 자주 다니고 쥐 새끼 잡아먹은 것처럼 입술을 그리고 화장을 하고 병신 육갑한다는 식으로 오로지 인생이란 암놈과 수놈의 그 짓밖에 재미있는 일이 없다는 인생관을 가진 여자였다. 형님이 하루걸러 마누라를 두들겨 패는 것은 의처증이거나 어떤 열등 콤플렉스 때문이었다는 생각을 준태는 벌써부터 하고 있었다. 대학 1학년 때였는태 병출 엄마는 그때 준태보고 이렇게 말한 적이 있다.

"도련님은 정말 숫총각이우?"

"결혼을 안 했으니 총각 아녜요?"

"샌님이 부뚜막에 먼저 올라앉는다고, 괜히 시침 떼지 말아요. 요즘 숫총각이 어디 있수?"

병출이 엄마는 준태가 보는 앞에서도 슈미즈 바람으로 있는 것은 보통이었고, 어떤 때는 노골적으로 시동생 앞에서 육체미를 자랑하려는 듯 웃통을 훌훌 벗어 던지고 벌렁 자빠지기도 했다. 망할 년도 다 보겠네. 시동생을 어떻게 보는 거야. 준태는 병출 엄마가 그런 식으로 나올 때는 슬슬 밖으로 나와서 하늘을 쳐다보았다. 병출이 엄마는 아무튼 지능지수가 모자란 백치에 속했는데 섹스 어필은 강해서 그것을 두 볼때기에 표시하고 있었다.

"그래 형수님은 별고 없는지요?"

"글쎄 말일세……."

말끝을 두 번째로 흐리는 것으로 보아 병출이 엄마는 집에 없을뿐더러 무슨 부끄러운 짓을 하고 있는 것 같았다. 병출이 엄마에 대한 의혹은 곧 풀렸다.

"아니, 아주머니 아니요?"

"어마, 도련님."

이천에서 서울행 버스를 기다리다가 준태가 쑥 들어선 평양옥에서 준태는 병출이 엄마와 딱 마주쳤던 것이다. 술집 색시가 돼 있었다.

"하하, 미스 리도 참 앙큼하구나. 이렇게 싱싱한 기둥서방을 감춰 놓고 시침을 뗀다?"

"그 서방님 한번 미남이시다."

"코가 큰 것 보니 물건도 크겠다."

"제가 커 봐야 별수 있나? 미스 리가 더 깊을걸. 호호, 깔깔."

술집의 다른 색시들이 준태를 보고 이따위로 씨부렁거리며 깔깔댔다. 병출이 엄마는 이렇게 놀림을 당하면서도 생글생글 웃으면서 준태를 방으로 안내하였다. 거기서 준태는 술집 색시로 변한 형수가 부어 주는 술을 진탕으로 마시고 취했다. 병출이 엄마도 취해서 준태 앞에서 홀짝홀짝 울면서 신세타령을 했다. 목구멍이 포도청이니 별수 있는가라는 내용이었다.

　"그이는 고생을 좀 해야 싸지요. 제 여편네 하나 건사 못하는 게 무슨 돈을 벌겠다구 지랄인지."

　"병출이는 보고 싶지 않우?"

　"서방이 고와야 새끼도 곱지요."

　"미스 리, 김 계장이 왔어!"

　나이 어린 색시가 방으로 톡 튀어 들어오며 말했다. 병출이 엄마의 단골손님이 온 모양이었다.

　"계숙이, 너, 우리 도련님 잘 모셔라."

　병출이 엄마는 이렇게 말하고 밖으로 총알처럼 튀어 나갔다. 준태는 계숙이를 데리고 고주알미주알이 되도록 술을 마시고 쓰러져 잤다. 아무것도 생각할 수가 없었다. 이튿날 서울행 버스에 오르며 형수가 손을 흔들어 주었으나 머리는 엉망진창이 돼 있었다. 그 후 서울에 와서 민자로 하여금 비뇨기과에 출입을 하게 만든 것도 이천 평양옥에서 계숙이라는 계집에게 성병이 옮았기 때문이었다. 성병은 곧 나았으나 민자는 준태의 씨를 산부인과에서 두 번이나 내버렸다. 핏줄이란 무엇인가.

이런 생각을 하며 자기도 애를 낳으면 병출이와 같이 저주받은 낯짝을 한 보기 흉한 아이일 것이라고 준태는 몸서리를 치면서 생각하였다.

"안주 하나 더 하시죠? 아저씨."

서 중위는 정신이 퍼뜩 들었다. 심부름하는 소년의 얼굴은 통통하고 까무잡잡하였다. 어느 틈에 들어왔는지 맞은편 자리에는 팔팔해 보이는 청년들이 여러 명 앉아 떠들며 소주를 마시고 있었다. 군복을 입은 병정도 끼어 있었다.

"그래, 오징어 한 접시."

소년은 신이 나는 듯 이미자의 노래를 흥얼거리며 곧 안주를 날라왔다. 아홉 시가 가까이 되고 있었다. 소주를 다시 한 잔 마셨다. 얼굴이 화끈화끈거렸다. 서 중위는 술값을 내려고 자리에서 일어섰다. 다리가 약간 휘청거렸으나 괜찮은 정도였다. 밖으로 나오려는데 맞은편 자리에서 술을 마시던 병사가 벌떡 일어나서 거수경례를 한다. 서 중위는 고개만 끄덕이고 어두운 밖으로 나왔다. K시 서가동의 어둠은 깜깜한 어둠이었다. 서 중위는 소주 6홉이 시키는 대로 길바닥에서 구역질을 해 가며 토하고 나서 오줌을 누었다. 앞으로 갓! 뒤로 돌앗! 우향 앞으로 갓! 좌향 앞으로 갓! 헤쳐! 모여! 열중쉬엇! 차렷! 속으로 이따위 구령을 중얼거리며 비틀비틀 걸어갔다. 정신은 말짱했다. 무슨 콧노래라도 흥얼거리려고 소리를 질렀으나 아무런 곡도 가사도 생각나지 않았다. 전봇대에 기대어 서서 하늘을 쳐다보았다. 처량한 모습이었다. 하늘에는 별도 많고 이내 가슴엔 시름도 많다. 서 중위는 이러한 노랫가락을 흥얼거리다가 재미가 없어서 곧 그만두었다. 서 중위는 그 재미 없는 순간에 숙희를 생각해 냈다. 그렇다. 숙희는 바로 지호지간에서 어느 때라도 서준태 씨를 환영하고 있을 것이었다. 숙희에게 있어서 서 중위는 절대자였다.

"저는 정말 놀랐어요. 준태 씨가 그렇게 용감한 사람인 줄은 옛날엔 미처 몰랐지요. 처음 본 여자를 그것도 중국집에서……."

"숙희는 그럼 처음 본 남자의 얼굴을 면도칼로 베는 건 뭐야?"

"그래서 내가 사과했지 않아요."

"나도 숙희의 피를 본 것뿐이야."

그날의 일이 어렴풋이 생각났다. 서 소위는 그날 거의 미친개처럼 숙희를 정복했다. 피가 흘렀다. 서 소위로서는 첫 경험이었다. 민자는 그렇다면 동정녀가 아니었던가. 아마 숙희의 준태에 대한 종교도, 그리고 서 중위가 숙희에 대하여 느끼는 막연한 애정도 모두 그날의 피 때문일 것이었다. 서 중위가 숙희에 대하여 느끼는 애정은 차라리 혈육애에 가까운 것이었다. 숙희 앞에서는 아무런 예의도 필요 없었다. 본능이 시키는 바에 의하여 서 중위는 숙희를 상대했다. 숙희는 천지개벽이 일어나기 전에는 나의 처녀성을 바친 그대에게 순종하고 운명을 함께 한다는 식의 조강지처의 인생관에 이미 숙달되어 있었다.

"너는 좋으니? 낙엽 지는 소리가?"

서 중위가 이렇게 말하자 숙희는 웃으면서,

"네, 모두 좋아요. 준태 씨하고 함께 있으면 모두 모두 좋아요."

라고 진심으로 말한 적이 있는데 물론 서 중위가 이렇게 말한 것이 구르몽의 시라는 것을 꿈에도 몰랐다. 서 중위가 말하는 모든 것, 행동하는 모든 것이 숙희에게 있어서는 그대로 경이였고 뜨거운 사랑의 표시였다. 지난번에 H읍으로 서 중위를 면회하러 와서 숙희는 다시 졸랐다.

"집에서 모두들 준태 씨를 보고 싶어 해요. 언제 틈을 봐서 한번 나오세요."

"필요 없어. 현대인은 그런 것을 무시할 줄 알아야 된다구."

숙희는 또한 서 중위에게 자주 편지도 했다. 숨김없는 사랑의 맹세이며 고백이었다. 숙희의 편지 한 장을 옮겨 보자.

'보고 싶은 준태 씨. 어느덧 여름이 가고 가을이 되었습니다. 설사똥을 눈다고 하시더니만 이젠 말짱해졌는지 궁금한 마음을 주체할 수 없습니다. 부디부디 몸조심하시기를 칠성님한테 비옵나이다. 준태 씨 보고 싶어 하루가 여삼추이니 얼른 결혼을 해야 쓰겠습니다……'

숙희는 지금 무얼 하고 있는가. 서 중위는 전봇대에 오줌을 또 누면서 머리를 흔들었다. 기차가 토해 내는 기적 소리가 뿡뿌웅하며 들려왔다. 강아지 한 마리가 서 중위 앞으로 와서 뒷다리를 들다가 비실비실 달아났다. 김 일병, 최 일병, 문 일병, 이 하사, 김 중사…… 소대원들의 얼굴이 하나씩 떠오르다가 하나씩 사라져 갔다. 서 중위가 소대장으로 있는 소대는 평화스러운 소대였다. 말썽을 피우는 사병도 없었고 형님뻘이 되는 고참 사병들도 서 중위를 소대장으로 깍듯이 대우하였다. 모범 소대였다. 숙희가 면회를 오면 소대원들은 모두 그날 밤은 서 중위를 위하여 특별 서비스를 베풀었다. 주머니 돈을 털어서 과자를 사 온다 술을 사 온다 법석이었다. 이튿날 아침이면 지난 밤의 일을 피차간 묻지도 않고 깍듯이 소대장님 소대장님 하며 명령·복종이었다. 개구장이로서는 이명복 일병이 있을 뿐이었다.

"사모님 미인입니다. 몸조심하세요."

언젠가 숙희가 면회를 와서 자고 간 다음 날 이 일병이 느닷없이 이렇게 말한 정도가 숙희와 서 중위의 관계에 대한 소대 안의 유일한 빈정거림이었다. 사실 빈정거림이랄 것도 없다. 서 중위도 그렇게 생각하였다.

"사모님 말입니다. 어디서 많이 본 사람 같습니다. 혹시 K시에 안 삽니까?"

이명복 일병은 숙희에 대하여 이렇게 말했는데 그 후 알아보니 이 일병도 고향이 K시였다. 그렇다면 많이 보았을지도 모르지. 청춘이발관에서 면도를 했을지도 모르지.

"이 일병! 단추 좀 바로 채워!"

순간 서 중위의 입에서는 이런 말이 나왔고 주먹이 이 일병의 볼때기를 때렸다. 이 일병은 그 후부터는 서 중위 앞에서는 공손한 양이 되었다.

"이명복 일병……."

서 중위는 전봇대에 기대어 서서 빙그레 웃다가 깜짝 놀랐다.

"탈영병이 바로 그 녀석 아닌가?"

서 중위는 소주 4홉을 마신 후부터 탈영병에 대한 생각을 까맣게 잊고 있었던 것이다. 탈영병 이명복 일병. K시. 탈영병 체포 귀대의 임무. X사단 3소대 소대장 서준태 중위. 서가동 217번지 7통 3반. 집 확인. 소주 2홉. 또 2홉. 또 2홉. 오줌. 전봇대. 강아지. 숙희.

서 중위는 갑자기 비참한 생각이 들어서 재빠른 동작으로 바지 단추를 채웠다. 시계는 열 시를 가리키고 있었다. 서 중위는 고개를 휘휘 흔들며 골목을 걸어 나왔다. 〈13인의 무사〉라는 빨간 네온사인이 켜졌다 꺼졌다 하는 것을 보면서 어두운 골목을 걸어 나왔다. 무사란 무엇을 말하는가. 서 중위처럼 ROTC 장교로서 장기 복무를 하는 사람을 가리키는가. 서 중위의 형님처럼 교도소에서 나오자마자 다시 펄펄 기운을 내며 이천 평양옥으로 달려가 마누라를 장작 패듯 패어 끌고 와서는 다시 자전거 수리센터를 경영하면서 이까짓 세상 배짱 하나면 살지 빌어먹을. 이렇게 씹어뱉는 사람이 현대의 무사인

가. 아니면 이명복 일병처럼 어느 날 갑자기 무기를 휴대하고 바람과 함께 사라지는 놈이 현대의 무사인가. 아니면 장동휘나 이대엽이나 박노식을 가리키는가. 서 중위는 이명복의 집이 바라보이는 골목 입구까지 오면서 이런 생각을 했다.

골목에서 오줌을 누고 있던 사내가 서 중위를 보고 급히 뛰어왔다. 군복을 입은 육군 일등병이었다.

"재건! 일등병 이명복 용무 있어 왔습니다!"

병정은 서 중위에게 거수경례를 번개 같은 동작으로 했다. 서 중위는 기겁을 하면서 답례를 했다. 기적 소리가 뿡뿌웅 들려왔다. 이놈이 탈영병 바로 그 녀석이었다.

"무슨 용무인가?"

서 중위는 시침을 뚝 떼고 이 일병을 바라보았다. 기적 소리가 뿡뿌웅 들리고 있었다. 서울 청량리에서 K시로 달려온 밤열차의 기적 소리가 틀림없었다. 병역 의무를 신성하게 다하기 위하여 매일 수많은 신병들을 실어 오는 거무튀튀한 밤열차. 이 일병한테서 독한 술 냄새가 확 풍겨 왔다. 서 중위보다도 키는 큰 편이었으나 몸집은 호리호리하였다.

"소대장님, 술이 많이 취하셨군요. 약을 사 가지고 왔습니다."

이 일병은 손을 내밀었다. 기적 소리가 뿡뿌웅 들려왔다. 서 중위는 기적 소리를 들을 때마다 속이 우글우글하며 메스꺼워졌다. 이 일병이 내어민 약은 박카스 드링크였다.

"전봇대에 토하시는 걸 봤지요. 술이 약해지셨군요. 술집 꼬마에게 물어보니 소주 8홉을 마셨다구요."

"이 일병, 자네가 나를 미행한 이유가 뭔가?"

서 중위는 호기 있게 소리쳐 물었다.

"미행이라니요. 원 당치도 않은 말씀입니다. 아까 그 술집에서 소대장님을 처음 봤는걸요. 제가 경례를 하지 않았습니까?"

"경례를 한 사병이 바로 이 일병이었던가? 나는 도무지."

"처음에 소대장님을 봤을 때는 정말 겁이 났습니다."

"겁이 났다?"

"네, 그러나 곧 저는 겁이 나지 않았습니다. 소대장님 얼굴을 보니까 저처럼 부대를 도망쳐 나온 것이 틀림없었으니까요."

"자네는……."

"분명합니다. 소대장님 얼굴에 훤하게 씌어 있습니다. K시에 사는 소대장님의 약혼녀를 만나려고 탈영을 하셨죠?"

서 중위는 갑자기 바보같이 얼굴을 찡그리며 드링크를 마셨다. 목구멍이 시원시원하게 탁 트였다.

"저는 다 알고 있습니다. H읍의 부대 생활이 얼마나 지겨운 것인지 다 알고 있어요. 너무도 평화스럽고 안정돼 있지요. 저는 그게 싫어서 탈영을 했어요. 이제 곧 부대에서 붙잡으러 오겠지요. 영창에 들어가서 몇 달 동안 푹 쉬려고 합니다."

서 중위는 머리를 훼훼 흔들며 이놈이 지금 연극을 하고 있다는 생각이 떠나지 않도록 주의했다. 그러나 서 중위는 이미 연극 속으로 함께 잠겨 버린 듯한 생각이 들 정도로 이 일병의 말을 열심히 듣고 있었다. 이것은 참말로 우스운 일이다.

"어항 속에 든 금붕어 같지요. 부대 생활이란 바로 금붕어가 되는 연습을 하는 거예요. 그것도 3년 동안이나 하루 세끼의 밥과 여덟 시간의 수면…… 정말로 너무도 평화스럽지 않습니까. 제가 대한민국 육군에 대해서 비방하려고 이런 말을 하는 게 아닙니다. 너무 평화스러워요, 저는."

"이 일병은 지금 무슨 말을 하려는 거야?"

"약 잡수셨습니까? 네, 이제 속이 시원해질 겁니다. 아무 적정 마십시오. 소대장님도 몸이 약해지셨나 봅니다."

서 중위의 눈앞으로 여러 사람들의 얼굴이 하나씩 떠올랐다가 사라졌다. 민자. 숙희. 형님. 병출 엄마. 병출. 김 하사. 최 일병. 최 교수……. 내가 어째서 탈영병같이 보였는가. 탈영병을 붙잡으러 온 소대장이 탈영병으로 보였다? 환장할 노릇이었다. 서 중위는 자기가 결코 탈영병이 아니라고 주장하기 위하여 무슨 증거 서류를 제시하려고 주머니를 뒤적거렸다. 외출증이 어느 주머니엔가 들어 있을 것이었다. 그러나 찾을 수가 없었다. 그냥 다짜고짜로 이 일병을 잡아서 부대로 간다? 그러나이 일도 쉽지 않은 것이다. 우선 자기가 탈영병이 아니라 바로이 일병을 잡으러 온 소대장이란 점을 강조해야 했다.

"나는 탈영한 것이 아니라 바로……"

"소대장님. 거짓말 마십시오. 탈영을 하지 않았으면 서가동까지 와서 소주를 마십니까?"

"그런 게 아니라……"

"자, 소대장님. 우리는 같은 입장에 놓여 있습니다. 제가 안내하지요. 약혼녀가 무슨 동에 살지요. 아 참, 그때 소대장님한테 온 편지 겉봉을 본 기억이 납니다. 봉산동이었지요. 바로 저쪽 동네입니다. 조오기 〈13인의 무사〉라는 불빛이 보이지요. 바로 거기가 봉산동입니다."

서 중위는 이 일병이 가리키는 쪽을 보았다. 정신이 오락가락하였다.

"우습지 않습니까? 소대장님, 이 K시는 참 이상한 도시입니다. 뭔가 사람을 꼼짝 못 하게 하는 위엄이 있지요. 참 우스운 일입니다."

"어째서 내가 탈영병으로 보였는가? 이 일병, 분명히 말해라. 나는 지금 미칠 것 같다구. 어째서 나를 보고 탈영병이라는 거야? 나는 말일세, 엄연히 이 일병을 체포하러 온 소대장 서준태야."

"알고 있습니다. 소대장님은 분명히 서준태 중위이지요."

극장의 네온사인이 꺼져 버렸다. 〈13인의 무사〉는 어둠 속으로 잠겨 버렸다. 서 중위는 섭섭한 마음이 되어 무사들이 숨은 어두운 하늘을 바라보았다.

"소대장님, 자아 가실까요?"

이 일병은 앞서 걷기 시작했다. 아마 저 녀석이 숙희네 집을 알고 있을지도 모른다는 생각이 들었다. 서 중위는 멍멍한 얼굴이 되어 뒤따라 걷기 시작했다. 곧 그들은 나란히 걷고 있었다. 저 녀석이 소총을 어디에다 숨겼을까. 서 중위는 이런 생각이 들었다. 어딘가 잘못돼 있는 것 같은 하룻저녁이 점점 깊어 갔다.

"제가 명사수라는 걸 아시죠? 허지만 사람 하나 못 죽여 본 명사수, 아니 참새 한 마리도 못 잡아 본 명사수가 무슨 놈의 명사수입니까? 소대장님, 안 그래요?"

뚜우우우. 통금 사이렌. 두 사람은 어둠이 꽉 찬 거리를 천천히 걸어 나갔다. 서 중위는 갑자기 잠을 잘 자리가 없음을 걱정하였다. 어디서 자야 하는가. 학교 뒷산에서 자다가 수위에게 들켜 쫓겨날 때의 공포가 되살아났다. 번쩍번쩍하던 수위의 플래시. 깜깜한 학교 밖으로 쫓겨났을 때의 공포. 어둠. 어둠. 어둠. 서 중위는 그때 시간의 바깥으로 쫓겨난 자의 슬픔과 공포를 경험하였다.

"소대장님 시간이 늦었습니다. 저는 내일 부대로 가겠습니다. 소대장님도 같이 가시지요. 소총은 집에 잘 있습니다."

이 일병은 또박또박 이렇게 말하였다.

"소대장님은 어디서 주무시겠습니까? 저는 집으로 가겠습니다."

"나는 말일세……"

서 중위는 대답했다.

"어디 적당한 곳에서 잘 테니, 그리 알고 자넨 얼른 가게나."

이튿날 H읍으로 가는 버스에는 이명복 일병이 소총을 휴대하고 단정한 군복을 입고 타고 있었다. 서 중위는 보이지 않았다. 서 중위는 서울에도 숙희의 집에도 그 아무 곳에도 없었다. 서준태 중위는 그 후 몇 달이 지나도 부대에 나타나지 않았다.

부대에서는 실종 사고로 상부에 보고하였다. H읍은 여느 때와 마찬가지로 군화 소리가 저벅저벅 들리고 아이들이 평화롭게 공치기를 하였다. 숙희도 웬일인지 H읍으로 서 중위를 면회하러 오지 않았다. 서 중위의 충실한 부하들도 아무도 서 중위나 숙희에 대하여 말을 꺼내지 않았다. 새로 부임해 온 소대장의 충실한 부하가 됐다. 자전거 수리센터를 하는 형님도 서 중위에 대한 것을 잊어버렸는지 아무런 궁금한 기색을 하지 않았다. 서 중위를 아는 모든 사람들도 마찬가지였다.

(현대문학, 1971)

귀로

1

이 가을 C읍의 연희에게는 두 개의 행운이 한꺼번에 찾아왔다. 그 하나는 국전에 출품한 〈만하〉가 국무총리상으로 입상한 것이었고 다른 하나는 여아의 출산이었다.

생활이 희망적일 때 아이의 출생은 원래의 것보다는 더 큰 기쁨을 주는 것이어서 윤연희는 자주 그 아이의 출생이 다른 한 행운을 그들의 가정으로 이끌어 온 것이라고 생각하기까지 했다. 아이의 얼굴 모습은 아직 제대로 틀이 잡히지는 않았으나 아버지 편보다는 그녀 자신을 닮은 것 같았다. 또한 그녀는 첫아이 때와는 훨씬 심각하게 자신의 분신이라는 느낌을 갖지 않을 수가 없었다. 먹는 시간을 제외하고는 거의 하루 24시간 동안 잠만 자는 이 조그만 생명이, 고통에는 저항하면서 행복을 열망하는 한 인간이 될 것을 생각하면 연희는 때로 가슴이 뭉클해지는 슬픔을 느꼈지만 그럴 때면 그녀는 더욱 힘을 주어 그 아이를 끌어안곤 했다.

국전에 입상한 것은 그들의 가정에 약간의 경제적 여유와 더불어 정신적인 여유를 가져다주었다. 그들은 곧 읍을 떠날 계획을 구체적으로 세우기 시작했다.

그때에 동생 달희의 편지를 받았다. 얼마 동안에 동생들이 그처럼 많은 일들을 겪은 것을 알고도 연희는 별로 놀라지 않았다. 그것은 어떤 불행이라든지 슬픈 일이라고 생각되기보다는 일어날 만한 일, 그리고 겪었어야 하는 일인 것처럼 생각되었다. 물론 그들은 이곳을 떠나 T시로 갈 것을 생각하고 있었다. 달희의 부탁대로 일주일 가량 T시의 친정에 다녀오지는 않았지만, 이젠 아주 그곳에서 살게 된다는 생각으로 연희는 늦어지는 이사를 날로 안타깝게 여기지는 않았다.

요즈음 연희는 자주 T시를 생각했다. 그리고 그곳이 이곳에 와 있는 몇 년 동안에 때로 회상되던, 그 생각하기도 싫던 도시가 아니라 아름답고 정답고 또한 꿈이 어린 곳으로까지 상기되어 스스로 놀랐다. 그 기억은 마치 최초에 본 T시의 인상과 같았다. 그녀는 어렸고 세상은 아름답고 신비로왔으며 도시는 많은 꿈들로 가득 차 있는 것 같았다. 그리고 사람들은 정답고 부드러운 목소리로 말을 걸었고 많은 즐거운 일들이 그들의 주위를 둘러싸고 있는 것 같았다. 그리고 좁고 작은 골목들이 끝없이 집들의 사이를 뻗어 있고 그 길을 뛰어다니는 일만으로도 즐겁던 어린 시절이 생각났다.

그러한 T시는 마치 그녀가 빠지고 싶던 푸르고 깊은 물과 같았다. 고등학교 때의 일이었다. 어느 일요일, 미술부에서 스케치 연습을 해변으로 갔었다. 그날 저녁 돌아오기 전의 일몰에, 친구들과 함께 보트를 타고 바다로 나갔다. 그들은 노래를 합창하기도 하고 뱃전에 찰랑거리는 바닷물에 손을 담그기도 했다. 해는 막 넘어가고 있었고 순간 수면은 눈부신 흰빛을 내뿜었다. 바닷속은 한 없이 맑고 푸르고 또 깊었다. 어디까지 깊이 들어가도 그 맑고 푸른 기운은 혼탁할 것 같지가 않았다. 그 것은 너무나 맑았으므로 물속이라는 느낌이 들지 않았다. 그곳은 현실 이상이며, 가장 바람직하고 이상적인 현실이었다. 옆에 있는 친구가 악하고 소리를 치며 그의 몸을 잡았을 때 연희는 자신의 몸이 보트 바깥으로 반 넘어 내밀어져 있고 보트가 기울어져 있는 것을 알았었다.

그 후로 그때의 기억은 때로 생각났지만 오래 생각하지는 않았다. 그런데 이제 T시 전체가, 마치 그 푸르고 맑은 물속처럼 회상되는 것이다. 스르르 말없이 빠져들어 가고 싶던 세계. 그 세계가 그녀의 앞에 전개되어 가고 있는 것을 연희는 어렴풋이 느꼈다. 그리고 강렬한 인생 속으로, 동시에 T시 속으로 뛰어들고 싶은 욕구를 스스로 느꼈다. 한편 T시의 모습이 이처럼 다르게 채색되어 나타나는 것은 그녀의 동생들 때문인 것 같았다.

그녀가 이전에 살던 T시의 집은 이제 달희와 송희와 달호의 세 모습이 번갈아 나타나고 또는 함께 어울려 나타날 뿐이었다. 그녀가 저항해도 흔들리지 않고 소리쳐도 무감각하던 부모들의 모습은 아무 데에도 없었다.

마치 그 집은 주인이 바뀐 것 같았다. 주인이 바뀌었기 때문에 모든 것이 달라진 것 같았다. 그들은 더 많이 인생이 주는 고통 때문에 몸부림칠지 모르지만 그 진실과 아름다움을 잃지 않으려고 또한 몸부림칠 것이었다. 그들의 고통과 슬픔에서 뻗어 나오는 밝은 빛이 그 집을 눈물겹도록 아름답게 뒤덮고 있는 것이 연희의 눈에는 보이는 것 같았다. 그리고 문득 그들은 그녀 자신보다 훨씬 젊어서 인생이 주는 행복과 즐거움을 더 많이 누릴 세대인 것처럼 생각되었다. 그러나 다음 순간 그녀도 아직 젊음을 잃지 않았고 그들과 더불어 함께 살아가리라는 결의로 그 생각을 물리쳤다.

2주일전 아내의 수상을 대신하여 서울을 다녀온 연희의 남편은, 그녀의 부탁으로 처제 달희를 만나고 왔었다. 그가 전하는 애기로는 달희는 어두운 그늘은 없고 오히려 그녀가 알고 있던 이전보다 훨씬 밝고 명랑한 것 같았다. 연희는, 처음으로 만나 형부에게 달희가 수줍은 듯이 물었다는 말을 생각해 보았다. 형부, 나도 어떤 남자를 좋아해도 될까요. 연희는 동생도 많이 자랐다고 혼자 생각했지만 다음 순간 화다닥 놀랐다. 그 애가 지금 대학 4학년이니, 그들 부부의 그 당시를 생각하면 조금도 이상스럽지가 않았기 때문이다. 오히려 달희의 물음은 좀 어리광을 부린 듯하고 철이 없어 보이기까지 했다. 연희는 그 무렵을 곰곰이 생각해 보았다.

그녀는 얼굴이 화끈함을 느꼈다. 그것은 새삼스러운 부끄러움 탓만이 아니라 그들의 열정의 열기가 얼굴에 쏟아지는 것 같았기 때문이었다.

연희는 동생 달희에 대해 부러움을 느꼈다. 스스럼없이 형부에게 나도 어떤 남자를 좋아해도 될까요, 하고 물었다면 그것은 그녀의 사랑이 건강하고 밝은 것임을 뜻할 것이다. 연희는 한순긴 그녀의 어누운 젊음이 회상되어 잠시 슬픔을 느꼈다. 그녀의 사랑은 마치 하나의 비밀을 키워 나가는 것처럼 생각되었었다. 처음에 그 사랑은 크고 밝고 티 없는 것이었으나 그녀의 가슴속에 고여서 숨겨진 채 어둡고 무겁고 수치스러운 것이 되는 것처럼 생각되었다. 그것은 숨겨져 있을수록 더욱 어둡고 불행스러운 것이 되었고 한편으로는 두 사람을 처절한 독기 같은 것으로 휩싸오는 것 같았었다. 연희는 언제나 그 사랑 가운데서 불안스러움을 느끼던 것을 생각했다. 그러나 한편으로 그 불안은, 사랑하는 두 사람을 더욱 떨어질 수 없게 결합시키기도 했었다. 한마디로 말해 연희가 회상하는 그녀의 젊음은 뜨겁고 어둡고 격랑과 같이 위태스러운 것이었다.

언니와 형부가 이제 아주 T시로 가서 산다면 전 졸업할 때까지 집 걱정 않고 이곳에서 지내겠어요. 달희의 또 다른 목소리가 연희의 귀를 울렸다. 연희는 가만히, 그 말을 속삭이는 동생의 즐거운 얼굴을 그려 보고 그 얼굴을 향해 미소를 지어 보였다. 그리고 마주한 달희를 향해 미소를 지어 보였다. 그래, 이제 나도 너희들과 가까이서 살고 싶단다.

그들 부부는 T시로 향한 출발을 너무 오랫동안 늦추지 않아도 되었다. 모교의 미술교사 자리를 알아보기 위해 서울로 가기 전에 들렸던 T시의 모교에서 이번 주 안으로 T시로 오기 바란다는 공문이 바로 이틀 전에 왔기 때문이었다. 그들은 어제오늘, 대부분은 그동안 정돈된 것들이었지만 세 시간이나 가구들을 완전히 정리하느라고 바빴다. 그것들은 대부분 이곳에서 마련되고 이곳에서 손때가 묻은 것들이었다.

그들은 그것들을 모두 이곳에서 정리하고 떠나고 싶었다. 솥, 냄비, 수저 등의 사소한 것들은 모두 이웃에게 나누어 주었다. 그리고 조금 부피가 큰 찬장이며 옷장 같은 것들은 적당한 값으로 가격을 매겨 사려고 나서는 사람들에게 팔았다. 사려는 사람이 없는 것은 그냥 가까운 사람에게 나누어 주었다. 물론 신혼 초의 물건이었으므로 애착이 가는 것도 있었으나 그것은 대부분 날림으로 만든 볼품없는 것들이었으므로 연희는 아주 미련 없이 그것들을 정리할 수가 있었다. 이제 그들에게 남은 것이란 그들이 C읍으로 오기 전에 가지고 온 것 외에 몇 벌의 어린애 옷과 기저귀, 그리고 두 아이가 남아 있을 뿐이었다.

그날 밤은 귀뚜라미 소리도 쉬임 없이 들리고 이불을 덮지 않고는 잠들 수 없을 만큼 이미 가을 기운이 완연했다.

그들 부부의 가운데에는 벌써 두 아이가 잠들어 있었다. 불은 켰지만 열어둔 문을 통해 흘러 드는 가을밤의 빛이 따스한 물처럼 방안을 적시고 있었다. 연희는 오늘 낮에 팔거나 나누어 준 그들의 살림을 생각해 보았다. 그것은 정말 보잘것없고 모양도 없는 세간들이었다. 지금 그들이 덮고 있는 이불도 내일 아침에는 누군가의 집으로 옮겨질 것이었다.

연희는 그들이 C읍으로 오던 때의 모습을 생각하지 않을 수가 없었다. 그것은 오늘 밤 현재의 그들의 모습과 별로 다를 바가 없는 것이었기 때문이었다. 이 회상은 잠시 동안 그녀를 괴롭게 하고 목메게 했다. 그들은 가방 하나에 그들의 소지품을 함께 넣었었고 가방의 반은 그나마 화구와 조각도와 접어 넣은 이젤이 차지하고 있었다. 성혼선언문 하나 없이 두 손을 마주 잡고 낯선 곳을 찾아온 그들은 미래에의 동경 외에 어렴풋한 불안과 공포를 느끼고 있었고 세상에선 오직 그들 둘뿐이라는 고독감과 함께 통제되거나 안정되지 않은 격렬한 애정에 휩싸여 있었다.

맨 처음 그녀가 겪은 시련은 그들 부부의 사소한 싸움질이었다. 처음 몇 달이 지나자 그들은 말다툼을 시작했다. 그들은 정말 하찮은 일로도 다투었고 그 싸움 뒤에는 그들의 불행한 현실을 더욱 뼈저리게 느꼈다. 남편은 또한 결혼이라는 사회적 절차를 거치지 않은 것 때문에도 번민하고 있었다. 그들은 서투른 공동생활에 당황했고 사회적인 중압 때문에도 어쩔 수

없이 고통을 받았었다. 다음으로 연희가 겪은 시련은 첫 아이의 출산에 의한 것이었다. 경험도 지식도 없는 그녀는 마을의 노파에게 몸을 맡겼고 육아에 이르기까지 마을 여인들의 도움을 얻어야만 했다. 이 무렵 T시의 아버지의 도움으로 혼인 신고가 이루어졌고 아이의 출생신고도 할 수가 있었다. 그 다음으로 그녀를 괴롭힌 것은 경제적 빈곤이었다. 연희는 이제, 세상의 고통과 어려움을 조금씩은 다 맛보았다고 자부하고 있었고 그 자부의 뒷맛은 씁쓰레한 것이었다.

그러나 이제 사태는 전과는 전혀 다르다고 생각할 수 있었다. 그들은 더 이상 미래에 대한 공포나 불안도 없었고, 있다면 그들의 인생을 밑받침할 안정되고 면면한 애정이 있었다. 연희는 어둠 속에서 눈을 크게 뜨고 어둠을 쏘아보았다. 그것은 그녀의 미래에 있을지도 모르는 또 다른 고난에 대한 저항이었다. 이제 그녀는 어떠한 시련이나 고통에 대해서 패하거나 절망하지 않을 자신이 있었고 강한 믿음이 있었다. 이제 인생은 그녀의 반대쪽에서 그녀를 괴롭히기 위해서 있는 것이 아니라 그녀의 행복을 위해 계속되어지리라고 믿을 수가 있었다.

어둠 속에서 그녀의 손을 더듬는 또 다른 하나의 손이 있었다. 그것은 따뜻하고 힘이 있었다.

"당신, 이제 자도록 하오."

연희는 그녀의 손을 내밀어 그 손을 마주 잡았다. 마치 그들의 두 몸은 가운데에 아이 둘이 누워 있음에도 불구하고 하나의 끈으로 나란히 얽힌 한 몸인 것 같았고, 그 느낌은 그녀를 순간적으로 감격케 할 만큼 강렬한 것이었다.

다음날 그들은 일찍부터 서둘렀다. 남편은 택시를 잡아 오기 위해 일찍 읍내로 가고 연희는 마지막으로 짐들을 정리했다. 그들이 이곳에서 얻은 작품들은 이미 얼마 전에 남편이 T시로 옮겨 놓았기 때문에 짐은 그들의 옷이 든 큰 트렁크 하나와 아이의 기저귀가 든 작은 가방이 하나 있을 뿐이었다. 학교에는 이미 그저께 마지막 인사를 했지만 몇몇 여교사들이 시간을 빼어 먹고 연희의 마지막 배웅을 나와 주었다. 동네 여인과 아이들이 집집마다 나와서 그들이 차에 오르는 것을 지켜보았고 몇몇 아이들은 들에서 꺾은 꽃묶음을 연희에게 안겨주었다.

"너희들 이거 어디서 꺾었니?"

연희의 물음에 그들은 고개를 숙이고 때가 묻은 치맛자락을 내려다보며 속삭였다.

"선생님이랑 같이 그림 그리러 가던 산에서요."

연희가 화판을 들고 그림을 그리러 나설 때면 따라나서곤 하던 아이들이었다. 꽃은 자주색의 들국화였고 송이는 볼품없이 작았다. 그런 연희는 이제 애들과 함께 산에 가는 일도 할 수 없구나, 하고 생각하자 정든 사람들과 이별한다는 느낌이 새삼스러웠다.

운전수 옆자리에는 이제 네 살 난 사내아이를 앉히고 연희는 낳은 지 20여 일이 된 아이를 안고 먼저 차에 올랐다. 그리고 남편이 타고, 차는 떠나기 위해 부르릉거렸다. 연희는 차의 유리창을 열고 바깥을 향해 소리쳤다.

"안녕히들 계세요."

"선생님 안녕히 가세요."

"편안히 가세유."

"윤 선생 잘 가요."

"가서 잘 사세유."

차는 떠나고 동네 여인과 아이들과 동료 여교사들의 인사가 한동안 차를 뒤따라왔다. 연희는 차창을 지나가는 C읍을 내다보았다. 그녀가 아이들과 함께 다니던 언덕 들판이 보였고 그녀가 근무하던 여학교의 창문들이 보였고, 창문마다 여학생의 단발머리와 제복의 흰 윗옷이 보였다. 모든 것이 전과 같았지만 이제는 그녀만이 그곳에 있지 않았다. 그것은 즐거움인 것 같기도 했지만 아쉬운 것처럼 느껴지기도 했다. 길은 울퉁불퉁하고 고르지 않았으므로 때로 그녀의 몸을 흔들리게 했다. 아마 그들이 몇 년 전 이곳으로 올 때도 이 길로 왔으리라고 생각했으나, 그때도 이런 나무들이 길가에 서 있고 저런 집들이 있었는지는 기억할 수가 없었다. 그것은 다른 길일지도 모른다고 생각했다.

"엄마, 커다란 길이야."

앞자리에 앉은 사내애가 발딱 몸을 세우고는 뒷자리의 부모를 돌아보았다. 정말 눈앞에는 포장되고 넓은 국도가 펼쳐져 있었다.

"그래 큰길이란다."

연희는 이렇게 대꾸하고, 그녀의 입속에 남아있는 말의 여운을 오랫동안 강하게 느꼈다. 큰길, 큰길…… 그것은 그녀의 시련이 끝나는 길이고 그들 가정의 행복이 시작되는 길일 것이다. 연희는 혼자 중얼거려 보았다. 그래, 우리는 큰길로 나가게 돼, 큰길로. 그녀는 피곤한 듯 남편의 어깨에 머리를 기대었다. 그리고 뺨을 적시는 두 줄기의 더운 눈물을 느꼈다.

2

오늘도 달호는 점심을 먹고 나자 손잡이의 끝이 그의 머리에 닿는 긴 비를 들고 홀 안으로 들어갔다. 그곳은 어둡고 시큼한 냄새를 풍겼다. 그것은 밤 동안에 어둠 속에서 부패한, 화려한 일락의 뒷맛. 그는 우선 좁은 골목과 잇닿은 창들을 열고 입구로 나가 커다란 출입문을 활짝 열어젖혀 놓았다. 의자들은 모두 테이블 위에 거꾸로 얹힌 채 있었다. 그는 주방으로 들어가 바께쓰의 물을 들고나와 먼저 바닥에 뿌렸다, 그리고 비를 앞뒤로 흔들며 홀의 바닥을 쓸기 시작했다. 비의 손잡이는 충분히 길었으므로 그는 조금도 몸을 굽히거나 흔들지 않아도 되었다. 그것은 어떤 성의도 노력도 필요로 하지 않는 일이었다. 구석진 곳을 위해서는 수직으로 움직이고 있던 비의 대나무 손잡이에 약간의 각도를 주면 그만이었다. 열어놓은 입구의 문 앞에 햇살이 모여 놀고 있었고 할 일 없이 이 골목 안을 서성거리는 구지레한 옷차림을 한 남자 몇의 모습이 어른거렸다. 달호는 그들에게 조금도 주의를 기울이지 않았다. 그러한 사내들의 모습은 이 킹살롱을 몇 발자국만 나서면 낮이나 밤이나 볼 수 있는 것이었고, 그들은 마치 자신의 존재처럼 아무런 뜻도 없는 존재들임이 분명한 것 같았다.

이제 그는 화장실 안으로 들어가 역시 손잡이가 긴 걸레를 들고 나왔다. 그는 홀의 오른쪽에서부터 닦기 시작했다. 그가 걸레를 미는 손에 힘을 주고 있는지는 전혀 알 수가 없었다. 인조석이 깔린 바닥은 걸레쪽이 닿자마자 물기로 번들거렸다. 마침내 그는 입구를 마지막으로 걸레질을 끝내고 걸레를 들고 잠시 화장실 안으로 사라졌다.

그는 곧 그곳에서 나왔고 조금도 지치거나 피곤한 기색은 없었다. 그가 한 일은 마치 아무런 노력도 정신적 집중도 필요로 하지 않는 일인 것 같았다. 그리고 그는 조금도 기쁨을 느낄 수가 없었다. 이곳에서 해야 하는 어떤 일들도 그에겐 어렵거나 힘들지 않았다. 스물네 병의 맥주가 든 나무 궤짝을 혼자 들 때조차도, 또한 어떤 일들도 그에게 기쁨을 느끼게 하지는 못했었다.

가출한 친구들이 얘기하던 야릇한 즐거움과 기쁨을 자신의 가출에서 기대하지는 않았다. 그러나 그는 집에서 속박당하고 있던 감정의 굴레에서는 벗어날 수 있으려니 믿었다. 그러나 그는 이곳에서 따뜻한 사랑을 느끼지도 못했고 스스로가 다른 누구에게 정을 줄 수도 없었다.

벌써 집을 나와 이곳에서 기식하고 있는지도 두 달이 가까워오고 있었다. 학교가 개학한지도 벌써 4주일이 가까울 것이다. 요즘은 달호도 학교 생각을 별로 않고 지낼 수가 있었다. 개학하고 일주일 동안은 매일 가슴이 두근거리고 설레었다. 수업 시간마다 출석부를 들고 들어온 교사들이 결석생들의 이름을 그때마다 확인하기 위해 두 번 세 번 부르는 그의 이름이 늘리는 것 같았다 윤달호, 윤달호, 윤달호, 윤달호……. 그는 결코 이 호명에 대답할 수 없을 것이다. 달호는 마치 그것이 이제 자신의 이름이 아닌지도 모른다고 생각하기 시작했다.

그는 그 이름을 듣고도 대답할 수 없고, 주인을 잃어버린 이름 석 자가 2층 그의 반 교실에서 언제까지나 잃어버린 주인을 소리쳐 부르고 있는 것 같았다. 내 이름 옆에는 무단결석을 뜻하는 한없이 많은 사선이 마치 쓰러진 당근처럼 그어져 있겠지. 달호는 때로 절망스럽게 그것을 생각했다.

어떤 때, 그것이 낮이거나 밤이거나 간에 심부름으로 몇 블록 밖의 담뱃가게나 잡화점에 다녀올 때, 모자를 쓰고 무거운 가방을 든 남학생의 모습이 앞에 보이면 달호는 얼른 고개를 숙이고 걸음을 빨리하곤 했다. 그는 그들과 얼굴을 든 채 마주

칠 수가 없다고 생각했다. 책가방 대신에 담배가 든 종이 꾸러미나 식료품이 든 포장지를 안은 자신의 모습이 수치스러운 것이라고 느꼈다. 달호는 생각해 보았다. 나는 왜 다른 아이들처럼 그들을 웃으며 바라보고, 혹 그것이 이전의 학교동무라면 자랑스레 자신의 생활을 얘기할 수 없는가. 달호는 이전에 그가 맥 빠지고 흥 없는 학생이었을 때 만났던 몇몇 가출한 친구들을 생각했다. 그들은 멀리서 그를 알아보고는 일부러 길모퉁이에서 기다리고 있다간 그에게 말했었다. 학교 재미나니? 난 ○○에 있단다. 일요일 오전에 놀러 와. 신나는 곳이란다. 그들은 오히려 얼굴이 굳어지고 말이 없는 달호를 애처로운 듯이 바라보곤 했었다. 그런데 왜 나는 그들처럼 현재의 내 생활에 자랑을 느끼지 못하는 것일까? 왜 죄를 지은 듯이 느끼는 것일까? 달호는 자신이 안타까웠다. 그러나 안타까우면 안타까울수록 그의 생활은 자랑도 기쁨도 아무것도 아닌 쪽이었다.

오후 네 시가 되자 홀에는 하나둘씩 아가씨들이 모여들기 시작했다. 그들은 주방 뒤쪽에 붙은 좁고 더러운 방에 들어가 화장을 다시 하든지 옷을 바꾸어 입든지 했다.

"6번은 오늘도 안 나왔어? 연락도 없고?"

검정 안경을 쓴 뚱뚱한 지배인이 홀의 중앙에 서서 소리치고 있었다.

"그리고 너 2번, 넌 왜 아직도 원피스를 올리지 않아."

"아니에요. 어저께 밤에 3센티나 올린걸요."

"그것도 너무 길어."

"아이, 지배인님도, 이보다 더 짧게 하면 어쩌라구요. 호호."

"딴 데선 모두 어쩌는지 알아? 브래지어를 하지 못하게 하고 아예 팬티를 벗기고…… 우리도 그렇게 해볼까?"

"어머, 싫어요. 호호호."

홀 안에는 아가씨들의 웃음이 호박꽃처럼 만발했다. 그들은 향수를 뿌린 겨드랑이의 냄새를 흘리며 몸을 비꼬며 아이, 아이 망측해, 하고 소리치며 웃어 댔다. 그러나 그 웃음은 그들의 의사를 전혀 짐작하지는 못하게 했다. 그들은 입으로 망측해, 소리를 연발하면서 몸은 그 어떤 짜릿한 쾌감을 예상하며 깔 깔대고 웃고 있는 것 같았다.

달호는 그들의 웃음소리에도 함께 휩쓸려 들지 않은 자신을 보았다. 그리고 쓸쓸한 시선으로 홀을 바라보았다.

그들은 아직 홀 가운데에 모여 서서 소곤거리며 때때로 지배 인 쪽을 바라보며 작은 웃음을 터뜨리곤 했다.

턱을 기대고 있던 카운터에서 내려와 달호는 홀로 나왔다. 그리고는 곧장 입구까지 걸어가 그곳의 작은 기둥 곁에 기대 어 세워 둔 철책을 한꺼번에 넷을 들었다. 그것은 반들거리는 갈색의 칠이 되어 있었고 인조 장미가 난만히 피어 있는 것이 었다. 장미 덩굴은 수없이 얽히어 원색의 푸른 잎을 너풀거리 고 있었다. 그는 그것을 하나씩 들어 테이블을 에워싼 의자 둘 레에 병풍처럼 둘러놓았다.

그것은 병풍이었고 장벽이었다. 남자 손님들은 그 속에서 그들 수효만큼한 아가씨와 남이 보아서는 안 되는 은밀한 말과 동작을 주고받을 것이다. 달호는 빨리빨리 몸을 놀렸다. 그가 목격한 몇몇 장면이 재빨리 그의 눈앞을 스쳐 지나갔다. 아가씨는 까르르 까르르 웃고 있었다. 남자의 손이 아가씨의 스커트 안으로 기어들어 거의 팔꿈치 밖에는 보이지 않았다. 아가씨는 계속 까르르 까르르 웃었다. 그리고는 몸을 조금씩 비꼬았다. 남자의 눈이 붉은 조명 아래서 어둡고 붉게 타고 있었다. 아가씨의 얼굴이 금방 변하여 누나의 얼굴이 되었다.

달호는 황급히 머리를 흔들었다. 그 환영이 마치 나는 새가 떨어지는 것처럼 아래로 굴러내렸다. 그는 다시 한번 입구 쪽으로 가 나머지를 재빨리 제 자리에 놓고 마치 무슨 생각에라도 쫓기는 사람처럼 서둘러 주방으로 돌아갔다.

잠시 후, 달호는 주방의 바닥에 쪼그리고 앉아 당근 껍질을 벗기고 있었다. 그는 마치 그 일 외에는 세상의 어떤 일도 알지 못하는 사람처럼 주의 깊고 차근차근하게 칼을 놀리고 있었다. 당근의 붉은 색채는 칼이 한번 지나가자 더욱 선명하게 나타났다. 그리고 달호의 어리고 흰 손가락 끝에서 신선한 생명감에 불타고 있는 것처럼 보였다. 달호는, 나는 왜 집에 갈 수 없을까, 하고 혼자 중얼거려 보고는 낮은 한숨을 내뿜었다.

네가 왜 집에 가지 못해? 누구에게 무얼 잘못했다고? 무슨 죄를 지었다고? 또 그것 때문에 그러지? 송희 누나 일 때문에? 내가 벌써 몇 번이나 말하지 않았어? 그건 네 잘못이 아니야. 설사 그렇다고 하더라도 누가 그걸 아느냐 말이야. 너도 확실히 모르지 않아? 아니야 그렇지 않아, 그건 나 때문이야. 내가 송희를 그들에게 넘겨준 것 같은 꼴이 된걸. 달호의 내부에서는 다시금 두 목소리가 들끓기 시작했다. 그것은 때로 똑같은 음색을 가진 동일한 목소리인 것 같으면서도 계속 공격하고 대항했다. 넌 그 홀태바지 생각을 하고 있는 거지? 그가 송희를 강간했다고 생각하는 거지? 허지만 홀태바지가 아니더라도 이 T시엔 그런 녀석들이 우글우글해. 송희는 다른 녀석에게 당했을지도 모르지 않아? 그리고 홀태바지일 확률은 백에 하나, 천에 하나야. 왜 그 생각을 하지 못해? 그리고 왜 그쪽으로 머리를 돌리지 못해? 너 혼자 괴로워하고 가책을 받을 이유는 하나도 없어. 그건 송희의 운명이야. 언제 그런 일을 당해도 당했을 거란 말이야. 송희는 네가 잘 알지 않아? 얼마나 교만하고 제 잘난 체만 하는지를? 그 벌을 받은 거야. 말하자면 자업자득인 셈이지. 그건 나도 알아. 나도 그것 때문에 싫어했어. 그렇지만 이건 다른 문제야. 분명히 나 때문에 그 일은 생긴 거야.

달호는 어저께 만난 홀태바지가 생각났다. 장소는 여전히 그들이 처음 만난 당구장이었다. 어제는 한 달에 한 번씩 오전 외출을 허락하는 휴일인 셈이었다.

"임마, 네 누나 요새 학교 잘 다니니? 요즘도 성당에 나가? 내가 보고 싶다고 그러진 않아?"

그는 달호의 대답은 기다리지도 않는 듯 한꺼번에 몇 개의 질문을 쏟아 놓았다. 그는 그동안 몸이 더 굵어지고 야비해진 것 같았다. 어른들에게서 풍기는 후텁지근한 냄새가 났다. 달호는 그의 몸 냄새가 징그러웠다. 그는 입가에 야릇한 웃음을 띠고 있었다. 그를 둘러싼 다른 몇몇도 그 웃음을 흉내 내고 있었다. 그것은 무언가 완강하게 의미를 형성하려 하고 있었고, 그 의미를 들여다보려고만 하면 환하게 드러날 것 같았다. 달호는 그 웃음을 보지 않으려고 애를 썼다. 그는 굴욕을 느꼈다. 그리고 자신의 몸에 흙탕물이 끼얹어진 것 같은 분노를 느꼈다. 그러나 달호는 입술을 깨물고 그에게 아무것도 대꾸하거나 항변하지 않았다. 그의 눈에는 흙탕에 젖어 돌아온 송희 누나의 모습이 눈물 속에서 어른거렸다.

달호는 껍질이 반쯤 벗겨진 양파를 내려다보았다. 눈물의 맛은 맵고도 짭짤했다. 집에는 별일 없을까? 달호는 하릴없이 집 생각을 해보았다. 무엇이 그로 하여금 집으로 돌아가는 것을 막고 있는지는 그 자신도 잘 알 수가 없었다. 다만 이곳에 있는 것이 그에게 덜 고통을 주기 때문인 것 같았다.

집을 생각하면 그는 금시라도 눈빛이 어두워지고 가슴이 답답하여졌다. 그리고 어떨 때는 가슴이 터질 것도 같았다. 이곳은 아무런 기쁨도 없었으나 그렇다고 사무치는 고통도 없었다. 고통이 두려워서 그 고통을 직접 보고, 싸울 것이 두려워서 집에 가지 못하는 자신이 때로는 적이 무서워 진격하지 못하고 있는 용렬한 병사인 것 같이 달호는 생각되었다. 송희 누나는 정말 학교에 나가고 있을까? 그렇기라도 한다면 그의 마음은 훨씬 가벼워질 것 같았다. 혹 약을 먹고 죽을 생각은 하지 않았을까, 그 성미에? 벌써 죽은 거나 아닐까? 달호는 가슴이 철렁했다. 그러나 다음 순간 그는 고개를 저었다. 아니야. 그럴 리야……

달희 누나는 그때 왜 그랬을까? 그 남자는 내가 처음 보는 남자였지. 그리고 무척 인상이 좋지 않았어. 그런데 누난 그 남자가 하는 대로 내버려 두었어. 어깨에 손을 얹고 그리고 손을 잡았어. 게다가 호텔에까지 따라갈 생각이었던가 봐. 누난 무엇엔가 절망하고 있는 것 같았어. 그때 화장실에서 나를 보고도…… 누난 분명히 나를 보았어. 그런데도 내가 달호인지 알지 못하는 것 같았어. 마치 나를 처음 보는 사람처럼 잠시 바라보았을 뿐이야. 누난 내가 누나의 동생인 것이 싫었던 것일까? 그렇다면 누나도 집이 싫어졌던 거야. 집 밖에 나와서 가족인 나를 아는 체하고 싶지 않았던 거야. 나는 그날 밤 누나를 바래다주고 나서 가출을 해버렸지.

달호는 그날 밤, 집으로 가는 차 속에서의 달희 누나를 회상했다. 마치 물에 빠진 여자 같았다. 얼굴은 창백하고 머리칼은 이마에 달라붙어 있었다. 그리고 얕은 신음소리를 내었었다. 달호는 그의 팔에 느껴지던 누나의 몸이 생각났다. 그것은 그가 언제까지나 보호하고, 지켜주고 싶은 생각을 일게 했다. 그것은 지치고 시달린 하나의 인생이었다. 그의 팔에 기대어 작은 신음소리를 내던 누나, 달호는 문득 누나에 대한 그리움을 느꼈다. 그 그리움은 그가 오기를 소리쳐 부르고 있는 것 같았다. 혹은 소리쳐 울고 있는 것 같았다. 달호는 벌떡 일어났다. 그리고 선 채로 잠시 눈을 감고 있다가 주방을 나섰다.

그는 잠시 후 화장실에서 나왔다. 그의 얼굴은 창백하고 눈 주위에는 마른 눈물 자국이 보이는 것 같기도 했다. 그는 수줍은 소년처럼 고개를 떨어뜨리고 어깨를 움츠린 채 걸었다. 홀의 테이블 이곳저곳에는 손톱을 매만지고 스타킹의 대님을 끌어 올리는 아가씨들이 보였다.

"빨랑빨랑 맥주도 꺼내 놔."

그의 등 뒤에 대고 지배인이 심술스런 소리를 질렀다. 달호는 묵묵히 걸어서 주방을 지나쳐 작은 문을 열고 좁은 창고로 들어갔다. 그는 끙끙거리는 소리도 내지 않고 크라운 맥주가 든 큰 나무 궤짝을 홀 안으로 들고 들어왔다. 병들은 어둠과 먼지에 뒤덮여 있었다. 홀 앞쪽의 카운터 안쪽으로 첫 번째 궤짝을 밀어 넣고 그는 다시 창고 안으로 들어갔다. 이어서 두 번째, 세 번째, 네 번째, 다섯 번째의 궤짝을 차례차례로 홀 안으로 옮겼다. 그는 마지막 다섯 번째의 궤짝을 카운터 아래로 밀어 넣고는 허리를 쭉 펴고 홀을 바라보았다.

분홍빛의 커튼은 모두 드리워져 있고 아가씨들은 테이블마다 흩어져 앉아 있었다. 그들은 모두 오늘 손님을 기다리고 있었다. 달호는 이 풍경을 멍하니, 마치 그가 이곳에 온 첫날처럼 신기하게 바라보았다. 그리고 그는 몸을 돌려 다시 뒷문 쪽으로 갔다.

그는 이번에는 창고로 들어가지 않고 좁은 골목길로 통하는 밖으로 나왔다. 바깥은 이미 어둑어둑했다, 그리고 싸늘한 바람이 아직 반소매 셔츠를 입고 있는 그의 팔을 흔들고 지나갔다. 달호는 드문드문 불이 켜진 대폿집이며 구멍가게의 불빛을 바라보다가 고개를 들고 하늘을 바라보았다. 아직 별은 없었다. 언제나 저녁에 한 번씩은 나와서 쳐다보던 하늘이었다. 하늘을 바라보면 마음이 아늑하여지고, 별을 보면 더욱 마음이 환해지던 것을 생각했다. 별은 언제나 빛이 꺼질 듯 꺼질 듯 하면서도 빛나고 있었다.

그것은 멀리 있는 것이면서도 그의 머리 바로 위에서, 또는 가슴속에서 빛나고 있는 것 같았다. 그것은 형태도 없이, 다만 하나의 빛남이면서도 그가 속해 있는 생활 속의 어떤 사람이나 사물보다 더욱 가깝고 다정한 것 같았다.

그는 때로 그 빛 속에서 집을 보는 것처럼 느꼈다. 그의 집은 마치 하나의 별처럼 작게 오므라들어 그에게 그리운 빛을 던지면서 멀리 있었다. 달호는 눈물이 핑 도는 것을 느꼈다. 그리고 다시, 별이 나왔나 하고 하늘을 바라보았다. 어느새 몇 개의 별이 회색의 어둠 속에 돋아 있었다. 그것은 마치 그의 이름을 부르는 것 같았고 높은 곳에서 그를 내려다보고 있는 것 같았다. 달호는 손등으로 눈가를 문질렀다. 그리고 별을 남겨 놓고 홀 안으로 들어가기 위해 몸을 돌렸다. 그때였다.

"달호야."

그의 이름은 가늘게 떨면서 그의 귓전에서 흩어졌다. 그것은 그의 이름이면서도 그 자신에게 접근하기를 주저하는 듯이 그의 주위에서 멈칫거리고 있는 것 같았다. 달호는 무슨 소리를 헛들은 것이라고 믿었다. 오늘은 별나게 마음이 약해진 날이라고 생각했다. 그리고 그는 작은 나무문에 손을 갖다 댔다.

"달호야."

이번에는 한결 똑똑하게 그의 왼쪽에서 그의 이름이 그를 불러 세웠다. 그것은 여자의 목소리였다, 부드럽고 아늑한 계집애의 목소리였다. 달호는 소리가 나는 쪽으로 고개를 돌렸다. 그리고 잠시 후에 낮게 부르짖었다.

"너로구나."

달호는 그 애의 이름이 생각나지 않았다. 그는 문에 몸을 기대었다. 낡은 나무문이 삐걱삐걱 소리를 냈다.

"그래, 나야. 미애야."

미애는 그의 곁으로 한발 다가왔다. 달호는 금시 가슴이 죄는 듯한 고통을 느꼈다. 그러나 미애는 눈을 깜박깜박하면서 그를 바라보고 있었다. 어릴 때부터 한 골목에서 같이 자란 소꿉동무였다.

"집에 가자, 응? 달호야. 늬 집에서도 우리 집에서도 무척 궁금해하고 있어, 학교에서 담임선생님이 두 번이나 왔었대, 달호야……"

"누가 나를 궁금해해?"

"달희 누나, 송희 누나, 모두들 그러잖아?"

"송희 누나도?"

"그럼."

달호는 잠깐 생각해 보았다. 잠깐 생각해도, 정말 송희 누나가 나를 궁금해할 것 같지는 않았다. 그런 무서운 일을 당했는데…….

"내가 여기 있는 줄은 어떻게 알았지? 어떻게?"

"너하고 잘 다니던 홀태바지를 만났어. 그랬더니 달호가 여기 있을 거라고 했어."

"응, 그 새낄 만났구나."

달호는 한동안 아무 말도 없이 미애를 건너다보았다. 집으로 가고 싶은 그리움으로 목이 멜 것 같았다.

"송희 누나가 너를 꼭 데려오라고 하면서 막 울려고 했어."

"송희 누나가?"

"그럼. 달희 누나는 큰누나 마중을 나갔대."

"큰누나? 연희 누나 말이야?"

"그래. C읍에 가서 살던 네 큰누나네가 몽땅 이리로 이사를 온대. 너네 집에서 함께 살 거야."

"하, 정말?"

달호는 너무도 짧은 시간에 너무도 많은 소식을 한꺼번에 듣고 어안이 벙벙해졌다. 아까보다 더 많은 별들이 어디가 하늘이고 어디가 땅인지 알 수 없는 어둠 속에 흩어져 있었다. 달호는 갑자기 그 수많은 별빛에 눈이 부시고 가슴이 벅참을 느꼈다. 송희 누나는 나를 원망하지 않는구나, 하고 생각하자 야릇한 감동을 느꼈다.

"우리 아빠도 알고 있어. 내가 다 얘기했거든. 내가 오늘 여기 온다니까 아빠가 차를 타고 가랬어. 그랬지만 혹시 네가 싫어할까 봐 그냥 온 거야."

달호는 그를 향해 말하고 있는 미애를 자세히 바라보았다. 그는 귀엽고 상냥한 소녀 같았다. 그리고 전처럼 아빠와 엄마를 욕하고 있지도 않았고, 오히려 그들에 대한 애정을 말 가운데에 담고 있는 것 같았다. 달호는 미애에 대해 따스한 무엇을 느꼈다. 그리고 그것을 숨기지 않고 그에게 알려주고 싶었다.

"지금 갈 수 있겠니?"

미애가 그의 손을 끌듯이 팔을 내밀었다. 달호는 그의 내민 손을 잡았다. 그리고 손을 잡은 채 잠시 주방의 뒤쪽 방에 있는 그의 사소한 소지품들을 생각했다. 이곳에 와서 사 입은 셔츠 하나가 꺼멓게 때가 묻어 벽에 걸려 있을 것이고, 빨려고 방구석에 벗어 둔 양말이 생각났다. 그리고 그는 다른 한 손으로 언제나 그가 바지 호주머니에 넣고 다니던 작은 손지갑을 더듬어서 확인했다. 그리고 미애를 보고 말했다.

"자, 이제 가."

"정말?"

미애는 눈을 크게 뜨고 깡충거렸다. 그리고 다음 순간 의아스럽다는 듯이 달호 쪽을 바라보며 물었다.

"그냥 가도 돼? 여기 대장에게 말 않고 가도 야단맞지 않아?"

달호는 한참 미애를 바라보다가 일부러 느릿느릿 대답했다.

"이젠 오지 않을 걸 뭐."

미애는 금세 그 의미를 알아차렸다.

"정말 잘 생각했어. 난 네가 집에 안 돌아간다고 할까 봐 그것에만 마음을 썼지."

미애는 다시 달호의 얼굴을 들여다보며 말했다.

"정말 잘 됐어. 모두 좋아할 거야. 우리 엄마도 네 누나도, 그리고 나도."

달호는 이처럼 정다움을 보여주는 미애가 누이동생처럼 생각되었다. 그리고 정말 그렇다면 얼마나 좋을까, 혼자 생각하기 시작했다.

그가 킹살롱에 머문 후 계절은 바뀌어 있었다. 달호는 어제까지만 해도 그것을 거의 알지 못하고 있었다. 성급하게 말라떨어진 가로수의 잎들이 그들의 발끝에 부딪쳤다. 그리고 공기는 맑고 상쾌했다. 아무것도 그의 몸과 마음을 압박하거나 괴롭히지 않았다. 거리는 마치 오래된 손님을 맞듯이 달호를 부드럽게 포근하게 맞아주는 것 같았다.

"집이 그렇게 멀지 않으니까 우리 걸어서 가기로 해. 응?"

미애가 달호 쪽을 바라보며 동의를 구했다. 달호는 웃으며 고개를 끄덕여 보였다. 미애는 자꾸만 걸음이 빨라져서 몇 번씩 걸음을 맞추기 위해 멈추어 서야만 했다. 그것은 아마 기쁨 때문일 것이라고 미애는 스스로 생각하고 있었다. 달호 누나들의 기쁨, 그리고 그녀 자신의 기쁨. 그러나 미애는 자신의 기쁨이 어떤 것인지는 아직 확실히 알 수 없었다. 그러나 이렇게 즐거워 보기는 참으로 오랜만인 것 같았다. 그리고 미애는 그 기쁨을 흠뻑 누리고 싶었다. 어느 집의 담장 위에 높이 솟은 은행나무의 잎들이 노랗게 물들어 마치 금박의 세모난 부채처럼 반짝거렸다.

"너의 어머닌 많이 아프니?"

"아니, 그냥 누워 계실 뿐이야."

미애가 빤히 달호를 바라보았다. 그리고 잠시 후 수줍은 듯이 작은 소리로 말했다.

"난 네가 오빠였으면 좋겠어."

미애는 잠자코 걸었다. 한동안 묵묵히 걷던 달호가 입을 떼었다.

"나도 네가……"

미애가 몸을 돌렸다. 그리고 진지한 목소리로 물었다.

"정말 너도 그래?"

둘은 잠시 길에 멈추어 선 채 서로를 바라보았다. 그들은 마치 세상의 모든 기쁨을 얻은 순간의 아이들처럼 느꼈다.

"그럼 우리, 집까지 손을 잡고 걸어. 내가 네 동생처럼 말이야."

미애가 손을 내밀었다. 그 손을 조심스럽게 달호가 잡고 그들은 다시 걸었다. 달호의 몸속으로 신선하고 따뜻한 감동이 흘러들었다.

우리 집에 왜 왔니 왜 왔니
꽃을 따러 왔단다 왔단다
무슨 꽃을 찾겠니 찾겠니
동순이 꽃을 찾겠다 찾겠다

그들은 걸음을 계속하면서 길 위쪽을 바라보았다. 외등의 불빛 아래 손을 잡은 계집애들과 사내애들의 모습이 앞으로 나아갔다간 뒤로 물러나곤 했다.

"저 노래 생각나?"

미애가 물었다.

"그래. 나도 어렸을 땐 저런 놀이를 했어."

"나도 그래."

그들은 잠시 어린 날의 추억에 잠겼다. 그것은 맑고 푸른 물처럼 투명하게 회상되었다. 그 투명한 물결이 지금 나란히 손을 잡고 있는 그들의 몸을 향해 흘러오고 있는 것 같았다.

이겼다 꽃봉오리 하나 얻었다

그들은 마주 보고 빙그레 웃음을 지었다. 그리고 마주 쥔 손을 더욱 힘있게 꼭 잡고 집을 향해 걸음을 빨리했다. 그 길은 누나가 기다리는 집으로 가는 길이었고 오래 목말라했던 사랑이 기다리고 있는 길이라고 생각되었다.

(신동아, 1972)

거인

우리가 사는 구역에 그 소문이 퍼진 것은 지난 주말이었다. 사람들은 마음이 들떠서 대낮에도 문단속에 신경을 쓰고 초인종이 울려도 가슴이 덜컹 내려앉아 두방망이질을 치고, 골목에서 왁자지껄한 소리가 날 때면 집이 금방 와르르 무너져 버리는 듯한 착각에 휩싸인다.

지난 토요일 오후였다. 퇴근을 하고 집으로 돌아오는 길이었는데 골목 어귀에서 유모차를 밀던 젊은 부인이 새파랗게 질린 얼굴로 느닷없이 그 소문을 나에게 전해 주었던 것이다.

"오늘 하루해는 그냥 넘길 모양이죠?"

그 부인이 이렇게 말했을 때 나는 도무지 영문을 알 턱이 없어서 어리둥절하고 멀뚱해질 수밖에 없는 노릇이었다. 그 부인은 골목 밖을 경계하는 눈초리로 두리번거리면서 빠른 목소리로 말을 이었다.

"우리 구역을 정말 철거시킨답니까? 어떡하믄 좋죠? 아빠가 부산에 출장을 간 틈에 이런 북새통이 났으니 어떡하믄 좋죠?"

꺼져 들어가는 목소리로 말하며 그녀는 유모차에 태운 갓난 아기 볼에 입맞춤을 했다.

"철거된다구요? 아니, 어떻게 된 영문입니까?"

자기가 알고 있는 소문에 대하여 내가 무지하다는 것을 눈치 챈 그녀는 내 물음에 아무런 대꾸도 하지 않았다. 우리 구역이 철거된다니 어처구니없는 노릇이었다. 그런 소문을 어디서 들었느냐고 물어본 나는 대답 대신 콧방귀를 들었다. 무허가 건물이 들어선 구역이라면 이러저러한 사정으로 당국에서 철거시킨다손 치더라도, 우리 구역이 철거된다니 전혀 터무니없는 낭설이라는 생각이 들면서도 무턱대고 마음이 푹 놓이는 것만은 아니었다.

우리가 사는 구역에는 똑같은 구조의 가옥이 30동가량 들어차 있고 그 주위로는 택지가 조성되고 있다. 몇 년 전까지만 해도 여기는 야산이었는데 산을 깔아뭉개고 택지가 조성되어, 지난 한 해 동안 서른 채의 새 집이 들어서서 이곳저곳에서 모여든 30가구가 분양을 받아 이사를 왔다. 구역 건너편에는 구식 기와집과 양철집이 있는 토박이 동네인데 그쪽에서는 우리 구역을 은행집이라고 부른다. 은행에서 융자를 받아 지은 집이라는 뜻인데, 그들이 우리를 이렇게 부르는 것은 경멸의 뜻도 포함된다. 칠십만 원만 내고 나머지 칠십만 원은 은행 융자를 떠안고 들어왔으니 실질적으로는 집의 반쪽만이 우리들의 것인

셈인데 그쪽 사람들 집보다 겉으로는 그럴듯하게 유리문이 가지런하고 철제 대문을 해 닫아 놓고 집주인입네 하는 꼴이 토박이들의 눈에는 어줍잖게 보이기 마련이다. 매달 우리 구역 사람들은 일만이천 원씩 은행 융자를 20년간 까 나가야 하는 고단한 입장이다. 다섯 채씩 서로 마주 보고 있어서 열 집이 한 반을 이루고, 바로 잇달아서 뒷집과 건넛집이 바싹바싹 붙어 있다. 서로 마주 보고 같은 골목을 쓰는 사람들은 모두 낯이 익어서 출근길에 만나면 서로 목례도 하고 버스를 기다리는 동안에는 서로 담배도 나누어 피운다.

은행 융자까지 받고 건립된 주택이 일시에 철거된다는 것은 도저히 있을 수 없는 일이다. 그렇지만 요즘에는 별별 사건이 다 일어나는 판이니 또 모른다. 주택을 건립한 주택회사가 애당초에 대지 매입을 부정으로 했다면 땅임자가 나타나서 소송을 제기했을지도 모르는 일이다. 주택회사는 얼렁뚱땅해서 집을 모두 팔아 치워 날아 버리고, 뒤늦게 땅임자가 나타나서 소송에 걸리는 일은 바로 며칠 전 한강 너머에서도 발생했다. 아무리 그렇기로서니 다짜고짜로 집을 헐어 버릴 수야 없는 일이 아닌가.

그 부인의 밑도 끝도 없는 말을 듣고 한쪽으로는 허허 웃어 버리면서도 또 한쪽으로는 이런저런 생각에 마음이 뒤숭숭해져서, 골목 맨 끝 오른쪽 내 집 대문 앞까지 와서 섰다. 다른 대문에는 문패가 번듯번듯한데 우리 집 대문에는 〈냉장고 TV 고

가매입〉〈수도 고장 수리〉 등의 명함 크기의 광고가 몇 개 붙어 있다. 나는 신발을 탁탁 털며 초인종을 두 번 눌렀다. 마루문 열리는 소리가 나더니 아내의 조심스러운 목소리가 들린다.

"누구시죠?"

"누구긴 누구야!"

나는 신발을 탁탁 털며 신경질을 냈다. 딩동딩동 하고 벨을 두 번 연달아 누르는 것은 식구 중에서 가장인 나 혼자뿐이라는 것은 아내와 나 사이에 오래전부터 묵계가 된 일인데, 그날은 골목에 들어서면서부터 이 일 저 일이 핀트가 어긋나는 기분이었다. 내가 신경질을 그쯤 냈으면 허겁지겁 뛰어나와서 일찍 퇴근해 온 남편을 반기는 아내이다. 신발 끄는 소리가 나더니 대문 손잡이가 달그락달그락 움직인다.

"뭘 꾸물거리는 거야?"

신경질이 났다는 것을 아내에게 확인시키기 위해서 나는 이렇게 소리를 질렀다. 문이 빠끔히 열린다. 아내의 조그만 얼굴이 밖으로 나와서 골목 안팎을 재빨리 살핀다.

"빨랑 들어오셔요."

"왜 이래? 무슨 큰 죄라도 진 사람 같군!"

"있잖아요, 빨랑빨랑."

내가 간신히 들어갈 만큼의 간격으로 대문을 빠끔히 열었다가 도로 닫는다. 마루문을 활짝 열어젖히고 안으로 들어가서 우선 담배를 한 대 꼬나물었다.

"있잖아요, 글쎄. 이 구역이 모두 철거된대요. 있잖아요, 우리는 어떡하면 좋지요?"

아내가 뒤따라 들어오면서 놀란 참새같이 빠른 소리로 말한다. 저녁 지금 드시겠어요? 아니 우선 뭐 마실 거나 주지, 목이 칼칼하군. 퇴근하고 돌아와서 아내와 내가 주고받는 첫마디는 언제나 이런 식이었는데 그날은 영 빗나가는 것이었다.

"어느 놈도 손 하나 까딱 못 한다. 이게 어떻게 해서 장만한 집인데, 먹고 싶고 입고 싶은 거 참아 가며 장만한 것인데 어느 고얀 놈이 헐겠다는 거냐?"

건넌방 문이 열리며 백발의 어머니가 한마디 하신다. 어머니는 이가 다 빠져 작년까지만 해도 틀니 타령을 하는 게 일과였다. 자식들을 다 키워 놓고 나니 팔다리가 아파서 가고 싶은 데도 마음대로 못 가고 이가 없으니 먹고 싶은 것도 맘대로 먹지 못한다고 늘 아들 며느리에게 서운함을 나타냈다. 작년 가을에 아내가 나도 모르게 들었던 작은 계를 탔다고 어머니 틀니를 해 드리려 할 때 뜻밖에도 어머니는 한사코 사양을 하셨다.

집을 장만할 때까지는 가외로 돈을 들이면 안 된다는 말씀이었는데, 은행집이나마 버젓한 새 집을 사서 든 다음에는 어서 은행 빚을 갚아야지 틀니는 무슨 틀니냐고 당신 쪽에서 먼저 발뺌을 하셨다. 은행에 돈을 넣는 날이 다가오면 어머니께서 미리미리 며느리에게 독촉을 하시고 하루에도 몇 번씩 마당을 쓸고 마루를 닦고, 아내 말에 의하면 너무 극성이시어서 민망

할 지경이라는 것이다. 집에 대한 집착과 애정이 이 정도인데 집이 헐리느니 뭐니 하는 소리가 들리니 어머니께서는 천지가 무너지는 것 같은 것이다.

"낭설이겠지요. 버젓이 등기도 돼 있고 은행 융자도 받았는데 철거를 시키겠어요? 어머님은 걱정 마시고 편히 계세요."

"아무렴, 네가 있으니까 나는 아무 걱정도 안 하겠다만."

"그런데 여보, 어디서 그런 소문을 들었소?"

대문 쪽을 흘긋흘긋 내다보고 있던 아내는 내가 이렇게 말하자 화닥닥 놀라며 돌아앉는다.

"방송을 했단 말예요!"

"뭐, 방송을 했어?"

"가두방송을 했단 말예요. 아침 일찍 했어요. 당신이 출근하고 나서 두 시간쯤 후였으니까요."

"이거 심상치 않은데. 왜 내게 전화를 안 했지? 철거하는 이유가 뭐래?"

"통화 중이어서 연락을 할 수 있어야죠. 다른 집은 지금 어떻게 하고 있는지 알아요? 자기 집만이라도 철거되는 것을 막아 보겠다고 이리 뛰고 저리 뛰고 야단인데……. 우리는 꼼짝없이 당하고 말겠어요."

"이리 뛰고 저리 뛴다?"

나는 입맛이 씁쓸해져 왔다. 아내는 대문 쪽을 연신 두리번거리면서 노마가 나가려고 해도 쉬쉬 하며 방에다 가두다시피

한다.

"당신은 정말 어쩌면 그렇게 무관심할 수 있어요? 주유소 뒤에 있는 큰 집도 못 봤나요? 2층집 말예요. 벽에 돌을 붙이고 담이 높은 집 있잖아요."

"개를 열두 마리나 키운다는 집? 그 집은 왜 들먹여?"

우리 구역 입구 도로변에 있는 주유소는 그 규모가 변두리에 있는 주유소답지 않게 웅장하다. 석유회사 깃발을 높이 게양하고 넓은 사무실 앞에 주유기가 열 개도 넘고 그 앞으로는 분수가 치솟고 정원에는 아름다운 정원수가 가꾸어져 있다. 우리 구역 앞을 지나는 도로는 멀리 한강을 건너 하이웨이로 통하는 6차선의 도로이다. 통행하는 차량도 건축 기재를 실어 나르는 화물 트럭이 대부분이다. 교통량이 그렇게 많은 편은 아니지만 앞으로 도로 양쪽으로 신흥 주택지가 조성되면 버스 노선도 불어날 것이어서 그 주유소의 웅장한 규모는 장래를 내다본 계획에서 비롯된 것임이 확실하다.

주유소 바로 뒤에 2층 양옥이 들어선 것은 우리가 집을 분양받으려고 이 구역을 들락날락하던 지난가을이었던 것 같은데, 두서너 달 후 우리가 이사를 올 무렵에는 벌써 완공되어 위풍당당한 기세로 우뚝 서서 덜컹거리는 삼륜차에 자질구레한 짐을 싣고 은행집으로 오는 우리들을 내려다보고 있었다. 참으로 크게 잘 지은 집이었다. 은행집 열 채를 합쳐 놓은 것만 했다. 주유소 주인의 집이라는 소문이었는데 그 집에 사는 사람을 우리는 한 번도 만난 적이 없다. 밤늦게 퇴근해 오다가 그 집 담 밑을 지날 때는 공연히 가슴이 덜컥 내려앉아 어깨가 옴츠러드는 것을 우리 구역에 사는 사람들은 누구나 경험했을 것이었다. 이런 기분은 웬만한 사람이면 흔히 느껴 보았을지도 모른다. 전세방을 얻으려고 이 골목 저 골목을 기웃거려 본 사람이나, 적은 돈으로 집을 장만해 볼까 하고 이 동네 저 동네를 쏘다닌 사람이라면 말이다.

그 집에는 개를 여러 마리 키우고 있었다. 사납게 생긴 불독도 있고 애완용 개도 있어서 그 집 앞을 지날 때면 으르렁거리는 개 소리를 들을 때도 있고 대문 옆 조그만 샛문이 열려 있을 때 지나다가 흘끔 들여다보면 잔디가 깔린 마당에서 애완용 개들이 이리저리 뛰는 모습을 이따금 볼 때도 있다. 고기반찬을 먹는 개가 열두 마리나 된다는 이야기는 은행집에 사는 사람들을 불시에 맥 풀리게 하는 구실을 해 왔다.

"이 동네 집을 모두 철거하고 그 집 같은 2층 양옥이 쭉 들어선대요."

부엌에서 나오며 아내는 심각한 표정으로 말했다.

"그 집 주인이 아주 유력한 분이래요. 수입도 굉장히 많고요, 아주 힘이 세대요. 자가용도 여러 대고, 글쎄 개가 열두 마리나 되는 걸 봐요. 빵, 계란, 수프, 야채, 고기, 생선, 글쎄 이런 것만 먹여야 되는 고급 개들이래요. 그 집 주인이 이 구역을 모두 철거시킨대요……."

집이 철거될까 봐 안절부절못하는 어머니와 아내 앞에서 가장인 나는 태연자약해져야 한다고 믿었다. 주유소 경영자가 우리 구역의 집을 모두 철거시키고 그 자리에 2층 양옥을 지어서 외국 관광객 민박촌을 조성한다는 아내의 얘기를 듣고 나도 가슴이 섬뜩해졌으나 나는 허세로라도 태연하게 그것은 낭설이라고 일축하고 담배를 피워 물었다. 입맛이 썼다.

우리가 사는 구역 뒤쪽은 숲이 무성한 야산이어서, 공기도 맑고 풍경도 좋았다. 야산의 이마로는 띠를 두른 것같이 돌담이 쌓여져 있는 데 조선 때 축성한 성곽이다. 돌담은 몇 겹의 이끼가 끼어 검은빛을 띠고 있고 드문드문 화살을 쏘는 전안이 뚫려 있다. 서울 변두리라고 하면 대개가 황토벌이나 사암으로 뒤덮인 살풍경한 곳이지만 우리 구역은 늦게 개발이 된 탓인지 야산에 나무도 많고 옛 성곽도 있고 하여, 주택이 들어서기 전에 건축업자가 관광호텔을 지으려고 했다는 이야기는 이사 오기 전에 분양 사무소에서 들은 바 있다. 그렇다면 이 구역의 집을 철거하고 2층 양옥을 건축하여 잘 사는 사람들을 입주시켜서 관광객 민박촌을 삼는다는 소문은 과연 그럴 듯한 구석이 있다. 나는 마음이 뒤숭숭해졌다.

"어느 기관에서 가두방송을 한 거야?"

"동회에서, 있잖아요, 방송을 했어요. 민박촌을 건설하기 위해서 이미 들어선 주택을 철거하게 됐다고요. 주민들이 협조해 달라구요."

아내의 말에 있잖아요가 들어가면 그만큼 정신을 못 차릴 정도로 마음이 산란하고 감정이 고조돼 있다는 증거이다.

"동회에서 가두방송을 했다구? 가만있자, 나 좀 나갔다가 오지."

나는 저녁 식사를 마치고 밖으로 나왔다. 대문을 쾅 닫았다. 철제 대문은 요란한 소리를 내며, 다시는 내 앞에서 열리지 않겠다는 듯이 단호하게 닫혔다. 밖에 나오자 어디로 가려고 내가 나왔는지를 잠시 망설였다. 골목 끝까지 천천히 걸어 나갔다. 외등이 없는 골목은 기분 나쁘게 어두컴컴하였고 양쪽으로 늘어선 집들의 대문이 제풀에 삐걱거리는 소리도 기분 좋지 않았다. 골목 어귀에서 밖을 내다보았다. 도로까지는 20여 미터의 공터였는데 블록을 찍기 위해 실어다 놓은 모래가 큰 무덤같이 앞을 가렸다.

골목 밖으로 나왔다. 모래무덤을 돌아 나는 주유소 뒤에 우뚝 선 기세당당한 2층 양옥을 바라다보았다. 담이 높아서 집 안의 불빛도 보이지 않았다. 주유소의 외등을 받고 서 있는 2층 양옥은 거무튀튀한 거인처럼 나를 압도해 왔다. 도로 건너편에 있는 동회에 가서 자세한 내용을 알아보리라고 마음먹었다. 뒤미처 그날이 토요일이라는 생각이 났다. 직원들이 모두 퇴근을 했을 것이었다.

나는 골목 안으로 다시 돌아와서 어귀에서 두 번째 집 대문을 두드렸다. 출근길에서 만난 적이 여러 번 있는 김 씨의 집이었다. 김 씨는 나보다 나이는 조금 위인 듯하고 아주 호인풍의 사내인데 도매 시장에서 피복류를 취급하는 사내이다. 그의 말에 의하면 지난해에 한밑천 잡아서 오백만 원짜리 저택을 샀다가 몇 달 후에 사건이 생겨서 집을 몽땅 팔아서 털어 넣고 은행집 신세가 됐다는 것인데 곧 다시 한밑천 잡을 것 같다는 것이다. 출판사 영업부 직원으로서 야근 수당 몇천 원까지 꼬박꼬박 아내에게 가져다주는 나 같은 위인으로서는 도저히 짐작도 못 할 활달한 위인이다. 그를 만나면 무슨 속 시원한 이야기라도 들을 수 있으리라는 희망에서 나는 대문을 쾅쾅 두드렸다.

"어마, 노마 아빠 아니세요?"

김 씨 부인이 대문을 열며, 내가 대문을 두드린 이유를 다 안다는 듯이 아래위를 훑어본다.

"김 선생 들어오셨습니까? 만나서 할 이야기가 있어서요."

"앞집 박 씨랑 동회에 갔어요. 따져 봐야겠다고요……."

김 씨 부인에게 인사를 하는 둥 마는 둥 하고 나는 골목 밖으로 뛰어나왔다.

내가 동회에 도착했을 때 김 씨와 박 씨는 숙직 직원의 멱살을 잡고 한창 실랑이를 벌이는 중이었다.

"가두방송을 한 놈이 누구야? 눈에 보이는 게 없나?"

김 씨가 소매를 걷어붙이고 눈을 부라렸다. 몸집이 작은 동회 직원은 눈이 휘둥그레졌다.

"나는 모르는 얘기올시다. 오늘 하루 종일 오물세를 징수하러 갔다가 조금 전에 돌아왔으니까요."

"오 형도 오셨군. 이런 빌어먹을 일이 있나……"

김 씨는 직원의 멱살을 놓고 그제서야 나를 보고 고개를 끄덕인다.

"주택을 철거하고 민박촌을 건설한다는 게 정말이랍니까?"

"분명히 방송을 했다는군요. 무슨 영문인지는 몰라도 그냥 순순히 물러서면 안 됩니다. 어느 놈이 기관에 줄을 대고 야료를 부리는가 본데 이럴 때일수록 우리가 똘똘 뭉쳐야 해요."

김 씨는 가래침을 탁탁 뱉으며 씨근거린다. 동회 숙직 직원은 우리들의 기세에 눌려 아무 소리 못 하고 서 있다. 나는 담배를 피워 물면서 사무실을 휘 둘러보았다. 혼분식 장려에 관한 담화문, 시정 방침, 새마을 운동 등의 포스터가 가지런히 붙었고 그 옆으로는 각종 그래프와 사진들이 전시되어 있다. 나는 지난봄 선거 때 투표를 하러 동회에 꼭 한 번 와 본 적이 있다. 전입 신고니 뭐니 하는 것은 아내가 도맡아서 하기 때문에 나는 동회에 올 일이라곤 없다.

"주택을 철거한다는 것은 모른다손 치더라도, 그러면 민박촌 건설에 대한 이야기는 들었소?"

김 씨가 심문하듯 말한다. 직원은 전혀 자신이 없다는 시늉으로 얼굴을 찡긋해 보인다.

"글쎄요, 제 담당이 아니라서 잘 모르겠습니다."

"주유소 주인이 하는 짓이라던데요?

내가 조심스럽게 한 마디 끼어들었다.

"주유소 주인이요?"

직원은 웬일인지 주유소 주인이라는 말이 나오자 움찔하는 것 같았다. 우리 구역에 사는 모든 주민들은 2층 양옥에 산다는 주유소 주인을 한 번도 본 적이 없다.

"글쎄요, 동회에서도 잘 모르겠어요."

직원은 더 이상 무슨 말을 하면 누가 입을 틀어막기라도 하는 듯한 표정이 되어 더 이상 입을 열지 않았다.

"소문에 의하면 주유소를 경영하는 2층 양옥집 주인이 뒤에서 조종한답디다. 그 사람이 도대체 누구요?"

김 씨가 이렇게 물어도 직원은 꿀 먹은 벙어리였다. 사무실 벽에 걸린 시계가 아홉 시를 쳤다. 나와 박 씨는 길 건너 오른편에 있는 주유소를 잠시 바라보았다. 사무실 앞에 화물 트럭이 여러 대 서서 급유를 받는 모습이 환하게 보였다. 주요소 사무실은 네 벽이 모두 유리로 되어 있어서 그 안에서 움직이는 사람들의 모습도 똑똑히 보였다. 전화를 받는 사람도 있고, 테이블에 마주 앉아 있는 사람도 보이고, 밖에는 호스를 들고 돌아다니는 직원들의 분주한 모습도 보였다. 다른 곳은 어둠에 싸인 채 주유소와 주유소 뒤에 우뚝 선 양옥만이 숨을 벌떡벌떡 쉬면서 서 있었다. 아크릴 간판과 외등의 불빛을 받아 번들번들하게 광채를 내면서 서 있어서 흡사 근육을 시위하는 거인처럼 당당해 보이는 것이다.

우리 구역을 철거시키고 그 자리에 양옥을 지으려는 자가 주유소 주인이라는 소문이 파다했지만, 그 소문의 진상을 규명한다거나 그자를 만나서 항의를 한다는 일은 아무도 생각해 내지 못했다. 그런 일은 우리 힘으로는 감히 생심도 낼 수 없었던 것이다. 2층 양옥의 높다란 담 밑을 지나기만 해도 등골이 서늘해지고, 이제 다섯 달밖에 상환을 못 한 은행 융자금 불입 통장의 무수한 빈칸에 우리는 옴짝달싹 못 하고 갇혀 있었던 것이다. 오물세를 받는 데는 강한 동회 직원도 주유소 주인 이야기가 나오자 쓰다 달다 말 한마디 못 하고 엉거주춤한 자세로 손바닥만 비벼 댔다.

이십 년이면 이백사십 개월. 앞으로도 이백삼십오 개월 동안 은행 융자를 까 나가야 하는 우리들이다. 내 나이가 지금 서른이니까 꼭 쉰 살까지 은행 융자를 갚아야만 온전한 내 집이 될 수 있는 것이다. 건평 십팔 평 삼 홉, 대지 이십사 평 이 홉 오 작. 이 작은 주택이 나의 소유가 되려면 이십 년 후, 내가 드디어 반백이 되어야 하는 것이다. 오줌도 못 가리는 우리 노마가 스물세 살이 되는 것이다!

우리는 동회에서 나와 길을 건넜다. 길옆에는 미곡 상회, 전기 상회, 가구점이 나란히 있고 그 뒤쪽으로 벽돌을 쌓아 올려 임시로 만든 술집이 있다. 누구의 제의랄 것도 없이 우리는 술집으로 들어갔다. 노동자 차림의 사내 몇이 모여 소주를 마시다가 우리를 보자 우리의 허름허름한 차림으로 보아 동료 의식이 드는 모양으로 그저 시큰둥하게 손을 흔들었다. 주인 사내가 소주병 마개를 따면서 한숨을 푹 내쉰다.

"다 철거시킨다니 이제 이 장사도 며칠 못 가서 끝장이라우. 딸린 것은 많은데 막막하다우."

"빌어먹을……. 언제 철거한답니까?"

박 씨가 소주를 입안에 붓고 나서 묻는다.

"오늘 낮에 동회 직원이랑 순경이 와서 딱딱거리고 갔으니까요……."

우리들은 얼큰하도록 마셨다. 마시는 도중에 주로 김 씨 혼자서 떠들었는데 그는 술이 들어갈수록 의기양양해지는 것 같았다. 박 씨와 나는 술이 들어갈수록 의기소침해져서 얼른 집으로 들어가 불을 끄고 누워 천장을 쳐다보며 잠들고 싶었다.

이튿날은 일요일, 융자를 받은 은행에 전화를 걸어도 받지를 않았다. 등기소에 알아보려고 해도 마찬가지였다. 다른 일요일 같으면 골목이 떠들썩하고, 부인들이 대문을 활짝 열어 놓고 대문 앞에 앉아서 서로 마주 보며 콩 볶듯이 잡담을 하다가, 애애 골목 밖에 나가서 놀아라, 아빠 낮잠 주무시지 않니, 아이참 저 애는 짓궂어서 야단났어요, 하며 건성으로 소리를 지르고, 시장바구니를 들고 들락날락하며 모두들 자기 남편들이 안방에 떠억 누워 있다는 사실 하나만으로 신바람이 날 터인데 그날 일요일의 우리 구역 골목은 철시를 한 시장 골목처럼 한산

했다. 내가 화장실에서 나와 대문을 열고 골목을 내다보자 골목 어귀로 접어들던 행상이 멈칫하더니 돌아서서 나가는 모습이 보였다. 골목 분위기가 스산하니까 선뜻 들어서기가 이상한 모양이었다.

안으로 들어오려다가 나는 대문 위에 붙은 문패를 보고 멈칫 놀랐다. 이상한 일이었다. 분명히 내 이름 석 자가 단정하게 벼루만 한 나무쪽에 써붙여진 것이었다. 〈가미동 산 395의 38〉이라는 지번이 작게 쓰이고 그 왼편에 큼직하게 〈오인근〉이라고 썼다. 나는 웬일인지 코허리가 찡해지는 걸 느끼면서 얼굴이 확 달아올랐다. 오랜만에 보는 아내의 글씨였다. 다른 집 대문에는 모두 문패가 붙었는데 우리 집에도 문패를 붙이자고 아내가 말한 것은 이 집으로 이사 온 며칠 뒤였다. 문패를 안 붙이면 우리 집인 줄 모르겠느냐고 내가 그녀의 의견에 반대를 하자 좀 서운한 눈치였지만 더 이상 그런 말을 꺼내지 않은 아내였다.

"어떤 기분인지 모르시죠? 꼭 남이 사는 집에 들어오는 것처럼 늘 서먹서먹해요."

아내가 이사 온 뒤에 이렇게 말한 적도 있었다. 하지만, 나는 대문에 문패를 붙이는 것처럼 우스운 것이 없다고 생각한다. 뭐가 잘난 이름이라고 대문에다가 내다 붙이는지 모를 일이다. 전세방을 구하러 다닐 때나 은행집을 분양받으려고 이 골목 저 골목을 기웃기웃하며 다닐 때 집집마다 붙어 있는 문패를 볼 때마다 나는 늘 우스운 생각이 들곤 했다. 그러나 내 이름이 단정하게 쓰인 문패를 보면서 우습기는커녕 코허리가 찡해질 만큼 비장한 생각이 들었다. 집이 모두 철거된다는 불길한 소문이 쫙 퍼지자 아내는 연탄가스에 중독된 사람이 문고리를 잡는 심정으로 문패를 써 붙였을 것이다. 합법적인 이유가 없이 막무가내로 집이 헐려 버려도 어쩔 수 없는 무력한 남편의 이름을 내 아내는 밖에 내어 건 것이다.

"왜요? 무슨 일이 있어요?"

대문을 열어 논 채로 밖에 서 있는 나를 보고 아내가 꺼져 들어가는 목소리로 물었다. 나는 안으로 들어서면서 아무 일도 없다는 시늉을 했다. 아내는 지금 당장 철거 작업을 하는 인부들이 골목으로 들이닥치고 있는 줄 생각한 모양이다.

"문을 아주 잠가 버려요."

문을 잠근다고 해결될 문제가 아니라는 걸 아내도 알고 있을 것이다. 문패를 붙인다고 해서 해결될 문제가 아니라는 것도 그녀는 알고 있을 것이었다. 아내의 말대로 나는 문을 안에서 잠갔다.

"문패 보셨지요? 어젯밤에 제가 만들었어요. 문패가 떠억 붙어 있으면 함부로 손을 대지는 못할 거예요."

아내에게 나는 부끄럽다. 무력한 남편의 이름 석 자를 밖에 내다 건 아내의 착한 어리석음 앞에 부끄럽다는 생각이 들어서 속이 편치 못하였다.

"주택을 철거한다는 소문은 뜬소문이더냐?"

마루문의 먼지를 털고 계시던 어머니가 물으셨다. 일을 곧 해결할 듯이 지난밤에 휑하니 밖으로 나갔다가 늦게 돌아온 아들을 어머니는 믿으신다. 아들의 힘을 믿으시는 것이다. 하지만 어젯밤에 밖에 나가서 내가 해결한 문제는 아무것도 없었다.

"네, 잘 되겠지요, 뭐."

나는 마루로 올라서며 태연하게 대꾸했다. 내 마음속에는 어서 그날 하루가 지나가기를 바라는 심정뿐이었다. 융자를 받은 은행에 문의해 보든가 등기소에 문의를 해 보면 소문의 진상을 알 수 있을 것이다. 어서 월요일 아침이 되기만을 기다리는 수밖에 나는 별다른 궁리를 못 했다.

월요일 아침을 기다리는 나에게 기어코 두려워하고 있는 사건이 밀어닥쳤다. 뜬소문이겠지, 설마 버젓하게 지은 주택을 헐어 버리겠느냐고 자위를 하고 있던 나는 더 이상 그런 자위만으로는 버틸 수 없는 궁지에 몰리게 되었다. 점심때가 채 못 되어서였다. 골목에서 갑자기 왁자지껄한 소란이 벌어졌던 것이다.

"기어코 그놈들이 몰려왔나 봐요! 있잖아요, 어떡하면 좋지요? 아침에 대문을 꼭 잠갔지요?"

아내는 맹수에 놀란 미성년자처럼 나에게 매달리다시피 했다. 나도 얼굴이 딱 굳어졌다. 대문을 열고 밖으로 나가면서도 가슴은 계속해서 두근거렸으나 나만 쳐다보는 식구들 앞에서 비겁해진다거나 흰 깃발을 들 수는 없다고 굳게 마음먹었다. 골목 어귀 쪽에 모여 있는 사람들은 모두 우리 구역 주민들이었다. 웅성웅성하는 사이로 격앙된 소리가 들렸다. 나도 가까이 가서 그들 틈에 끼었다.

"저런 몹쓸 놈들 같으니! 이게 글쎄 무슨 날벼락이람!"

"전기 상회도 헐리는군! 저런 행패를 보고만 있어야 되다니!"

"자 여러분, 우리 집을 우리 손으로 지킵시다. 골목을 꽉 막아섰다가 저들이 몰려오면 한바탕 묵사발을 안겨 기어가지도 못하게 합시다."

김 씨가 소매를 걷어붙이며 주민들의 분노를 규합했다. 그럽시다, 그럽시다, 그럽시다 하는 소리가 우렁차게 토해졌다. 도로변에 서 있는 술집과 전기 상회와 복덕방들이 철거되고 있는 아수라장이 20여 미터 앞에서 전개되고 있는 중이었다. 비켜나세요! 비켜나세요! 하는 휴대용 스피커 소리가 우당탕탕하는 잡음과 함께 들려왔다.

무허가 건물 철거 작업을 할 때는 으레 기동 경찰이 경비를 담당하는 법이다. 아마 그 스피커 소리는 경비 임무를 맡은 자들의 것일 것이다. 건물을 철거하는 인부들은 노란 헬멧을 썼는데 스무 명 남짓 되는 숫자로 어림되었다. 도로를 달려가는 차량들은 클랙슨을 뻥뻥 울리며 철거 작업 현장 앞을 지날 때는 속력을 늦추었다가 다시 질주해 갔다.

우리 구역의 주민들은 골목 어귀에 모여서서 오랫동안 철거 현장을 주시하고 있을 뿐이었다.

"주유소 주인의 정체가 뭐야?"

누가 느닷없이 이 말을 꺼내자 웅성웅성하던 주민들이 갑자기 조용해진다. 나도 무심결에 주유소 쪽을 건너다보았다. 2층 양옥은 밝은 햇살을 받아 어느 때보다도 당당한 모습으로 의연히 서 있었다. 2층 양옥을 한동안 바라보고 있으면 거대한 집더미가 꿈틀꿈틀 움직이며 벌떡 일어서서 성큼성큼 다가오는 듯한 착각이 일어난다. 이런 착각이 일어날 때마다 몸서리를 치게 되는 우리 구역의 주민들이다.

"얼굴도 한 번 못 봤는데 알 게 뭐람!"

"휴우⋯⋯."

누가 한숨을 길게 내쉬었다. 우리 구역을 모두 철거하고 2층 양옥을 세운다고 하는 그 사람의 정체를 우리가 알아냈다고 해서 무슨 소용이냐는 뜻의 한숨 소리가 나오자 주민들은 다시 눈을 돌려 철거 작업을 하는 광경을 주시하게 되었다. 엊저녁에 김 씨와 함께 들렀던 술집이 막 헐리는 중이었다. 그 술집은 축조가 제대로 된 건축물이 아니므로 눈 깜짝할 사이에 폭삭 주저앉아 버렸다.

점심때가 훨씬 지나도록 작업이 계속되었다. 우리들은 손에 땀을 쥐고 그들이 몰려올 시간을 기다리며 골목을 지키고 있었다.

　결혼한 지 5년 만에 나는 오십만 원을 모았다. 결혼할 당시에 어머니와 나는 십만 원짜리 셋방에 살고 있었는데, 결혼을 하게 되자 그 방에 아내가 들어와서 같이 살았다. 눈에 핏발이 설 정도로 열심히 교정을 봐도 그날그날 지탱하기가 어려운 내 살림이었다. 이듬해 영업부로 옮기면서 형편이 좀 나아지자 아내는 이를 악물고 저축을 해서 그나마 5년이 지난 지금 오십만 원이란 돈을 만지게 된 내 주제이다. 방세 십만 원을 뽑아 보태고 십만 원짜리 계를 들어 먼지 타서 보태고 해서, 칠십만 원을 장만하여 은행집을 분양받았다. 부끄러운 이야기지만, 그야말로 피눈물 나는 인내로 장만한 집인데, 불시에 철거된다니 앞이 캄캄했다. 뜬소문이 아니라, 지금 당장에 인부들이 우르르 몰려들어 때리고 부수고 할 판이다.

　"이렇게 우두커니 있을 게 아니라, 자! 우리 몇 명이서 미리 선수를 치는 게 어때요?"

　김 씨가 이렇게 말하며 두리번거렸다. 작업 현장으로 가서 그들을 몰아내자는 기세등등한 제안에 주민들은 후닥닥 놀라서 한 발자국 물러서는 기분이 되었다.

　"자, 꾸물대지 말고. 오 형 나오시오. 박 선생도 나오시고, 최 영감님도 가십시다!"

　그에게 지명받은 사람들이 엉거주춤하게 앞으로 나섰다. 그들을 따라나서며 뒤를 돌아보다가 어머니와 아내의 얼굴과 딱

마주쳤다. 나는 이를 꽉 깨물고 김 씨와 함께 앞장서서 걸어 나
갔다.

우리가 가까이 갔을 때 인부들은 헬멧을 벗어서 깔고 앉아
휴식하는 중이었다. 휴대용 스피커를 든 정복 경관은 양복을
입은 사내와 마주 서서 담배를 피우고 섰다가 우리들이 가까
이 가자 이상하게도 아무런 반응을 보이지 않았다. 접근하지
말라고 고함을 칠 것 같았는데 그들은 의외로 무관심한 표정
으로 우리를 멀끔히 바라보는 것이었다.

"알겠소? 우리 구역은 절대로 손 하나 까딱 못 할 테니 그리
아시오! 은행 융자까지 받은 주택을 철거한다니 도무지 어림
반푼어치도 없다구……."

김 씨가 앞으로 쓱 나서며 이렇게 으름장을 놓았다.

"무슨 말씀이오? 뭐가 어쨌다는 거요?"

경관이 얼굴을 찌푸리며 김 씨를 마주보았다. 일촉즉발의 상
태라고 나는 생각하면서 몸을 도사렸다. 여차하면 치고받고 한
바탕 해치울 판이다.

"무슨 말씀이냐구? 야, 임마, 너 순경이면 보이는 게 없어?
집이 헐려도 말 한마디 못 하는 벙어리인 줄 알아? 멀쩡한 집
을 헐어 내고, 2층 양옥을 세워설라므네, 양코배기와 쪽발이를
초대하는 뭐라 카더라……."

최 영감이 침을 탁탁 튀기며 대들자 박 씨와 나도 합세를 하
였다. 김 씨가 순경의 멱살을 잡아 쥐고 흔들며 성난 짐승처럼

으르렁거리는 통에 휴대용 스피커가 땅바닥에 가 뒹굴고, 경관 옆에 서 있던 양복을 입은 사내의 넥타이는 우리들 손아귀에 잡혔다.

"도대체 왜들 이러는 거요? 공무 집행 방해로, 입건을 해야 겠소!"

"그래 돈 많아 2층 양옥에 사는 놈은 남의 집을 막 헐어 버려 도 죄가 안 되고, 제집 지키는 것은 공무 집행 방해야?"

밀고 당기고 북새통을 하자 호각 소리가 요란하게 나며 경관 들이 우르르 몰려와서 우리들을 한쪽으로 밀어붙였다. 우리들 은 악을 쓰면서 그들을 밀쳐 버리려고 했으나 막무가내였다.

"도대체 뭣 때문에 이 야단이오? 우리가 뭐 잘못한 거라도 있소? 무허가 건물을 철거하는 것은 시정 방침이오. 단속을 게 을리하면 독버섯처럼 생겨나는 게 무허가 건물이오."

김 씨에게 멱살을 잡혔던 경관이 우리들 앞으로 나서서, 손 을 휘저으면서 답답하다는 표정으로 말했다.

"이분들이 무엇을 오해하는 모양인데."

내 손아귀에 넥타이가 잡혔던 사내가 앞으로 나서며 한마디 했다.

"나는 시청에서 나온 직원이오. 도대체 당신들이 항의하는 이유가 뭐요?"

우리들은 분노와 한숨을 섞어서 그 소문을 이야기했다. 우리 들의 말을 듣고 난 경관과 시청 직원은 느닷없이 껄껄 웃었다.

그리고 그들은 동시에 말하기 시작했다.

"뜬소문이 분명합니다. 누가 들어도 뻔한 뜬소문을 가지고 이렇게 소란을 피우다니 참 기가 막힙니다. 여러분들 그만한 사리 판단은 하실 분들인데 참 이상하군요."

"글쎄 생각해 보세요. 아무리 돈이 많고 힘이 좋은 사람이라고 해도 남의 주택을 헐고 그 자리에다가 양옥을 지을 수 있어요? 우리나라는 민주 국가이고 법치 국가예요. 그런 법이 있다는 말 들은 적이 있습니까?"

없다. 듣도 보도 못했다. 시청 직원의 말을 들으며 우리들은 부끄러움과 허망함으로 갈피를 잡을 수 없었다.

"아니 그럼 어제 한 가두방송은 허위였다는 거요? 사람들이 모두 들었는데두?"

"허위로 방송을 하다니요. 여기에 관광객 민박촌을 조성한다는 것은 사실입니다. 이 도로는 서울 근교를 잇는 관광도로입니다. 이 부근이 경치도 좋고 공해도 없어서 고급주택가를 조성하려는 계획이 섰어요. 그래서 무허가 건물을 철거한다고 방송을 했던 거예요. 무허가 건물을 사용하는 분들에게 협조를 구하는 뜻도 있고 철거하기 전에 공보를 해야 할 임무도 있으니까요."

"아, 그러면 무허가 건물만 철거한다는 말씀이시우?"

"아무렴요, 도로변에 있는 건물은 모두 무허가예요."

"우리 주택은 당당히 허가가 난 건물이지, 은행 융자를 받은 건물이지."

최 영감이 그것 보라는 듯 콧수염을 옆으로 쓸며 아랫배를 쑥 내밀었다. 가두방송을 한 사람이 무허가 건물이란 말을 그냥 건물이라고 잘못 말했거나, 우리 구역 사람들이 잘못 들었거나 둘 중의 하나로 빚어진 희극치고는 우리들의 생활을 마비시킨 무서운 힘을 지니고 있는 것이었다. 우리들의 힘과 판단력을 일시에 마비시킨 독가스 같은 소문의 진상이 드러나자 우리는 부끄러움을 느꼈다. 도저히 있을 법하지도 않은 소문에 몽땅 휘말려 들게 된 원인이 무엇인가에 대하여 나는 그날 하루종일 생각해 보았던 것이다.

어머니와 아내는 집이 철거된다는 소문이 낭설임이 밝혀지자 다시 일상의 생활로 재빨리 복귀하고 있었다. 노마를 등에 업은 채로 부엌을 들락날락하는 아내, 노마가 뚫어 놓은 문구멍을 바르는 어머니.

"에미야, 언제라도 은행 돈을 잘 챙겨 넣어라. 암, 그래야지."

"네네 알았어요. 어제오늘은 십년감수 했어요. 청천벽력이라더니 정말……. 당신, 수고하셨어요. 좋아하시는 지짐이를 해 놓을 테니 한숨 주무세요."

아내의 이런 말을 들으며 나는 정말 잠이 들었다. 개꿈도 꾸지 않았다. 잠에서 깨었을 때는 이미 어두워진 후였다. 저녁상에는 지짐이가 한 접시 놓이고 소주도 한 병 올라와 있었다. 술을 몇 잔 마시면서도, 도대체 우리를 분노와 절망으로 휩싸이게 했던 그 소문에 대한 생각뿐이었다.

그러한 허황한 소문에 아무런 저항도 못 하고 우리들이 꼼짝없이 압도당하여 질식당할 뻔한 원인이 무엇일까를 곰곰이 생각했다. 기세당당한 김 씨도 표면적으로는 그 소문에 항거했지만 결국 그것에 휘말려든 것은 마찬가지였다는 생각을 하자 쓴웃음이 나왔다.

저녁상을 물리고 술병과 잔을 앞에 놓고 앉아서 이런저런 생각을 하고 있는데 뜰에서 인기척이 들렸다.

"오 형."

김 씨의 목소리였다. 박 씨도 함께였다. 그들은 마루에 걸터앉아 술잔을 받았다. 그들도 이미 나만큼 주기가 올라 있었다. 그들도 나와 똑같은 생각을 하면서 술을 마셨으리라는 생각을 하자 나는 기분이 비로소 유쾌해졌다.

"오늘 하루는 아주 뜻깊은 날이죠?"

박 씨가 빙그레 웃으며 나를 건너다보았다.

"암, 의미심장한 날이지. 그런데 이것 봐요."

김 씨가 무슨 재미난 얘깃거리라도 있다는 시늉으로 눈을 찡긋하며 나와 박 씨를 쿡 찔렀다.

"거기 한 번 가 보지 않겠소?"

"어디 말이오?"

"우리를 마비시킨 놈을 만나러 가지 않겠소?"

이렇게 말하며 김 씨는 손가락으로 자기 머리통을 쿡쿡 찔렀다. 그렇다. 이들도 나와 똑같은 생각을 하고 있었음에 틀림없다. 그렇게 허황한 소문에 꼼짝없이 휘말려 들게 만든 원인이 어디 있는가. 우리의 판단력을 마비시킨 원인이 무엇인가에 대하여 곰곰이 따져 보았음이 틀림없었다.

우리는 밖으로 나왔다. 골목에 가득한 어둠도 지난 밤처럼 무섭지는 않았다. 우리들이 꾸민 음모를 감싸 주는 어둠이었다. 우리들의 방향은 서로 다짐은 하지 않았지만 확정되어 있었던 것이다. 주유소에 잇대어서 있는 2층 양옥 앞에까지 와서 우리들은 잠시 그 집을 휘돌아보았다. 집 안은 조용했다.

담이 워낙 높아서 안의 동정은 살필 수가 없었다. 굳게 닫힌 문으로 불빛이 새어 나오고 있었다. 초인종을 찾느라고 대문 위를 더듬거려 보았으나 찾을 수가 없었다. 대문을 쾅쾅 두드렸다. 캥캥, 으르렁으르렁, 쨍쨍 하는 개 짖는 소리가 일제히 떠나갈 듯이 달려 나왔다.

우리는 힘을 합하여 대문을 세게, 점점 세게 두드려 댔다. 아무런 인기척도 없었다.

"담을 넘어서 들어갈까요."

박 씨가 침착한 목소리로 속삭였다. 대문을 쾅쾅 두드리고 개가 우르르 짖고, 조용하던 집이 떠들썩해지자 두근거리던 가슴도 가라앉고 이상하게 대담해지고 있었다.

"우리들하고는 상대를 않겠다 이건가?"

이렇게 말하는 내 목소리도 당당했다. 2층 양옥의 높은 담

밑을 지날 때마다 등골이 오싹해지고 어깨가 납작해질 때의 기분과는 판이한 감정이 파도처럼 부풀어 올랐다. 분노와 희열이 뒤범벅된 그런 상태에서 우리들은 담을 넘어서 안으로 들어갔다. 잠입이 아니라 침략의 자세로 당당하게 그 집을 점령했던 것이다.

집안은 상상하던 대로 드넓었다. 잔디밭과 정원수, 담 밑으로 흩어져 있는 정원석, 마당 복판에는 분수가 낮게 오르며 물소리를 내고 있었다. 우리들이 마당에 버티고 서서 헛기침을 크게 해도 집에서는 누구 하나 거들떠보지도 않았다. 그러고 보니 실내는 모두 불이 꺼지고 캄캄하였다.

"주인 계시오? 한동네 사람끼리 인사나 하고 지냅시다그려!"

김 씨가 거드름을 피우며 발을 딱딱 굴러 댔다. 요란하게 짖던 개들은 우리의 기세당당함에 기가 죽었는지 꼬리를 내리고 우리 주위를 어슬렁어슬렁 돌며 흥흥거리고 냄새를 맡았다.

"아무도 없소?"

"얼굴 좀 봅시다. 안 나오면 우리가 들어가겠소!"

그래도 안에서는 꿀 먹은 벙어리였다. 현관문을 드르륵 열었다. 그래도 아무런 기척이 없었다. 스위치를 찾아 전등을 켰다. 갑자기 집안 전체가 눈부시게 밝아졌다.

"정말 안 나오겠소?"

"끌어내서라도 만나봐야겠군."

우리들은 방문을 있는 대로 열어젖혔다. 텅 빈 방이었다. 2층으로 뛰어올라가서도 우리들은 똑같은 난동을 서슴없이 부렸다. 집 안이 텅텅 비어 있었다. 사람의 그림자라고는 아무것도 없었다. 사람이 살고 있는 흔적도 없었다.

"어떻게 된 거야? 사람이 살지 않는 빈집 아닌가?"

"빈집이야. 개새끼밖에 없군. 집만 덩그러니 서 있고 사람이 없어."

"개판이군. 여태까지 우리가 속은 것 아닌가. 공연히 어깨를 옴츠리고, 이놈의 집을 보기만 해도 기가 죽었으니 참 더럽군."

개떼들이 몰려다니며 실내의 이 구석 저 구석에 코를 박으며 낑낑거리다가 우리가 마당으로 나오자 개떼들도 우르르 몰려나와서 꼬리를 흔들며 발밑에 엎드리기도 하고 주위를 맴돌기도 한다.

우리가 발소리를 죽여 가며 이 집 옆을 지나기라도 하면 끓어오르듯이 짖으며 적의를 뿜던 개들이, 이제는 우리 같은 침입자들에게 무릎을 꿇는다. 우리가 만나려던 주인은 호화 주택을 짓고 막 이사를 오려다가 무슨 사건이 터지는 통에 못 오고 집을 아주 비워 둘 수도 없어서 개를 여러 마리 넣어서 집을 지키게 하고 개를 돌봐 주는 노파가 이따금 와서 먹이를 주고 있다는 사실을 안 것은, 우리가 그 집 대문을 떠억 열어젖히고 늠름하게 나와서 곧 주인이 바뀌게 된다는 주유소 사무실에 들러서였다.

우리들이 히죽히죽 웃으며, 칠십만 원 융자금을 앞으로 이백

삼십오 개월 동안, 머리가 반백이 될 때까지 꼬박꼬박 물어야 되는 집으로 돌아오며 2층 양옥을 다시 돌아보았을 때, 그 집은 어깨를 납작 움츠리고 볼품없는 빈집이 되어 있었다.

(문학사상, 1973)

아이 앰 어 보이

지금 비금이는 퇴원을 하고 곧바로 이발소로 돌아가는 길. 아직도 왼쪽 다리가 쿡쿡 쑤셔서 천천히 발걸음을 옮긴다. 네거리 건널목에서 빨간 신호등이 꺼지기를 기다리고 있는 시민들 틈에 섞이는 비금이는 오버 코트도 점퍼도 입지 않았으나 그다지 추운 줄도 모른다. 왼쪽 다리는 통증으로 꽉 차 있지만 그의 마음은 지금 남모를 기쁨으로 가득하다.

비금이의 남모를 기쁨은, 지금 그의 왼쪽 바지 주머니에 든 빠닥빠닥하는 지폐가 가져다준 것, 일금 오천 원. 여우털과 토끼털을 목에 두른, 여우같이 생긴 부인과 토끼같이 생긴 아가씨가 비금이를 눈길로 내려깐다. 크리스마스와 정초에 야금야금 받아 놓은 선물 교환권을 가지고 현품을 찾으러 가는 여우같은 부인의 눈에 비금이 같은 초라한 녀석이야 잘 뜨일 리도 없고 살롱에 앉아, 위스키 따블, 하고 손짓을 하는 토끼 같은 아가씨의 눈에, 보름 전에 교통사고를 당하여 오늘 아침까지 병원에서 입원 생활을 하다가 조금 전에 퇴원을 한, 천변에 있는 무허가 이발소에서 보름 전 교통사고를 당하기 전까지 세발을 해온 비금이 같은 녀석이 잘 뜨일 리도 없긴 하다.

그런데도 신호등이 바뀌기를 기다리는 사람들이 비금이에게 시선을 주었다가는 황급히 모멸조로 거두는 것은, 지금 비금이의 몸 전체에서 풍기는 입원실 특유의 분위기 때문. 깨끗한 입원실에서는 늘 고급 의약품 냄새가 난다. 싸구려 세탁비누의 끈적끈적한 거품과 막품팔이들의 머리칼에서 쏟아지는 희끄무레한 비듬과 온갖 오물이 흘러내리는 개천과 더불어 밤낮을 지낸 비금이로서는 보름 동안의 입원 생활을 경험 할 수 있게 된 것이 자랑거리에 속하기도 한다. 새 옷을 입은 사람이 처음 길에 나서면 그러하듯, 비금이는 퇴원을 한 후 병원문을 나서는 순간부터 모든 사람들이 자기를 부러운 눈초리로 주시하고 있다는 생각을 버릴 수가 없다.

"어, 이거 삐꿈이 아닌가?"

파란 신호등이 켜지자 비금이의 어깨를 툭 치며 들린 목소리, 비금이가 취직해 있는 광명 이발소의 단골손님인 뚱뚱이 아저씨.

"안녕하세요? 아저씨."

비금이는 내심 반가운 마음에서 이렇게 인사를 한다. 뚱뚱이는 이 말에는 대꾸도 안 하고 비금이를 아래위로 쫙 훑어보고 나서,

"이 녀석 차에 치어서 뒈졌는 줄 알았더니 멀쩡하군?"

하면서 흐흐 웃는다. 그들은 길을 건너와서 개천둑으로 치올라
간다. 오른편은 오물이 뒤범벅이 되어 얼어붙은 두미천. 개천
바닥에서 모래를 파 밀어올리는 불도저와 모래를 운반하는 덤
프트럭의 엔진 소리에 섞여 빙판을 이룬 웅덩이에서 스케이팅
을 하는 소년 소녀들의 함성이 가까워졌다 멀어졌다 한다. 둑
왼편으로는 감자누룽지처럼 더덕더덕 오그라붙은 판자촌인데
광명 이발소는 큰길에서 담배 한 대 피울 동안 둑을 치올라와
야 한다.

"많이 다치지는 않았니? 신색은 외려 좋아졌구만."

"조금 다쳤을 뿐이에요, 뭐 이젠 아무렇지도 않아요."

이렇게 대꾸하다가 비금이의 왼발이 삐죽이 솟은 돌 이마빡
에 걸려 몸이 기우뚱한다. 쿡쿡 쑤신다. 무릎 관절이 새콤새콤
하다.

보름 전, 이발소에서 쓸 세탁비누를 사려고 길을 건너가다가
택시에 부딪쳐 나동그라졌다. 병원 응급실에서 겨우 정신을 차
렸다. 가죽 잠바를 입은 운전수는 대머리가 보기 흉할 만큼 벗
겨진 사십 대 남자였고, 비금이의 치료를 맡은 담당 의사는 파
김치 같이 늙어서 무기력해 보였다. 완쾌될 때까지 치료를 해
주고 너의 직장인 광명 이발소에 가서 네 사정을 말할 테니까
크게 문제 삼지 말아 달라고 대머리 운전수는 말했다. 늙은 의
사는 2주일의 치료를 받으면 완쾌된다는 진단을 내렸다. 허벅
지에서 살 한 근이 날아갔고, 그 밖에 외상이 몇 군데. 왼쪽 다

리뼈가 아프다니까 충격을 받았기 때문이라면서 안정을 하면 낫는다고 의사는 말했다. 뒤늦게 온 교통순경과 운전수, 의사 사이에서 무슨 이야기가 오가고 비금이는 교통순경이 내어민 서류에 지장을 찍었다. 보름 동안 입원 치료를 받으며 비금이의 허벅지에는 새로 반근 정도의 살이 돋아났고 몸의 여기저기에 입은 외상도 다 아물었다. 늙은 의사는 며칠에 한 번씩 잠깐 동안 얼굴을 내밀었고 주사를 놔 주고 약을 주는 것은 간호원이었다. 병실에는 비금이 말고도 네 사람이 입원을 해 있었다.

맹장을 떼어낸 청년과 철공장에서 용접을 하다가 화상을 입은 사람. 얼굴을 붕대로 칭칭 감고 죽은 듯이 누워 있는 처녀. 경춘선 기차 소리만 들리면 아우성을 치는 노인. 비금이가 입원을 해 있는 동안에 광명 이발소 주인 최 씨가 한 번 얼굴을 내밀었고 이발사 오 씨와 면도하는 순자가 두 번 얼굴을 내밀었다.

순자는 비금이와 키는 똑같고 나이는 두 살이 많아서 열일곱 살. 이 병신아, 눈깔을 빼서 호주머니에다 넣었니? 택시에 치어서 개구리처럼 길바닥에 나자빠졌었다고 하길래 아주 죽었는 줄 알고 속이 시원하더니만…… 순자는 비금이를 보자마자 광파짐한 생김생김대로 다짜고짜 욕부터 해 대었다. 평소에도 순자와 비금이는 아옹다옹을 잘하는데 병원에 와서까지 그런 투로 대드는 건 좀 너무하다는 생각이 치밀어, 한 판 입씨름

을 벌이려고 순자의 얼굴을 쳐다보고는 싸울 생각을 그만뒀었
다. 닭똥 같은 눈물을 철철 흘리고 있는 순자를 보자 비금이는
모로 누워 버렸다. 순자가 두 번째로 비금이를 찾아왔을 때, 이
바보야 이거나 읽어 하면서 『소년 서울』을 한 권 내밀었다.

"그래 치료비는 듬뿍 울거냈냐?"

뚱뚱이 아저씨가 개천 쪽으로 오줌을 갈기며 말한다. 오줌
줄기에서 흰 김이 무럭무럭 피어올라 마치 증기를 뿜어내는
것 같다.

"치료비를 울거내다니요?"

비금이도 바지 단추를 풀고 오줌을 갈기며 개천 바닥을 내려
다본다. 개천 바닥은 연탄재와 쓰레기더미로 지저분하고 모래
를 퍼나르느라고 밀어붙여서 이미 개천 같지도 않다.

"아니, 그럼, 치료비를 한 푼도 안 받았단 말이냐?"

뚱뚱이는 눈이 휘둥그레져서 다그친다.

"보름 동안 치료를 받았잖아요?"

"쯧쯧, 굴러들어온 떡을 놓쳤구나. 이 녀석아, 내 말 좀 들어
봐라. 아, 요새가 어떤 세상인데 그래 치료만 받고 물러선단 말
이야. 차주고 운전수고 그저 박살이 나도록 우려먹어야 하는
거야."

비금이는 지금 바지 주머니에 든 오천 원을 꺼내 보일까 하
다가 그만두고 묵묵히 뚱뚱이 아저씨의 교훈을 듣는다. 지금
주머니에 든 빳빳한 오천 원은 요긴하게 쓸 데가 있다. 삼천 원

으로 영어 공부를 배우고 나머지 이천 원은…… 아직 결정을 못 내렸지만 아무튼 쓸 데가 있는데 공연히 꺼내 보였다가 냉큼 빌려 달라고 해서 채가면 큰 탈.

뚱뚱이는 천변 판자촌에서 뱃심도 가장 뚱뚱해서 남의 돈 빌려 쓰고 안 갚기, 어수룩한 놈 등치고 간 빼먹기, 초상난 데 춤추기, 불난 데 부채질하기, 해산한데 개 잡기, 우는 아이 똥 먹이기, 죄 없는 놈 뺨치기와 빚값으로 계집 뺏기, 늙은 영감 덜미 잡기, 아이 밴 아낙네 배 차기며 우물 곁에 똥 누어 놓기, 올벼 논에 물 터놓기, 잦힌 밥 흙 퍼붓기. 패는 곡식에 이삭 빼기, 논두렁에 구멍 뚫기, 애호박에 말뚝 박기, 곱사등이 엎어 놓고 밟아 주기, 똥 누는 놈 주저앉히기, 앉은뱅이 턱살치기, 옹기장수 작대치기, 면례하는데 뼈 감추기…… 이렇게 심사가 모과나무같이 뒤틀리고 동풍안개 속에 수숫잎같이 꼬였다. 뚱뚱이 아저씨에게 빳빳한 오천 원을 털리면 털린 놈만 바보다.

비금이는 바지 주머니에 손을 넣어서 돈을 꽉 잡는다. 퇴원을 할 때 운전수가 오천 원을 주면서 고맙다고 했다. 교통사고 낸 것을 차주가 알면 자기는 해고당할 텐데 문제 삼지 않아 줘서 고맙다는 거였다. 지금 뚱뚱이 아저씨가 말하는 것이 바로 큰 문제를 삼아야만 했었다는 주장이다.

"문제를 삼으면 운전수가 억울하게 해고당한대요."

"멍텅구리 같으니. 운전수가 해고당하는 게 무슨 상관이야? 가만있자, 너, 삐꼼아, 이 녀석. 시골에서 온 지 얼마 안 됐지?"

"석 달 됐어요."

"뭐하러 서울에 왔니?"

"돈 벌어서 공부하겠어요."

비금이는 목멘 소리로 대구하면서 오른편 개천을 본다. 시내로 들어가는 수많은 차량이 다리를 통과하고 있다. 서울에 처음 올라왔을 때 비금이는 청량리역 근처 철공소에서 심부름을 했고, 며칠 후에는 청량리에서 버스를 타고 설사 똥 한번 누는 동안 달려 변두리에 있는 이 두미천변의 이발소로 취직해 왔다. 처음 천변의 판자촌에 왔을 때, 저 다리는 폭이 지금의 절반밖에 안 됐는데 그 후 확장공사를 해서 넓어졌다. 두미천은 폭이 넓어서 커다란 강 같으나 흐르는 물이 없으니 꼴불견. 다리 너머로 경춘선 기차가 밟고 건너는 시커먼 철교. 그 뒤꼍으로 크고 작은 동네가 퍼져 있다. 이순신 장군처럼 조국을 위하여 몸을 바치고 링컨 대통령처럼 위대한 정치가가 되고 흥부처럼 마음이 착한 사람이 되고 헬렌 켈러처럼 곤경을 이겨내는 사람, 세종대왕같이 어진 사람, 나이팅게일처럼 착한 사람, 전기를 발명한 에디슨 같은 사람…… 비금이는 어떻게 해서라도 공부를 하여 이와 같은 사람을 닮고 싶다.

"공부를 하겠다구."

뚱뚱이는 이렇게 말하며 기침을 쿨룩쿨룩한다. 리어카를 끌고 지나가는 사람도 자전거를 타고 지나가는 사람도 모두들 뚱뚱이에게 큰 소리로 인사를 한다.

"이발소에서 머리나 감겨 주는 놈이 공부는 무슨 공부야?"

뚱뚱이는 가래침을 퉤 뱉는다. 뎅그렁뗑 뎅드렁뗑. 천변의 조그만 교회에서 들려오는 종소리가 공중에서 얼어붙는다. 1월 초순인데도 아직 눈은 눈곱만큼도 안 왔다. 모래를 휘몰아 오는 강풍이 기승을 떤다. 판자집 지붕은 굵은 새끼줄로 얽어서 새끼줄 끝에 돌을 매달았다.

"아, 이 녀석, 그래 이제 다 나았니?"

"큰 고생했다. 신수는 더 훤해졌군그래."

이발소에 들어서자 최 씨와 오 씨가 반갑게 맞는다. 이발하러 온 손님은 하나도 없다. 연탄난로 위에 올려놓은 바께쓰에서 물이 설설 끓는다.

"순자는 어디 갔어요?"

"가긴. 비누를 사러 갔으니까 곧 올 거야. 그러잖아도 오늘 비금이가 퇴원을 한다면서 진작부터 기다리는 눈치던데?"

자기를 기다려 주었다니, 기분이 좋아서 입이 헤 벌어진다. 개천둑을 걸어오느라고 꽁꽁 얼었던 얼굴은 난로가 녹여 준다. 구멍가게보다 조금 넓은 이발소는, 벽을 신문지로 바르고 창은 비닐로 만들었다.

"요즘 세상에 사람을 치어놓고 그대로 뺑소니를 치는 운전수도 많다는데 그 운전수는 아주 정직한가 보군. 병원에까지 신고 가서 입원을 시키고 치료를 다 해 주었으니 말야."

"네, 아주 마음씨가 좋은 아저씨였어요."

"흠, 아주 다행이다. 이왕 택시에 치일 바에야 마음씨 좋은 운전수 차가 좋겠군."

"예끼, 이 사람아. 그럼 마음씨 착한 놈은 매일 교통사고만 내야겠군?"

최 씨와 오 씨가 이런저런 입씨름을 하고 있는데 비누를 사러 갔던 순자가 돌아왔다.

"어머, 비금이가 왔구나. 다리는 다 나았니?"

"응, 이젠 괜찮아."

비금이는 순자가 사 온 세탁비누를 네 등분으로 쪼개면서 이발소 안을 휘휘 둘러본다. 이때 뚱뚱이 아저씨가 와서 최 씨를 불러낸다.

"술 한잔 살 테니 퍼뜩 나오소."

최 씨는 얼씨구나 하면서 밖으로 따라 나간다.

손님의 머리를 감기는 비금이. 참으로 오랜만에 이발소에서 일을 하고 있다는 실감이 난다. 비금이는 손님의 더러운 머리를 북북 문질러 대면서도 면도를 하는 순자를 핼끔핼끔 쳐다본다. 입원해 있는 동안 순자가 참으로 보고 싶었다는 생각을 하자 공연히 얼굴이 달아오른다. 비금이는 조금 후에 틈만 나면 바로 영어 학원으로 달려갈 참이다. 판자촌 입구에 있는 무허가 과외 공부집에는 영어를 가르치는 선생님이 있다. 배우는 학생들은 중학교를 들어가지 못한 신문팔이, 껌팔이 소년들. 신문을 보면서 한문 공부를 열심히 하고 학원에 나가서 영어 공부를 한다…… 생각만 해도 가슴이 울렁거린다. 요즘 세상에 영어를 몰라서야 아무 일도 못 한다. 세탁비누에도, 수건, 성냥갑, 화장품에도 영어 글자가 찍혀 있다. 광명 이발소에는 아침에는 손님이 안 온다. 막품팔이꾼들과 실업자들이 우글거리는 천변에 아침 일찍 이발을 단정하게 해야 할 필요는 일 년 열두 달 삼백육십오일 동안 생기지 않는다. 그러니까 아침 일찍 일어나서 학원에 나가면 된다.

"비금아, 이거 먹어 봐."

손님의 머리를 다 감기고 젖은 손을 수건으로 닦는데 언제 나갔다 왔는지 순자가 찐빵을 사 와서 비금이에게 내어민다. 김이 모락모락 난다.

"힝, 이런 걸 뭐 다 사왔니? 내가 다리병신이 안 돼서 지금도 약이 올라?"

비금이는 두꺼비 파리 잡아먹듯 찐빵을 집어 먹는다. 이발을 하던 오 씨도 참견을 한다. 순자도 한 개 집어 먹는다.

"누나, 나 오 원만."

이발소 쪽문이 삐끗하면서 까까중이 대가리가 쏙 들어온다. 순자의 막내 동생이다.

순자가 오 원짜리 동전을 꺼내 주면서 호통을 치자 아이는 혀를 날름 내밀면서,

"누나, 나 찐빵."

한다.

비금이가 얼른 찐빵을 집어 주자 아이는 만족한 듯이 밖으로 튀어 나간다. 밤이 된다. 천변은 쉿쉿거리는 한풍만 살아서 날뛰고 모든 시간이 어둠 속으로 잠겨 버린다. 날씨가 추워서 손님이 없다. 이발소 앞 한길에는 하루의 품삯을 고이 움켜쥐고 가난한 처자가 기다리는 판자촌으로 바쁘게 돌아가는 가장들의 모습이 비닐 창문으로 어른어른한다. 비금이는 이발소 안이 조용한 틈을 타서 순자에게 넌지시 말한다.

"사고를 낸 운전수가 오천 원을 주었어. 그래서 말야, 내일부터 영어학원에 다니면서 영어 공부를 할래. 학원에 등록을 해도 이천 원이나 남는다."

"어머, 정말? 정말 영어 학원에 다닐 거야?"

순자는 눈이 휘둥그레지면서 비금이에게 닿을 듯 다가선다.

"그럼, 매일 아침 일찍 학원에 다닐 거야."

순자는 난롯가에서 비금이의 손을 잡고 손등을 꼭 쥐었다가 풀어놨다 한다. 순자가 손을 꼭 잡는 바람에 비금이는 그만 몸이 짜릿짜릿하고 어쩐지 입장이 곤란해져서 얼른 밖으로 나와 개천둑에 올라가 오줌을 갈긴다. 비금이는 공연히 부끄럽다. 개천 너머로 퍼져나간 어둠을 바라보면서 비금이는 아까 저녁때 신문에서 읽은 한자를 머릿속으로 복습한다. 〈情勢〉정세, 〈中共〉중공, 〈閔文教〉민문교, 〈國會〉국회, 〈豫算〉예산, 〈交通〉교통…… 비금이가 다시 이발소로 돌아왔을 때는 뚱뚱이 아저씨와 술 마시러 갔던 최 씨가 돌아와 있었다. 최 씨가 돈 계산을

하다가 허허 웃으면서,

"이거 하루에 겨우 열다섯 명이라……."

한다. 하루 동안 이발하러 온 손님이 열다섯 명이라는 말. 요금이 칠십 원이니까 일천 원 남짓.

"손님도 없는데 일찍 끝내자꾸나. 오 씨는 벌써 들어갔군."

최 씨가 밖으로 나가자 비금이와 순자는 나무의자를 끌어다 놓고 난롯가에 나란히 앉는다.

"자, 여기서부터 읽어 봐."

순자가 신문을 펴들고 말한다. 순자는 야간 중학을 2년까지 다녔으므로 비금이보다 한자를 훨씬 더 안다. 신문은 오래전 신문. 면도할 때 면도칼을 닦으려고 헌 신문지를 사온 것. 비금이가 떠듬떠듬 읽는 한자는 이러한 것들이다. 〈印〉인, 〈全戰線〉전전선, 〈直前〉직전, 〈西印度〉서인도, 〈一二四軍部隊〉일이사군부대, 〈金新民黨首〉김신민당수, 〈超黨的協調〉초당적협조, 〈金靑瓦臺代辯人〉김청와대대변인, 〈非常事態宣言〉비상사태선언, 〈休戰〉휴전……. 이 중에서만도 비금이가 읽을 줄 모르는 한자어는 태반이고 순자도 거의 마찬가지이지만, 기사의 앞뒤를 살펴서 어림으로 읽어나간다.

"배고프지 않아?"

순자가 신문을 접어 치우며 비금이를 보고 말한다.

"응, 너도 배고프지? 나가서 찐빵 사 먹을까?"

"돈이 있어야지?"

"나한테 있잖아……."

"그 돈?"

그들은 이발소 맞은편 찐빵 가게로 가서 찐빵 오십 원 어치를 산다. 비금이는 자랑스럽게 주머니에서 빳빳한 지폐를 꺼내 거슬러 받는다. 빵 봉지를 가지고 이발소로 들어와서 난롯가에서 나누어 먹는다. 개천둑을 지나가는 젊은이의 흥얼거리는 노랫소리가 바람결에 들려 온다.

경춘선 열차의 기적 소리가 우렁차게 들린다. 개가 컹컹 짖는다. 천변의 겨울밤이 을씨년스럽게 깊어 간다.

이튿날 아침 일찍, 비금이는 돈 삼천 원을 고이고이 접어서 손에 들고 천변 입구, 영어 학원의 선생님을 찾아간다. 세탁소와 사진기점의 간판도 온통 영어 글자로 씌어 있다. 비금이는 이제 얼마 후면 저런 영어글자도 척척 읽을 수 있으려니 하는 생각을 하자 걸음이 자꾸 빨라진다. 교통사고 때 다친 왼쪽 다리의 무릎이 쿡쿡 쑤신다. 뻐근해지다가 얼음을 얹은 것처럼 뼈가 시리다. 비금이는 도로 천천히 발길을 옮긴다.

두미천의 다리 밑에는 아직도 어둠이 그대로 피어오른다. 개천 바닥의 오물더미에서는 짙은 안개가 서려 언덕같이 솟아난다. 클랙슨을 빵빵 울리며 다리 위를 지나가는 새벽 버스들의 모습은 보는 사람의 가슴을 선뜩선뜩하게 만들어 준다. 개천은 동사한 거인같이 길게 드러누워 써늘한 기운을 토해 낸다.

학원은 천변 입구 세탁소 건너편, 구멍가게의 뒷방에 자리 잡고 있다. 비금이는 어금니가 덜덜 떨리는 추운 뒷방에서 선생님과 마주 앉아 등록을 한다. 이발소 반쯤 되는 넓이의 방안에는 조그만 흑판과 막국수집 식탁 같은 널판책상이 두 개 놓여 있다. 비금이를 반갑게 맞은 선생님은 머리가 더부룩하고 수숫대처럼 삐쩍 마른 청년이다.

"광명 이발소 꼬마로구나……."

"네, 선생님. 아침 몇 시부터 공부를 하나요?"

"음, 다섯 시부터 일곱 시까지 두 시간이야, 저녁때는 네 시부터 여섯 시까지이고."

"저는 아침 시간에 오겠어요."

"그래. 그럼 오늘은 말이야 우선 첫날이니까 알파벳을 배워야지. 이 책은 중학 일학년 영어책인데 부지런히 배우면 아마 석 달이면 될 거야."

비금이는 책 한 권을 받아든다. 이제부터 그렇게도 배우고 싶던 영어 공부를 시작할 수 있다고 생각하자 공연히 가슴이 두근거린다. 학생은 비금이 한 명뿐인지 영어 공부가 시작된 지 한 시간이 지났는데도 아무도 안 온다. 선생님은 흑판 위에 알파벳을 단정하게 쓴다.

비금이는 선생님을 따라 영어 철자를 열심히 따라 읽는다. 공책에 알파벳을 순서대로 열 번을 쓰고 나자 일곱 시가 다 됐다. 밖의 한길에는 사람들이 오가는 발자국 소리가 요란하다.

Good morning.

선생님은 흑판 위에 이렇게 꼬불꼬불하게 쓴다.

I am a boy.

이렇게 꼬부랑글자를 두 줄 써 놓고 나서,

"자, 여기 봐라. 굿 모닝. 이건 아침 인사야. 좋은 아침. 굿 모닝, 아침 인사, 알았지? 이건, 아이 앰 어 보이. 나는 한 소년이다. 나는 입니다, 한, 소년."

하면서 읽고 해석을 한다.

비금이도 몇 번 따라 읽는다. 굿 모닝. 굿 모닝. 굿 모닝. 아이 앰 어 보이. 아이 앰 어 보이.

첫 영어 공부를 마치고 선생님이 준 영어 교과서를 옆에 끼고 이발소로 돌아오는 비금이는 잡화를 파는 가게로 들어간다. 가게에서 잠깐 이 물건 저 물건을 두리번거리다가 빨간 털실로 짠 장갑을 집어 든다. 장갑 손등에 노란 실로 바둑이가 수놓아진 상품. 값 삼백 원. 비금이는 선뜻 삼백 원을 주고 장갑을 산다. 가게에서 나온 비금이는 걸음도 가볍게 개천둑을 치올라간다. 개천 바닥에 가득 서려 있던 기분 나쁜 안개도 보이지 않는다. 일터로 나가는 주민들이 팔을 휘저으며 부지런히 걸어온다.

"순자야, 이 장갑."

이발소에 도착하자 비금이는 빨간 털실장갑을 순자에게 불쑥 내어민다. 순자는 눈이 휘둥그레졌다가는 얼굴이 장갑처럼 빨개진다. 최 씨와 오 씨는 아직 나오지 않고 비금이와 순자와 연탄난로가 이발소를 지킨다. 통통하게 살찐 쥐가 벽 밑에서 주둥이를 내밀다가 쏙 들어가 버린다. 라디오를 켜자 찍찍하는 쥐새끼 소리가 나다가는, 십만 원 방세를 받았나 받았지 뭐얼 했나 서양춤 배울랴고 쌍나팔 전축을 사왔지, 잘했군 잘했어 하는 하춘화 노래. 순자가 한참 곡을 익히는 노래가 나온다. 그러다가는 또 찍찍하는 소리가 나는 듯싶다가 뚝 끊긴다. 건전지가 기운이 다 빠져서 한참 후엔 쥐새끼 소리도 못 낸다.

"비금아."

"왜?"

"우리 집에 와서 같이 살지 않을래?"

"너의 집에? 너의 집 식구도 많잖아?"

"많긴. 일곱 식구지만 방이 넓으니까 괜찮다."

판자집 단칸방에 사글세로 얻어 사는 순자네 집에 가 있을 수는 없다는 생각이 들면서도 순자의 말이 하도 고마워서 눈물이 날 것 같다. 비금이는 빗자루를 들고 청소를 시작한다. 거울에 비친 자기 얼굴을 보다가 비금이는 빗자루를 든 채, 굿 모닝, 아이 앰 어 보이 하고 소리 죽여 입술을 놀려본다. 공부를 열심히 하자는 결심이 다시 솟아난다.

비금이가 이발소에서 받는 월급은 구백 원. 하루 삼십 원꼴이지만 비금이는 월급이 작다고 불평해 본 적이 없다. 구백 원으로 한 달 치 막국수 값이 되고 잠자리가 있으니까 어찌어찌 지내다 보면 이발 기술을 배우게 될 것이다. 이발사 자격만 따면 번듯한 유리문을 단 이발소를 차려서 폈다 접었다 하는 의자도 사다 놓고 착실히 신용을 쌓으면 돈도 돈이려니와 대학 공부까지도 해낼 수 있을 것이다.

"어, 겨울 날씨 참 고약하군."

최 씨가 귀를 움켜쥔 채 쪽문을 후드득 열고 들어온다. 콧등이 새빨갛다. 최 씨는 광명 이발소의 주인 겸 이발사인데 사람이 워낙 맺힌 데가 없어서 외상 이발 값을 못 받기는 예사요, 그래도 이발소를 차렸다고 이웃 막품팔이들이 가끔 소주 몇 잔을 울거먹어도 그저 꿀 먹은 벙어리요, 상투 잘린 중놈이다.

"겨울엔 눈이 펑펑 쏟아져야 하는데, 빌어먹을, 이젠 하늘 똥 구멍도 다 말라 붙었나?"

개천둑에서 주민들 사이에 시비가 벌어지면 가로막고 나서서 방패막이하기가 일쑤지만 그 효과는 신통치 않다. 위인이 이런지라 최 씨는 이발소 경영도 되는대로, 고용 이발사인 오 씨가 오히려 다부지게 이발소 살림을 꾸려나간다. 지난 저녁, 뚱뚱이 아저씨와 대포를 마시면서 무슨 이야기를 했는지 모르지만 보나 마나 정말 대포나 한 잔 얻어 마실까 하고 따라 나갔다가 술값에 담뱃값에 톡톡 털렸음이 분명하다. 원래 뚱뚱이 아저씨라는 사람은 제 돈 내고 술 마신 일이 평생 없고 공짜 아닌 돈을 먹어 본 일도 없는, 천변에서는 실력자로 통한다.

"야, 비금아. 너 말이야……"

최 씨는 난로가에 서서 손바닥을 썩썩 문지른다. 아침에 세

면도 안 한 모양인지 송편만 한 눈곱이 눈에 붙어 있다.

"치료비는 별도로 안 받았니?"

"네? 무슨 치료비요?"

비금이는 깜짝 놀라 최 씨 앞으로 돌아선다. 오천 원을 받아 온 것을 최 씨가 눈치를 챈 모양. 어떻게 알았을까 하는 의문과 오천 원을 운전수한테서 받았다는 것을 최 씨가 알았다 해도 그 돈을 어떻게 하지는 않을 것이라는 확신이 동시에 일어난다. 그래서 어제 퇴원할 때 운전수가 오천 원을 주더라는 말과 그 돈으로 영어 학원에 등록을 했다는 말을 하자 최 씨는 잘했군 잘했어 하면서 느닷없이 말한다.

"뚱뚱이 아저씨 덕분에 이제 비금이도 한몫 단단히 잡게 된다."

비금이와 순자는 이것이 무슨 뚱딴지같은 말인지 통 모르고 있는데 오 씨가 출근을 하고 어느덧 아홉 시가 넘어, 청천하늘에서 번개 치듯 손님이 한둘 들어와서 광명 이발소의 하루 일과가 시작된다. 순자는 면도칼을 손질하고 비금이는 물을 데우고 젖은 수건을 말린다. 포마드를 일부로 파는 장사꾼이 들어왔다가는 이발소 꼴을 보고는 그냥 나가 버린다.

비금이는 수건을 빨면서, 소년은 보이, 나는 아이, 입니다는 엠, 하나의는 어 하면서 영어단어를 외워 보지만 글자는 너무너무 꼬부랑해서 생각이 안 난다. 얼른 책을 펴보고는 I am a boy 하고 손가락으로 써 본다. ABCDEFGHIJKL······ 하고 알파벳도 외워 본다. 에이가 비 같고 비가 시 같고 시가 디 같고 디가 이 같고 이가 에프 같아서 도무지 분간할 수가 없다.

"비금이가 한 밑천 잡게 된단 말일세. 이게 바로 전화위복이라는 거야."

최 씨는 이발을 하고 있는 오 씨에게 신명나게 말한다. 오 씨도 무슨 영문인지 몰라,

"무슨 개소리야? 아침부터."

하며 시큰둥한 낯색. 그러자 최 씨는 담배를 뽑아 물면서,

"아 이런 답답한 친구 봤나? 요즘 세상에 교통사고를 내고 적당히 치료만 해 주는 놈을 그래 가만 둬? 아주 껍데기를 벗겨야 해."

한다.

"누굴 벗기자는 거야?"

"누군 누구야. 우리 비금이를 치어놓은 택시 운전수 말이지. 운전수뿐인가? 차주도 몽땅 벗겨야지."

"그분들은 고마운 사람들이에요. 마음씨도 착하고요."

비금이가 이발소 앞 펌프에서 물을 길어오면서 단호하게 말한다.

"저 녀석은 아직도 때가 안 벗겨져서 큰일이야. 야, 이 녀석아, 너 이발소에 백 년 있어 봐야 무슨 신통한 수가 날 줄 아니? 공부? 공부는 해서 뭣 해? 이발 기술을 배운다구? 임마, 이발 기술만 있으면 다 되는 줄 알아?"

최 씨는 음성을 높여서 비금이에게 딱딱 부러지는 소리를 지른다. 오 씨는 잠자코 손님의 이발을 계속하고 순자는 머리를 길게 기른 청년의 턱수염을 왼쪽부터 밀어나간다.

"비금아, 너는 가만히 잠자코 있다가 주는 떡이나 얻어먹어. 이제 조금 있으면 뚱뚱이 아저씨가 올 게다. 네가 입원했던 병원으로 해서 택시 회사로 한 바퀴 돌아온다고 했거든."

"아저씨, 제발 그러지 말아요. 저는 이제 몸도 다 나았고 아무렇지도 않아요."

"무슨 소리? 긁으면 부스럼은 자연히 생기게 마련이야. 다른 병원에 가서 진단서를 다시 받고 정식으로 운전수와 차주를 고발하면…… 에에 또, 어떻게 되는지 알아?"

"아저씨, 정말 그러지 말아요."

비금이는 울상이 되어 버리면서 어른들이 왜 무엇 때문에 뒤늦게 야단법석을 떠는지 알 수가 없다. 공연히 어른들 하는 일에 휘말려 들었다가 내일 아침 영어 공부도 공치는 게 아닐까 하는 근심 때문에 마음이 싱숭생숭해진다. 오 씨가 라디오를 켠다. 찍찍 소리를 내다가, 뜨거워서 호호, 호빵, 하는 광고가 방송된다.

"라디오 약 좀 사오라고 하게나."

오 씨가 최 씨에게 말하자, 최 씨는,

"그까짓 라디오 소리는 들어 뭣 하는가?"

하며 난로 주위를 빙빙 돈다.

밖에서 딸가락딸가락 양은그릇 소리가 난다. 곰보가 리어카에다 산더미같이 양은을 싣고 행상을 다니는 소리. 싸구려 겨울 내의와 잠바를 파는 아낙네의 목쉰 소리도 천변둑에서 얼어붙는다. 비닐 창문에 증기가 하얗게 서린다. 순자는 면도를 하면서도 아침에 비금이가 사 준 빨간 장갑을 어서 껴보고 싶어 안달이 난다. 처음 이발소에 올 때는 꼭 꼬리 잘린 강아지같이 멀뚱하더니만 한두 달 같이 일을 해 보니까 차츰 정이 들어서 처음에는 동생처럼 구박을 주었는데 비금이가 입원을 했다가 퇴원을 하고부터는 그만 친구같이 여겨져서, 며칠 안으로 비금이를 데리고 극장 구경을 가려고 한다. 껌도 한 통 사서 짝짝 씹으면서 신성일이와 윤정희가 나오는 총천연색 영화를 보자고 마음먹는다. 조조할인으로 입장하면 1인당 오십 원이니까 백 원이면 둘이서 들어갈 수 있다. 백 원을 장만하는 게 쉬운 일이 아니지만 어떻게 되겠지 하는 생각이다.

"날이 흐렸지?"

최 씨가 쪽문을 열고 하늘을 쳐다본다. 추운 바람이 확 들어와서 이발을 하던 손님이 목을 움츠린다. 하늘은 찌뿌드드하게 흐렸다.

"눈발이 섰군. 오늘 밤엔 눈이 오겠군, 오겠어."

최 씨는 혼자말처럼 중얼거리며 천변 둑을 자주 본다. 둑에는 추운 겨울바람이 휴지조각들을 쫓으며 질주한다. 개천 바닥 웅덩이에서 스케이팅을 하는 아이들의 함성이 끊어지다가 다

시 이어진다. 최 씨는 왜 여태 뚱뚱이가 나타나지 않을까 하고
조바심이 난다. 비금이가 입원을 했던 병원과 택시 회사로 한
바퀴 돌아서 오겠다던 뚱뚱이가 여태 나타나지 않는 것을 보
면 무슨 곡절, 예컨대 무슨 수가 나서 뚱뚱이 혼자 재미를 보고
쓱 입 닦아버리는 것이 아닌가 하는 의구심이 부쩍 인다.

"비금아, 너 합의서에 도장을 찍었니, 안 찍었니?"

최 씨는 손님의 머리를 감기는 비금이의 뒤통수를 모질게 쏘
아본다. 사고 운전수와 피해자가 합의를 하면, 교통사고쯤은
복잡한 법적 절차를 밟지 않고서도 적당히 해결되는데 혹시
비금이가 합의서 내용도 모르고 도장을 찍는 바람에, 모든 게
쑥이 돼 버린 것은 아닐까 하는 의심이 일어난다. 비금이는 교
통순경과 의사와 운전수가 모인 자리에서 어떤 종이쪽에 지장
을 찍은 일은 있다. 그래서 그 이야기를 했더니 최 씨는 낙망하
는 표정으로 시무룩해진다. 최 씨가 시무룩해져 있을 때가 정
오 가까웠는데 잠시 후엔 대낮에 홍두깨같이 개천둑으로 코로
나 택시 한 대가 달려온다. 광명 이발소 앞에서 택시가 멎고 택
시에서 유유히 하차하는 사람은 뚱뚱이 아저씨. 뚱뚱이 아저씨
는 오늘이 무슨 길일인지 넥타이까지 매고 호기 있게 이발소
쪽문을 밀치고 들어선다.

"밖에 운전수 놈이 왔네 그랴."

뚱뚱이 아저씨는 최 씨에게 이렇게 넌지시 말하고 나서 비금
이를 딱 앞에 잡아 세운다.

"삐꼼아, 빨리 나가자. 병원에 가서 진단을 다시 받아야 된다. 사람 몸은 어릴 때부터 잘 가꿔야지 공연히 늙어서 고생하는 법이다. 밖에 운전수가 와 있으니까……"

"어떻게 잘 됐소?"

최 씨가 묻는 말에 뚱뚱이는 눈짓을 해 보이며 아침 일찍부터 비금이가 입원했던 병원에 들러 허위 진단서를 떼어 준 늙은 의사를 호통치고 나서 택시 회사에 찾아갔다고 말한다.

너희들 정말 이런 쪼로 나오기냐, 회사가 쑥밭이 되고 운전수가 감옥엘 가고 나야 정신을 차리겠느냐, 병원 의사에게 만원을 주고, 뭐, 2주 동안 치료하면 완쾌된다는 허위 진단서를 떼? 집도 절도 없는 애새끼라고 무턱대고 합의서를 꾸미고, 아 그래, 다리 관절이 다 상했는데도, 아까징끼나 발라서 퇴원을 시켜? 뙤국놈이 우동 그릇에 코 풀어놓은 건 참지만 이런 일은 못 참아, 너희들 모조리 고발할 테다, 어느 놈이 후회하나 두고 보자, 의사 놈이고 교통순경이고 운전수고 다 어디 한번 콩밥을 먹어 봐 하면서 을러댔더니 당장 영업 나간 사고 운전수를 데려왔더라고 입에 침을 튀기며 수선을 피운다.

비금이는 무엇이 어떻게 돼 돌아가고 있는지조차 갈피를 잡을 수 없어서 그저 멍하니 뚱뚱이 아저씨의 얼굴만 쳐다보는데, 밖에 있던 사고 운전수가 들어선다. 보기 흉할 만큼 대머리가 벗겨진 그는 사색이 돼서 비금이와 뚱뚱이 아저씨를 번갈아 보면서,

"봐 주시오. 나도 자식이 여섯 놈이오. 내가 감옥엘 가면 다 굶어 죽소. 저 아이는 다시 입원시켜 치료를 해 주겠소. 내가 택시 회사에서 해고당하면 우리 식구는 다 죽소. 제발 봐 주시오. 부탁이오."

라고 손이 발이 되도록 애걸한다.

이발하던 손님들도 무슨 영문인지 몰라 어리둥절해하고 최 씨는 그것 보라는 듯 신명이 나서 난로 주위를 빙빙 돌고, 오 씨도 통 마음이 잡히지 않아서 이발가위를 자꾸 헛놀린다.

"저는 다 나았어요. 아저씨, 아무 근심 마세요……."

비금이가 하는 말을 뚱뚱이 아저씨가 가로막고.

"좋소. 당신 식구를 생각해 봐 주겠소. 이 아이를 당장 병원으로 데려가서 입원을 시키시오."

하면서 비금이를 밖으로 내몬다.

최 씨도 신명이 나서 비금이를 내몰아서 택시 문을 열고 뒷자리에 태운다. 천변 주민들이 우르르 몰려나와서 부러운 듯이 비금이를 바라본다. 비금이는 택시 속에 갇혀 꼼짝을 못 하고, 내일 아침 영어 공부는 어떻게 하지? 이젠 아주 영어 공부도 못 하게 되는구나 하는 생각을 하자 울음이 복받치려 한다. 뚱뚱이 아저씨와 최 씨 아저씨가 왜 저토록 야단법석일까 하는 생각이 드는데 순자가 택시 문을 열고 찐빵 한 봉지를 준다.

"비금아, 내일 병원으로 찾아갈게."

순자가 이렇게 말하고 비켜서자 택시 앞뒷문이 열리고 비금이 옆자리에 최 씨가 들어앉고 운전수 옆자리에 뚱뚱이 아저씨가 들어앉는다. 병원에서 허위 진단서를 떼었다는 뚱뚱이 아저씨의 말이 생각나자 비금이는 오싹오싹 소름이 끼친다.

왼쪽 무릎이 가끔 쿡쿡 쑤시고 얼음처럼 싸늘해지는 게 무슨 탈이 있어서 그런 것인가 하는 두려움이 든다. 내일 아침까지 소문자를 열 번 써 오라고 분부한 선생의 목소리가 귓전에 생생하다. 소문자는 대문자보다 더 꼬불꼬불해서 꼭 개미 새끼가 기어가는 형상이다. 영어 공부는 어떻게 하고 한자 공부는 어떻게 해야 하나, 비금이는 안타깝기만 하다.

택시는 뒷걸음질 몇 번 하면서 방향을 돌려 천변 둑으로 내려간다. 순자와 오 씨가 손을 흔들고 철없는 꼬마들이 택시를 따라 마구 뜀박질해 온다.

"저는 병원에 안 가겠어요."

비금이가 최 씨를 돌아보며 말하자, 최 씨와 뚱뚱이 아저씨는 동시에 큰 보물이 개천 바닥 웅덩이로 떨어져 나간다는 듯이 기겁을 하며 야단친다. 어른들이 도대체 왜 이렇게 극성을 부리는지 비금이는 눈곱만큼도 모른다. 택시는 둑을 벗어나서 다리를 건너 시내 쪽으로 달려간다.

"이봐, 운전수. 넉 장은 너무 작은데? 아, 이 사람아, 생각해 보게. 내가 봐주지 않으면 감옥이란 말야."

뚱뚱이 아저씨가 운전수에게 투덜대고 나서 뒷자리를 돌아보며 최 씨에게,

"의사 놈한테서는 한 열 장쯤만 뽑는 게 좋겠지? 교통순경은 건드려 봐야 골치 아프고……. 아 겨울날씨 한번 조오타."

하면서 뚱딴지같은 수작을 한다.

나는, 입니다, 한 소년. 비금이는 영어글자를 머릿속에 그려 본다.

I am a boy.

나는 한 소년입니다. '아이 앰 어 보이'. 누가 엿들을까 봐 가만가만 발음해 본다.

(월간중앙, 1973)

굴뚝과 천장

1

모교의 본관 천장에서 전기공에 의해 그의 시체가 발견되었다는 보도가 석간에 났을 때, 나는 처음에는 어리둥절하기만 했다. 〈11년 전에 실종된 대학생 변사체로 발견〉. 석간 사회면은 큼직한 활자로 쇼킹한 기사를 싣고 있었다.

11년 동안이나 완전무결하게 잠적해 버렸던 그가 어제 오후 강의실 천장에서 죽은 모습으로 나타났다는 놀라운 보도를 읽으면서 처음의 어리둥절하던 기분이 점점 바뀌어 마침내는 그 녀석이 원망스러워지는 것이었다. 원망스럽다는 기분은 우리 민족이 남의 불행을 보면 의례적으로 위문을 하고 혀를 끌끌 차는, 아까운 나이에 왜 하필이면 죽음을 택했는가 하는 비탄에서 오는 것은 결코 아니었다. 11년 전 그와 처음으로 친교를 맺었을 당시부터 그가 실종돼 버릴 때까지, 솔직히 말해서 그가 죽어 버리기를 내심으로 바라고 있었는지도 모른다. 내가 오늘 밤 이와 같은 글을 쓰는 이유가, 그렇다고 해서 친구가 죽어 버리기를 바라던 당시의 내 기분을 만천하에 고백하여 죄를 씻으려는 의도에서가 아니다. 오히려 나는 지금 이 순간까지, 그가 왜 완전무결하게 죽어 버리지 않고 11년 후인 어제 오후에 느닷없이 세상 밖으로 나타났는가를 못마땅히 생각한다. 내가 그를 원망한다는 기분은 이런 데서 연유하는 것이지, 그의 외로운 죽음을 안타까워해서는 절대로 아닌 것이다.

그와 나는 대학 신입생이었을 당시에 첫 상면을 했다. 같은 학과의 학생으로서 그와 나는 서로 팽팽한 라이벌 의식을 지닌 채 술집에 출입하고, 그즈음 한창 유행하던 그룹미팅에 나가서 여학생을 사귀고 강의를 듣고 교수 연구실을 함께 드나들었다. 팽팽한 대립감이 그 후에도 쭉 계속되었는데 정말로 어떤 대립 의식이나 경쟁이 있어서라기보다는 대학 초년생에게 흔히 있는 자만 때문이었다. 남의 도움이나 충고가 결코 필요하지도 않거니와 또한 남을 돕거나 충고해 줄 필요도 없다. 오로지 자기 혼자만이 영원한 권력이며 부라는 프라이드가 그 당시의 대학생들 간에는 팽배하고 있었다.

그와 나도 이런 부류의 전형적인 인물이었다. 그와 나는 비교적 자주 술집에 드나들고 함께 어울려 다녔지만 이런 관계가 한 학기 동안 계속되면서도 서로의 가정이나 출신 고등학교가 어딘지도 모르고 지냈다. 지금 생각해 보면 그와 나 사이는 이러한 묘한 프라이드의 팽팽함이 정도가 심했던 모양이고,

부끄러운 고백이지만 나는 그가 갑자기 실종돼 버린 11년 전 당시의 한 학기 동안 우리들이 긍지로 삼았던 프라이드를 경멸해 본 적도 있다.

그는 학교까지 버스로 통학을 하였고 나는 학교 앞 하숙촌에서 하숙을 하고 있었는데 가끔 그가 찾아오는 수가 있었다. 한번은 그가 찾아왔을 때 나는 리더스 다이제스트를 사전을 찾아가며 끙끙거리면서 읽고 있었다.

"이번 달치에 빌리 그래함 목사 얘기가 있더군. 그 새끼 순 엉터리야. 신앙을 팔아서 축재를 한 놈이거든. 지금 생각해도 모르겠단 말이야. 어째서 그런 녀석을 전범으로 다루지 않는지 모르겠어. 한국 전선을 돌아다니면서 신앙을 가지고 전쟁을 하라고 나발을 불었으니 전범 아닌가. 양키들은 참 이상한 친구들이야. 그 친구가 설교를 하면 눈물을 줄줄 흘리며 곧 죽을지 뻔히 아는 육탄전을 했거든."

그가 이렇게 단숨에 지껄였을 때, 나는 몽둥이로 허리를 얻어맞은 듯한 묘한 느낌이었지만, 그가 어느새 다 읽고 그 나름대로 혹평을 하는 기사가 실려 있는 영어 잡지를 뒤늦게, 그것도 부사절인지 부사구인지를 몰라 해석을 이렇게도 해 보고 저렇게도 해 보면서 끙끙거리며 읽고 있던 나 자신이 쑥스러워서 책을 탁 덮어 버리고 그를 건너다보았다.

"양키들의 전의를 북돋아 주었다면, 한국의 입장에서 보면 은인이 아닌가. 오히려 보국 훈장을 달아 주어야 옳을 것 같군."

이렇게 말하고 나는 담배를 찾았으나 담배는 없었다. 재떨이에서 꽁초를 주워 입에 물면서 그를 바라보았을 때, 그는 분명히 입가에 조소의 기운을 띠고서 벌름코를 흥흥거렸다. 빌리 그래함 목사의 이야기는 솔직히 말해서 나에겐 초문이었지만 그가 말하는 전범이니 뭐니 하는 말이 웬일인지 잘 받아들여지지 않았던 것이다.

"아무튼 중요한 건 말이야……"

하고 그가 말했을 때 나는 질이 나쁜 성냥에 불을 당기느라고 신경이 날카로워 있었다.

"중요한 것은 지금 자네가 말한 입장이라는 관념을 무시하는 일이야. 초월한다고 말해도 되겠군. 우리라는 입장도 사실은 감정적인 것이거든. 화성인이 나타나서 전쟁을 걸어온다면 온 인류는 우리의 입장이 되기도 할 것 아닌가."

그와 나는 잠시 후에 하숙촌 입구에 있는 술집에서 나왔다. 술을 마시며 생각해 보아도 그가 말한 이야기가 궤변에 불과하다는 생각뿐이었다. 그는 범인류적인 인생관을 지닌 것같이 보였고, 그 당시 무슨 정치테러범의 감형 여부를 둘러싸고 정가에서는 한국 민주주의의 토착화와 위정의 자세에 대한 논전이 한창이었는데, 이러한 논쟁에서 과격파가 들고 일어나는 무정부주의적인 기분도 내포하고 있었다고 나는 생각했으나, 그 문제를 가지고 그와 함께 더 이상 열띤 토론을 벌이지는 않았다.

그 당시 대학의 캠퍼스에 갓 들어온 우리들의 최대의 관심사는 성에 관한 것이었다. 이 문제에 있어서만은 그와 내가 똑같은 입장이었다. 가끔 그룹 미팅에 나가서 파트너와 포크댄스를 추고 커피를 마시기도 했지만 그 정도로서는 성문제가 해결되지 않았다. 그때의 우리들에게 있어서, 매음녀의 노랫소리가 흘러나오는 유곽의 거리는 미답의 비경으로 인식되어 있었다. 입학하자마자 어떤 녀석들은 성에 대한 호기심을 노골적으로 표현하는 태도를 장부답게 뽐내고 있어서 벤치에 앉아 있다가 여학생이 앞을 지나가면 그 여학생의 귀에 들릴 만큼 큰소리로 음담을 하는 것이었다.

"도로공사 좀 해야 되겠다. 길이 너무 좁으면 불자동차가 못 들어간다."

그와 나는 이러한 표현을 비난하는 입장에 서 있었다. 그와 내가 친교를 맺은 이유도 이러한 공동의 입장에 서 있다는 생각에서였고 이것은 우리가 지닌 가장 중요한 프라이드였다.

낱말 해석이나 문단 나누기식의 중등 교육을 받아 온 우리가 대학에 들어와서 처음 만족한 것은 방종이었다고 해야 옳겠다. 나가기 싫으면 며칠이고 학교에 안 나가도 되었고, 강의 도중에도 듣기가 싫으면 책상 위에 엎드려 코를 골거나 뒷문을 열고 당당하게 밖으로 나왔고, 하숙촌 입구의 술집은 아침이건 대낮이건 술을 팔았다. 그 당시 우리는 이러한 무질서, 무절제를 지성인이 향유해야 할 자유라고 믿고 있던 터였다. 앞에서 나는 그와 내가 성문제에 관하여 최대의 관심을 가지고 있었다고 기록하였는데, 사실 그 당시 우리는 다른 친구들처럼 유곽에 드나들거나 교정에서 큰 소리로 음담을 하지는 않았지만 차츰 그쪽으로 접근해 갈 기미가 드러나 있었던 셈이었다. 한창 기운이 왕성할 때였고 처음 배우는 술과 담배를 무절제하게 계속해서인지 나는 거의 밤마다 에로틱한 정사 장면을 상상했던 것이다.

어느 저녁 우리는 술 한 모금 마시지 않은 말짱한 정신으로 드디어 유곽의 거리로 잠입하기에 이르렀다. 홍등이 켜진 골목을 들어서자 가슴이 두근거리고 얼굴이 붉어졌는데 나는 그때의 광경을 지금 생각해도 미소가 되생길 정도이다. 그렇게도 겁이 나고 가슴이 울렁거릴 수가 없는 일이다. 지금은 일상사가 돼 버려서 거의 관심조차 없는 성에 관한 문제가 11년 전에는 그토록 우리를 압도하는 중대사였다니 꼭 거짓말같이 느껴진다. 전인미답의 비경을 탐험하러 가는 대원들이 비경이 시작되는 계곡에 첫발을 들여놓았을 때의 기분과 꼭 같았다. 흡혈거머리가 득실거리는 아마존 유역을 카누를 타고 들어갔던 데일리 기자의 르포르타주를 최근에 읽은 일이 있는데, 11년 전 당시 유곽의 거리에 처음 들어갔을 때의 우리 흥분과 긴장과 흡사한 기분을 미스터 데일리는 토로하고 있다.

"기막히더구나. 피 냄새를 맡고 달려드는 상어 같더군."

골목 밖으로 나오면서, 매음녀들이 등 뒤에 대고 소리치는 희롱과 아양을 듣고 있다가 그가 이렇게 말했을 때, 나도 어깨를 으쓱하면서 호기 있게 말하는 수밖에 없었다.

"일을 끝냈을 때의 기분은 허망하더군. 고지를 점령하고 깃발을 꽂은 병사가 느끼는 기분이랄까?"

피 냄새를 맡고 달려드는 상어라든가 고지의 깃발이라든가 하는 비유는 순 엉터리였다. 그날 우리는 골목을 빠져나와 지금은 이름도 잊어버린 어느 술집에서 술을 진탕 마시면서 고성방가하다가 그가 불쑥,

"너 아까 거짓말 했지? 여자하고 그거 안 했지?"

하고 벌름코를 흥흥거렸다.

나는 사실 그의 말대로 여자와 교접을 하지 않았다. 하지 않은 것인지 하지 못한 것인지에 관해서는 그 후 나 스스로도 몇 번 판단을 내리지 못했지만, 유곽에 가서 매음녀에게 손목을 잡혀 더블베드와 화장대, 값싼 전축, 누드가 있는 방에까지 들어가서 교접을 하지 않고 나온 것은 나에게 한 가지 불순한 생각이 있었기 때문이었다. 그 불순한 생각이란 다름 아닌 그 친구와의 대결 의식이었다. 그의 깨끗한 동정이 매음굴에서 더럽혀지는 것을 바로 옆방에서 지켜볼 심산이었다. 나의 동정은 고스란히 비밀로 지닌 채 그 친구가 성희의 나락으로 빠져들어 가는 모습을 가까이서 관찰해 보고 싶던 그때의 욕망이 친구를 배신한 것이라는 생각은 하고 있었으나, 그가 벌름코를 흥흥거리며 '너 아까 거짓말했지? 여자하고 그거 안 했지?'라

고 불쑥 말했을 때 나는 너무나 당황해서 완전한 패배감을 느꼈다.

"어, 괜찮다. 너무 미안해할 것 없다. 나도 안 했으니깐. 왜 안 했느냐구? 아마 너와 비슷한 계산에서 였을 거야."

이와 같은 엉뚱하고 우스꽝스러운 대결은 그 후에도 그와 나 사이에서 가끔 나타났는데 친교에 틈이 생기거나 하는 일은 없었던 것 같다.

2

2학기가 되면서부터 성적이 나쁜 학생들은 정신을 바짝 차려 비로소 도서관에 드나들며 책을 읽기 시작했다. 나도 이런 학생들 가운데 하나였다. 도서관으로 오르는 언덕길을 올라가면서, 나는 지나간 봄 입학 초의 오리엔테이션 시간에 도서관, 박물관, 연구소, 온실 등을 돌아다닐 때 이 언덕길을 올라와 보고는 처음이라는 생각이 들자 공연히 코웃음이 나왔다. 1학기 성적표를 받아 보았을 때 F가 다섯 과목이었다. 절반 이상이 낙제였던 것이다. 나는 정신을 차리고 공부를 꾸준히 해나가서 뒤졌던 외국어 실력이 거의 만회되자, 부모님의 권유도 있고 하여 졸업 후의 진로까지 확정할 만큼 성장하였다. 고등 공무원 임용 고시에 패스하여 고급 공무원이 되는 것이 그 당시에 확정된 나의 진로였고, 나는 지금 그 길을 걷고 있는 것이다.

"저 동상을 헐어 버려야겠다."

어느 날 도서관 앞 벤치에 앉아 있을 때 그가 다가오며 불쑥 이런 말을 꺼냈다. 그는 입학 초보다도 더 신수가 좋지 않았다. 핏기없는 얼굴에 더부룩한 머리가 일류 대학의 당당한 재학생이라기보다는 실직 청년을 방불케 했다.

"역사에 이름을 남긴다는 게 참 우스운 일이다."

도서관 앞 벤치에 앉으면 교정이 한눈에 내려다보였다. 비둘기 떼가 날아오르는 본관과 신축 중인 서관이 그라운드를 내려다보고 서 있었고, 본관 앞에는 학교를 설립한 B선생의 동상이 세워져 있었다. 교육 구국의 숭고한 사명을 지니고 우리 모교를 창립, 발전시킨 분으로 학교 건학 정신의 상징이었다.

"동족 분단의 비극 아래 있는 우리들은 이와 같은 교육 구국의 숭고한 정신을 이어받아 민족과 국가의 지도자가 되기 위하여 주야로 면학해야 합니다……."

오리엔테이션 시간에 B선생의 경륜을 소개하던 학장은 우리에게 이렇게 말했었다. B선생은 애국 애족의 헌신적 정신으로 파란만장한 생애를 끝마친 분으로 학생들은 누구나 그를 존경하고 그의 동상 아래를 지날 때는 기분이 숙연해지는 것이다. 그런데 그 녀석은 B선생의 동상을 헐어 버려야겠다고 말하고 있었다.

"빌리 그래함 목사를 비난할 때와 같은 입장에서 하는 소리야?"

나는 언젠가 그가 빌리 그래함 목사를 터무니없이 비난하던 일이 생각나서 건성으로 이렇게 말했다.

"솔직하지 못한 것 같기 때문이야. 애국 애족을 말하지만, 아마 애국 애족을 부르짖은 B선생도 하나의 명분을 갖기 위해서 대학을 세우고 민족 자본을 유도해서 공장을 세우고 했을 거야. 말하자면 이러한 일련의 문화사업은 B선생의 작업이었을 뿐이지 다른 의미는 없어야 한다 이거야. 대학 안에 이러한 우상을 모셔 놓고 있다는 건 우스운 일이야. 저 동상을 헐어 버리지 않겠어? 아주 멋지게 붕괴시켜 버리는 거야."

벌름코를 훙훙거리며 지껄이고 있는 그의 얼굴을 바라보았을 때 눈에서 번지는 섬뜩한 기운이 나를 몸서리치게 했다. 괴기스럽다고 해야 할지, 무섭다고 해야 될지 분간하기 어려운 표정이었다. 그러나 나는 이미 그와 나 사이에는 극복하지 못할 본성의 차이가 점점 두드러지고 있다는 것을 그때 자각할 수 있었다. 그는 믿어지지 않을 정도로 B선생의 동상을 헐어 버리자고 나를 유혹하고 있었지만 나는 주말까지 끝내야 될 민법 복습에 대해 생각하면서, 어떤 영화에서 본, 외국 원수가 그의 집무실에서 홀로 턱을 고이고 있던 장면을 되살리며 졸업 후 고등 공무원 임용 고시에 패스하여 마흔 살 전에 중앙 부서의 국장쯤 되었을 때 나도 그 원수처럼 그러한 고독을 맛보리라 생각하였다. 그가, 역사에 이름을 남기고 애국 애족을 부르짖은 B선생을 힐난하는 동안에, 나는 그와 정반대로 속세의 권좌를 꿈꾸는 것이었다.

"일주일 후에 기막힌 일이 우리 학교에서 벌어질 테니 두고 봐라. 일주일만 있으면 저 동상이 폭삭 주저앉을 거야."

나는 그가 이렇게 말했을 때 곧이듣지 않았다. 그가 무슨 생각에서인지 내 앞에서 허세를 부리고 싶은 모양이라고 나는 짐작하고 있었는데, 그 후 며칠이 지나자 나는 그의 이와 같은 이야기를 다 잊어버린 채 민법의 마지막 항목을 공부하고 있었다. 사실 일주일이 지나도록 B선생의 동상이 무너져 앉기는커녕, 내년 봄으로 박두한 총선을 둘러싸고 여야 간에 벌이는 성명전으로 시끄러워진 시국을 B선생은 우국의 충정으로 내려다보고 있었다.

보름쯤 지난 뒤의 어느 날, 본관 앞 게시판에 이색적인 공고가 나붙어 있는 것을 보고, 나는 또다시 몽둥이에 허리를 얻어맞은 듯한 기분이 되어 강의실에서 만난 그를 막아서서 소리 질렀다.

"너는 말이야, 병적인 인간이야. 왜 세상을 온통 부정하고 조소하는건지 통 이해가 안 간다. 어두운 암실에서 밖으로 나오란 말이야. 너는 네가 무슨 초월자인 듯 착각하는 모양이지만, 등록금을 내고 학생증을 받고 하루 세 끼 밥을 먹고사는 것 자체가 벌써 속물이란 말이다."

나는 흥분해 있었으므로 거의 감정만을 내세워 이와 같이 소리쳤다. 그는 뜻밖에 다변이 된 내가 의외였던지 벌름코를 홍홍거리며 피하듯이 밖으로 나갔는데 보풀이 일도록 칼라가 닳은 셔츠 위에 드러난 흰 목을 보자 그가 가엾다는 공연한 생각도 들었다. 게시판에 붙여진 공고는 학생처장 이름으로 되어 있었는데 B선생의 동상 보호에 관한 내용으로서, 〈근간에 B선생의 동상을 훼손하려는 망동을 하는 인물이 교내에 들어오고 있는바 학생들 각자는 B선생의 동상을 보호하는 데 앞장서서 이러한 망동을 하는 무리를 색출하여 당국에 고발해 줄 것〉을 당부하고 있었다. 나는 그 게시문을 읽고 나서 격양된 감정으로 B선생의 동상을 가까이 가서 살펴보았다. B선생의 업적을 기린 명문이 쇠뭉치 같은 것에 심하게 얻어맞아 엉망이 되어 있었고 동상의 다리도 역시 쇠뭉치에 얻어맞은 것처럼 타박흔이 수없이 찍혀 있었다.

그 녀석의 짓이다……. 이런 생각이 들자 나는 그가 가까이 있으면 그의 몸뚱이를 짓밟아 주고 싶도록 그를 저주하였다. 그 후로 그와 나 사이는 점점 멀어져갔다. 나는 이제 그가 가까이 와도 무시해 버린 채 보던 책만 읽으면서 졸업 후에 내가 걸어갈 진로의 이정표를 착오 없게 다듬고 있었다. 날이 갈수록 대학의 공기는 암암리에 어수선해졌다. 그 당시 한국의 현실은 민주 정체의 유지냐 아니면 왕권의 부활이냐 하는 기로에 서 있는 기분이었다. 해방 이후 계속 정권을 잡아 온 여당은 이미 부패할 대로 부패하여 올바른 헌정적인 방법으로는 정권의 생명을 더 이상 유지해 나갈 수 없게 되자 온갖 불법을 저지르며 강권을 발동하였다. 지방의회 선거에서는 폭력과 매표와 부정이 활개를 쳐서 집권당의 후보자가 9할이나 당선되는 실정이었다. 노쇠한 원수는 인의 장막에 가리워져서 그를 선출한 국민들 위에 신비스러운 황제처럼 군림하고 있었다.

백주에 수도의 광장에서 정치 테러가 빈번히 발생하였지만 범인은 잡히지 않은 채, 범인 체포에 전력을 다하고 있다는 치안 책임자의 성명만이 되풀이되었다. 희망에 부풀어서 대학의 문을 들어선 젊은이들도 학년이 올라가면서부터는 암담한 사회 현실 때문에 의기를 잃어버리게 마련이었다. 졸업을 해도 직장을 구할 수 없고 신생 조국을 건설한다는 긍지를 내세울 수도 없는 현실의 딜레마가 대학의 분위기를 침체시켰다. 어느 센티멘털한 형법 교수는 강의실에서 '백주에 정치 테러가 자행되고 있는 오늘의 현실 속에서 형법은 알아서 뭐해?'라고 했다 하여 당국으로부터 뒷조사를 받았다는 풍문이 떠돌았다. 사회가 어지러우면 어지러울수록, 젊은이의 희망이 좌절될 기미가 농후하면 할수록, 나는 이상하게도 의지가 점점 굳어져 갔다. 암담한 현실에 당당하게 도전하여 그 현실을 내 앞에 굴복시키고야 만다는 생각이 굳어져서 나는 도서관에서 새우잠을 자면서 책을 읽었던 것이다.

2학기 종강이 가까워 올 무렵이었는데 도서관에서 때아닌 도난 사건이 발생하여 대학의 공기가 또다시 흉흉해졌다. 대학의 도서관에서 책이 몇 권 도난당하는 일은 있을 수도 있겠지만 그때의 도난 사건은 그런 성질의 것이 아니었다. 도서관 열람실에 있던 흉상이 없어진 것이었다. 그 흉상은 학교 창립에 공이 큰 H선생의 것으로서 황동으로 만든 실물대의 것이었다. 열람실에는 H선생의 흉상 외에도 두 개의 흉상이 안치되어 이 학교의 교풍과 전통을 학생들에게 보여 주고 있었던 것이다. 그 도난 사건으로 학생과 교수들은 기분이 언짢아 있었고 범인을 색출하기 위하여 인근 파출소에 수사본부가 설치되었지만 끝내 흉상을 찾지 못했다. 'B선생 동상 훼손범과 동일인이 아닐까' 하는 추리가 나돌고 있음을 나는 알았지만, 그 친구가 도서관의 흉상을 훔쳐 냈으리라고는 믿지 않았다. 그는 도서관에 거의 출입을 하지 않고 있었고, 강의실에서 나와 충돌한 이후로는 외톨이가 되어서 잔디밭에 앉거나 분수대의 주변에 앉아 점점 무기력하게 변하고 있었던 것이다.

종강이 되고 기말시험을 앞둔 초겨울의 교정에서 그와 마주쳤을 때 극도로 초췌한 그의 모습에 놀라서,

"강의 시간에 왜 안 들어오니? 모든 게 다 시시하다 이건가?"

하고 오랜만에 말을 건넸다.

"……"

그는 아무 대꾸도 하지 않았지만, 그에게 말을 건네자마자 지난 얼마 동안의 적의가 순식간에 사라지고 그에 대한 한없는 정다움을 느끼게 되어 나 스스로도 깜짝 놀랐다. 마치 죽었

다가 되살아난 친구를 만난 것처럼 기쁨으로 가슴이 울렁거리는 것이었다.

"아직도 동상을 힐어 버릴 생각을 하고 있니?"

나는 그를 끌고 학교 앞 술집으로 가며 큰 소리로 유쾌하게 말했다. 외투도 입지 않은 그는 추위를 몹시 타서 입술이 파랗게 물들어 있었다.

"그런 건 아니야. 너 오늘 술값 많이 있니?"

그는 주저하는 듯이 이렇게 말했다.

"실컷 마실 수 있으니까 염려 마."

나는 큰 소리로 말했다.

읍사무소 계장인 나의 아버지는 아들 교육비는 늘 충분할 만큼 송금해 주고 있었다. 나는 그날 마침 한 달 분의 용돈을 송금수표로 받은 것이다. 그날 우리들은 상당히 마셨다. 그와 가까이 이야기하지 않고 지낸 동안에 그의 관심은 상당히 현실 쪽으로 기울어져 있는 것 같았다. 그는 정치 이야기를 하면서 단호하게 여·야당을 비판하고 이런 식으로 나가면 한국의 앞길은 어두울 뿐이라고 말했다. 2학기 말 시험 때 나는 그를 위해 부정행위를 해 주었다. 그와 나는 1학기 때의 성적이 너무 나빠서 2학기 성적이 나쁘면 학점 미달로 퇴교를 당할 위험에 부딪쳐 있었다. 나는 비교적 한 학기 동안 착실히 공부를 하여 근심이 없었으나 그는 도저히 가망이 없을 정도로 1학기보다도 충실치 못했다. 그의 옆자리에 앉아 시험을 보면서 답안을 불러 주고 쪽지에 써서 넘겨주었다.

3

상과 대학에서 개설한 시사 영어 특강이 1월 중순부터 시작
되었으므로 나는 고향에 내려갔다가 열흘도 못 되어 대학 앞
하숙촌으로 돌아왔다. 폭설이 내리고 엄동이 한창 기승을 떨고
있었다.

"세상이 어지러울수록 열심히 공부를 해야 한다. 젊은 사람
들이 실력을 올바로 쌓고 있으면 나라의 장래도 그만큼 밝아
지는 것이다."

고향의 아버지는 어느 날 아침 조간신문을 읽다가 말고 조금
떨리는 목소리로 이렇게 훈계하셨다.

그날 아침 신문에는 충격적인 기사가 실려 있었다. 봄으로
다가온 선거에서 제1야당의 대통령 후보로 지명된 C씨가 갑
자기 별세했다는 슬픈 기사가 신문을 온통 꽉 채우고 있었다.
읍사무소 계장인 아버지는 철저한 여당 지지자라고 평판이 나
있었는데, 그날 아침 조간을 읽으며 낙망해 하시던 표정으로
보아 아버지도 은연중 정권 교체를 바라고 있는 분이라는 생
각이 들었다. 신문을 읽고 낙망해 하시며 내게 공부를 열심히
하라고 훈계를 하는 아버지의 흉중을 어느 정도 요량할 수 있

는 것 같아서 기분이 착잡해졌다. 야당 운동을 하면서 가산을 일조에 탕진하는 아버지들과, 권력층에 드나들며 축재와 출세를 쉽게 하는 아버지들과의 양극단 사이에 나의 아버지는 끼어 있는 셈이었다. 읍사무소 계장을 한 지가 십 년이 넘었어도 과장이 되지 못하고 있었다. 아버지는 원체 과묵하여 아들 앞에서 세상 이야기를 한다거나 밖에서 일어나는 일을 집에 들어와서 떠드는 일이 없었다.

C씨가 별세한 이후에 정계는 큰 나사못이 빠진 기계처럼 모든 것이 비정상으로 돌아가고 있었다. 극한투쟁을 벌이는 과격파는 점점 무정부주의의 기미를 띠며 정부를 공격하고, 라이벌이 없어져 버린 홀가분한 상태에 있는 여당은 이번 선거에서 되도록 압도적 지지를 획득하고자 힘쓰는 듯했다.

고향을 떠나 중앙선 기차에서 추운 바람과 시커먼 석탄 연기를 마시며 이백리 길을 달려 서울에 내려 하숙촌으로 돌아오면서 나는 온몸이 근질근질해서 견딜 수 없었다. 원사이드 게임이 되어 버린 선거전의 기사를 볼 때마다 도저히 호소할 수도 없는 우울과 분노와 절망이 불끈불끈 솟아오르는 것이었다. 그 당시 젊은 대학생들은 이 같은 분노와 절망을 누구나 느끼고 있었을 것이다. 지금 생각해 보아도 당시 우리나라의 젊은 이들은 돌아올 수 없는 단애에 서서 몸부림치고 있었던 것 같다. 그러나 나는 용케도 나 자신의 계획을 흐트리지 않았다. 시사 영어 특강 시간에는 맨 앞줄에 앉아 열심히 뉴스위크를 따라 읽고, 전공과목의 책도 차츰 고급의 것을 독파해 나갔던 것이다.

"버스를 타고 지나가다가 너를 봤다. 언제 올라왔지?"

특강을 듣고 하숙으로 막 돌아와 있는데 뜻밖에 그가 찾아왔다. 나는 놀랍고 반가워서 그의 손을 덥석 잡고 방안으로 끌어들였다. 그는 여전히 외투도 입지 않은 추운 모습으로 몸에서 냉기가 퍼져 나왔다.

"돈을 빌려줬으면 좋겠다. 어디 좀 다녀올 데가 있어서야."

그는 이렇게 말하며 벌름코를 흥흥거렸다. 신수는 초췌했으나 그 특유의 번득이는 눈은 변함이 없었다. 나는 그가 원하는 것만큼의 돈을 빌려주었다. 어디를 다녀온다는 것일까. 나는 그의 향방이 궁금했으나 거기에 대해서는 묻지 않았다. 겨울 여행을 떠나려는 것인가 하고 생각했으나 그런 것 같지는 않았다. 차 시간을 놓칠까 봐 조바심을 하는 듯한 초조한 기색으로 보아 한가로운 여행길에 나서는 사람 같지는 않았다.

"뉴스위크는 미국 K당 어용지 아닌가. 한국 대학생들이 이 따위 주간지를 읽기 때문에 미국에 대해서 편견이 많은 거야."

"논조를 배우는 게 아니라 외국말을 배우려고 읽고 있는 거야. 마르크스의 자본론을 읽는다고 해서 오열이라는 생각은 잘못된 것이 아닐까. 외국어를 배우고 학설을 배울 뿐이니까 말이야."

"그러나 자본론을 읽으면 이적 행위로 간주하는 요즘 형편

아닌가?"

그가 돈을 받아 포켓에 넣으며 말했을 때 나는 무슨 까닭인지 시국에 관한 이야기를 꺼냈다. 몸이 근질근질하던 그 겨울의 내 심정을 토로하고 싶은 욕구 때문이었는지.

그와 나는 봄으로 다가온 선거에 관하여 이야기를 주고받았는데 그는 지난 학기보다도 더욱 강렬한 과격파가 되어 힘만 있다면 유혈 혁명이라도 일으킬 사람 같아 보였다.

"썩었어. 썩은 사람 한 사람만의 책임이 아니라 그를 국부로 추앙한 국민들 책임이야. 민주 헌정을 국체로 하면서도 조선에 대한 향수를 버리지 못한 탓이지. 요순시절의 태평가를 부르려고 했거든. 이웃 나라들은 공장을 세우고 길을 닦고 수출을 하는데 우리나라는 그동안 무얼 했지? 대통령 생일날이면 만수무강을 비는 축제를 곳곳에서 열고 궐기 대회를 하고 혈서를 쓰고…… 한마디로 이런 위장된 낭만 시대는 이제 사라져야 해. 지금 정국이 돌아가는 것 좀 보지? 선거가 무슨 소용이야. 도대체 선거라는 게 무의미한 일이야. 국고 낭비지. 내가 집권당의 우두머리라면, 톡 까놓고 하겠다. 앞으로 선거는 일체 하지 않는다. 선거 비용으로 양곡을 도입해서 절량농가에 무상으로 나누어 주겠다. 국민 여러분, 내 생각이 어떤가? 지당합니다. 지당합니다……. 이쯤 되면 어떨까? 각하의 하해 같은 은혜는 천 번 죽어도 보답할 길이 없사옵니다. 어쩌구 하는 혈서가 밀어닥칠 게고, 그러면 통치자는 만면에 미소를 지으면서 생각할 거야. 우맹에게 떠받들려 있는 자기 자신이 위태롭다고 생각하겠지. 올바른 판단과 지식이 없는 창맹에게 아무리 지지를 받아봐야 사상누각 위에 앉아 있는 것 같을 테니깐. 그는 선진국에서 교육을 받고 몇십 년을 생활한 사람이니까 현명하거든."

그가 장광설을 늘어놓는 바람에 나는 어안이 벙벙해져서 아무 대꾸도 할 수가 없었다. 그의 이와 같은 생각은 현실에 절망한 지식인들이 빠지고 있는 니힐리스트의 기분이었다고 나는 생각한다. 그 당시 우리나라의 여러 형세를 곰곰이 생각해 보면 누구나 절망하게 마련이었다. 지식인들 가운데 이민을 가는 사람이 부쩍 늘었다. 그들은 한결같이 비행기 트랩에 오르면서, 아주 가는 게 아니라 조국이 부르면 언제라도 돌아온다고 말했지만, 이민을 가면서까지 이러한 위선적인 마지막 말을 남기는 것이 미덕인지. 조국에 절망해서 가는 것이다, 결코 돌아오지 않겠다, 라고 당당히 말하는 사람은 없었던 것이다.

"선거가 점점 시끄러워질 모양이야. 앞으로 어떻게 될까?"

내가 이렇게 말머리를 돌렸을 때 그는 나에게 몇 시냐고 물었던 것으로 기억한다. 그때는 오전이었다.

"뻔하지. 어떻게 되긴 어떻게 되겠나. 세상의 이목도 있고 하니까 4년에 한 번씩 선거는 치러야 하는 것이고. ······우리는 기다리는 거야. 기다리며 사는 거야."

"무엇을 기다리지?"

"……기다릴 수밖에 없는 거야."

그는 끝내 〈무엇〉에 관한 대꾸는 하지 못하고 황급히 나와 헤어졌다. 그가 돌아가고 난 다음에 나는 뉴스위크를 뒤적이다가 집어치우고 이 책 저 책을 손에 들었으나 마음이 안정되지 않았다. 내가 하숙집 안주인과 최초의 정사를 한 것은 바로 그날 대낮이었다.

나는 지금이나 그때나, 열등감에 빠지면 걷잡을 새 없이 발기가 되는 버릇이 있다. 그 친구가 바쁜 듯이 가버리고 나자 나는 묘하게도 심한 열등감에 빠져서 헤어날 수가 없었다. 영어단어나 외우고 법률책이나 읽으면서 고급공무원을 꿈꾸는 내가 부끄러웠다. 사회에서 출세를 한다는 것, 역사에 이름을 남기고 죽는다는 것을 무시해 버리면서 초연하게 현실을 내려다보는 그와 나를 비교해 볼 때 나는 무장해제된 병사처럼 풀이 죽어버린 것이다. 지난 학기에 그가 B선생의 동상을 헐어 버리려고 획책한 것을 나는 증오하였지만, 한편으로 생각할 때 그처럼 상상외의 일을 도모하는 그는 내가 미치지 못할 생을 살아가고 있다는 기분도 들기 시작했다. 부끄러운 고백이지만 나는 이런 패배감 속에 사로잡혀서 발기된 그놈을 끄기 위하여 마스터베이션을 하기 시작했다. 안주인이 점심상을 들고 들어왔다. 갑자기 그녀와 나는 정신을 차릴 새도 없이 불륜의 나락에 빠졌는데 일이 끝나고 나자 나는 죽고 싶은 기분이 됐다. 이러한 죽고 싶은 충동은 일주일 후 그가 다시 찾아왔을 때 절정에 달하여 나는 아무도 모르게 혼자서 생과 사의 기로를 헤매었다.

"춘천에 갔다 왔어. D여자 대학에 가서 검은 굴뚝을 보고 왔어."

그가 이렇게 말했을 때 나는 일주일 전쯤의 신문기사가 퍼뜩 생각났다. 그는 나에게 돈을 빌려서 여대생 자살 현장을 직접 답사하고 온 것이었다. 〈여대생 굴뚝에서 투신자살〉. 이 쇼킹한 기사는 한동안 장안을 떠들썩하게 만들었었다. 내가 시골에서 하숙촌으로 돌아온 날 저녁 신문은 그 기사로 사회면 전체가 가득 차 있었다. 기숙사 굴뚝에서 투신자살한 R양은 경기여고를 나온 재원으로서 평소에 사르트르와 카뮈의 실존주의 문학 작품을 탐독했다고 기사는 보도하고 있었는데, 특히 R양의 자살이 센세이셔널한 기사가 된 것은 투신자살을 한 곳이 〈굴뚝〉이었다는 점이었다.

"멋있는 자살이었어. 나도 처음에는 왜 하필 굴뚝에서 자살을 했을까 하고 생각했었는데, 직접 가 보니까 검은 굴뚝은 상당히 유혹적이더군. 거인같이 우뚝 서 있으면서 살아 있는 모든 것을 삼켰다가 흔적도 없이 연기로 내뱉어 버리는 것 같았어. 한강에서 투신을 하거나 철로로 뛰어드는 사람보다야 R양이 상당히 고급이었지. 암흑의 공동 속으로 생명을 던져 버린다는 것은 아름다운 일이야."

"문학소녀의 센티멘털리즘인가? 니힐인가? 죽은 이유가 뭐야?"

나는 이렇게 말하면서도 머릿속에 떠오르는 마흔 살 된 하숙집 안주인의 환영 때문에 괴로움을 당하였다. 암흑의 깊이로 생명을 던지려고 굴뚝의 쇠사다리를 올라가는 R양의 환영이 나의 괴로움을 부채질하며 떠올라왔다.

"R씨라고, 지금 행정부에 있는 실력자를 알겠지?"

"여당의 부간사장인가 하는 그 R씨 말인가?"

"그렇지. 막강한 실력자이지. 이번 선거 플랜을 짜는 브레인이야. R양이 바로 R씨의 딸이라는 거야. 나는 춘천에 가서 비로소 알았지. 신문 기사에는 그렇게 안 났지만 이건 R씨에 대한 예우 때문일 거야."

"놀랐는데. 그런 사람의 딸이 왜 자살을 했을까?"

"바로 그거야. 나도 처음에 그 말을 들었을 때 어리둥절했지. R씨가 국민의 지탄을 받고 있다는 것은 딸도 다 알고 있었을 거야. 아버지의 잘못을 속죄하는 기분에서 죽었을까?"

"그렇게 해석하면 R양이 너무 전근대적이 되겠군."

"절망하고 있었을 거야. 절망 때문이었을 거야. R양은 일기장과 노트 같은, 말하자면 자살 동기를 추단할 만한 증거품은 모두 없애고 생명을 끊은 거야. 그래서 내가 만난 D여대 교수한 분은 R양의 자살은 영원한 미지라고, 1960년의 비극의 심벌이라고 비통해했어."

R양은 검은 연기로 변하여 허공으로 흩어져 버렸다……. 겨

울철엔 24시간 동안 보일러실에서 석탄을 피운다. 석탄 찌꺼기를 파내던 인부가 R양의 유해를 발견하고 R양의 소지품 가운데 내연성 물품을 찾아 이틀 전에 행방불명된 R양임을 확인했다고 한다. R양이 R씨의 영애라는 이야기를 듣고 무언가 손에 집히는 것이 있다고 나는 생각하면서, 혼탁한 현실에 자기의 정신을 던져 한 줌의 소금을 뿌리고 그 여학생은 죽은 것이라고 비장해했던 기억이 난다. 그 당시에는 아무도 입 밖에 내지 않았지만 R씨에 대한 국민들의 원성은 자자하였던 것이다. 그의 지혜로운 딸이 굴뚝 속으로 투신을 한 것이다……. R양이 기어오른 굴뚝의 검은 쇠사다리는 그 후 계속하여 나를 괴롭혔고 나는 이 괴로움에 쫓겨 하숙을 옮겨 앉았다.

4

겨울이 가고 봄이 왔다. 3월에 실시된 선거는 예상했던 대로 진행되었고 결과도 드러났다. '선거는 뚜껑은 열어봐야 압니다'라고 여당의 선거총책인 R씨가 투표일에 박두하여 점잖고 예의 바르게 말했을 때, 새 학기를 맞아 캠퍼스에 돌아온 우리들은 강렬하고 걷잡을 수 없는 분노를 느꼈다. R씨가 주도하는 선거라는 연극은 이처럼 완전하게 상연되고 있었다.

그러한 위장된 완전함에 대한 분노를 우리는 어떻게 처리하였는가. 나는 사회에 나가 출세할 수 있는 힘을 준비하는 것이 이 분노를 이기는 길이라고 생각되어서 열심히 도서관에 다니며 책을 읽었지만, 무언가 모를 불덩어리가 가슴에서 치밀어오를 때가 한두 번이 아니었다. 총선이라는 연극이 상연되고 있는 동안 나라는 온통 떠들썩하고, 사람들은 저마다 골목골목에 숨어서 이를 갈고 있었는데, 이런 와중에서도 내가 책을 읽고 있었다는 것이 지금 생각하면 참으로 놀랍다. B선생의 동상을 헐어 버리려 했던 그와는 정반대로 철저하게 현세적인 것을 긍정하고 거기서 힘을 획득하려는 그 당시 나의 마음속에 그와의 대결 의식이 작용했던 것은 아닌지. 혈기 많은 학생들은 강의실 구석구석에 모여 그때 지방 도시에서 불길처럼 일어나던 시위운동에 대하여 의견을 나누었는데, 그중에는 언성을 높여 과격한 주장을 내세우는 그의 모습이 언제나 끼어 있었다. 4월 학생 봉기가 일어났을 때 그는 행동대의 일원으로 참가하였다.

그는 흡사 생애의 마지막을 획기적으로 살아보려고 발버둥치는 것 같았다. 총을 난사하는 기동 경찰에 대항하여 사제 폭탄을 투척하며 대항하여 4월의 학생 봉기가 마침내 정권을 무너뜨릴 때까지 그의 활약은 눈부신 것이었다. 그가 춘천에 다녀와서 R양의 자살에 관하여 말을 나눈 이후 4월이 다 지나도록 한 번도 그를 직접 만나지 못했다. 나는 시위에 참가하지 않고 방관하는 편이었다. 시위를 하는 학생들과 그것을 막는 경찰의 입장을 양쪽 다 긍정하는 태도를 취하고 있었다. 이러한 조로의 태도가 어디서 연유한 것인지, 부정 선거를 하고 시위대에게 발포를 하는 현 정권을 비판하면서도 그 정권을 붕괴시키려는 대열에 참가할 수 없다는 막다른 딜레마가 나에게 있었다. 공무원인 아버지 밑에서 가정 교육을 받았기 때문인가. 그러나 나는 마음속으로 시위대를 격려하고 학생 시위의 귀추가 어찌 될 것인가 하는 조바심 속에 살았던 것이다.

지금 생각해 보면 그가 춘천에 다녀왔을 때 나는 그에게 묻고 싶은 것이 하나 있었다. 그가 무슨 이유로 춘천 D여대 기숙사에까지 가서 굴뚝을 답사하고 왔는가 하는 의문에 관한 것이었다. 그는 R양의 자살을 아름다움이라고 찬양하였는데 그것은 또 무슨 말이었을까. 서울 거리가 시위로 시끄러워지던 4월에 나는 하숙집에 들어앉아 이런 생각을 하면서, 그를 만나면 힐난조로 물어볼 생각이었다.

"B선생의 동상을 헐어 버리려는 너와, R양의 자살과는 무슨 연관이 있는가? 역사에 이름을 남기는 것을 싫어한다던 너의 그 무상의 정신과 통하기 때문인가? 네가 내세우는 허무의 사상은 일종의 센티멘털리즘 이외의 아무것도 아니지 않은가?"

프레쉬맨을 갓 벗어나려는 우리들의 수준에서 보면 그는 무언가 탈속한 면이 있어서 내가 그를 전적으로 무시하지 못하는 것도 이러한 그의 면모에서 암암리에 풍기는 신비감 때문이었으므로, 이렇게 그를 힐난해 본댔자 뒷기분은 씁쓸할 것이 분명했다.

4월 학생 봉기가 성공하고 몇 주일이 지나자 나라는 핸들을 놓아 버린 자동차처럼 제멋대로 굴러가기 시작했다. 각 공장에서는 임금 인상 요구 파업이 불길처럼 일어나고 군에서는 하극상이 일어났다.

"절망인데, 정말 이젠 절망이야."

그를 캠퍼스에서 우연히 만났을 때 그는 의외로 침통한 표정으로 이렇게 말했다. 나는 어안이 벙벙했다. 그는 용감한 학생 투사로서 신문지상에도 이름이 오르내리고 시국 강연회의 연사로 각처를 순방할 만큼 그의 명성은 일약 높아졌는데 그가 절망이라는 말을 하다니 나는 도무지 알 수가 없었다.

"무슨 소리야? 무슨 뚱딴지같은 소리야?"

내가 이렇게 쏘아붙이자 그 녀석은 착잡한 표정으로 나를 한참이나 바라보았다. 그의 얼굴은 겨울보다도 더욱 핼쑥해 보였다.

"지금까지는 그래도 무엇인가를 기다린다는 뼈아픈 꿈이 있었지. 그런데 이젠 뭐야? 무엇을 기다리지? 지금 나라 꼴을 보게. 학생들이 피를 흘려가며 쟁취한 민권이 아닌가. 그런데 정치인은 정치인대로, 노동자는 노동자대로 학생 혁명을 아전인수하기에 혈안이 되어 민주민생은 거들떠보지도 않는 거야."

그는 격양된 어조로 정치인과 노동자를 힐난했다. 독재 정부를 무너뜨렸다는 데서 오는 환호성은 다만 잠깐 동안에 불과

하였다. 4월이 지나고 5월이 되자 사회는 더욱 혼란스러워졌다. 무시무시한 유혈 폭동의 전야를 방불케 했던 그 당시의 구구한 이야기를 다시 할 필요는 없는 것이다.

그가 행방불명이 된 것은 6월 하순께였을 것으로 추측된다. 1학기 말 시험이 시작될 무렵에 학교 게시판에는 그의 행방을 찾는 공고가 나붙어서 대학이 온통 뒤숭숭한 기분에 휩싸였던 것이다. 각 일간 신문에서도 그의 실종을 쇼킹한 필치로 보도하였으므로 사람들은 저마다 그의 실종은 모종의 정치적인 흑막과 연관됐을 거라는 추측을 하고 있었다.

나는 학교 당국과 수사 기관으로 몇 번인가 불려 다니며 참고인 증언을 했다. 그가 왜 실종됐는지 나는 통 짐작할 수조차 없었다. 실종이 아니라 어딘가로 잠적해 버렸음이 틀림없다……. 그 당시에 나는 이렇게 생각하고 있었고 이 생각은 나를 밑도 끝도 없는 처참한 절망 속으로 빠뜨린 것이다. 내가 도달할 수도, 짐작할 수도 없는 높은 차원으로 그는 숨어 버렸던 것이다. 적극적으로 봉기에 참가하여 부패 정권을 몰아낸 그는 누구보다도 제일 먼저, 새로 도래한 시대에 절망을 느끼고, 동작이 느릿느릿하고 머리가 빨리빨리 돌아가지 않는 사람들이 뒤늦게 혁명에 대하여 환호작약할 동안에 그는 감쪽같이 잠적해 버린 것이라는 생각을 하자 나는 죽고 싶었다.

혁명의 와중에서 사는 사람들은 너무 충격적인 사건을 숱하게 겪어서 건망증도 그만큼 많은 법이다. 학생 봉기의 영웅이던 그가 실종된 지 한 달도 못 되어 사람들은 그에 대한 모든 것을 잊어버리는 것 같았다. 날이 갈수록 나도 마찬가지였다. 차츰차츰 그의 생각이 없어져 버렸다. 그 당시 나의 솔직한 심정은 하루빨리 그의 생각을 잊어버리려고 노력하는 편이었다. 그가 어디서 불쑥 나타난다 해도 결코 놀라지 않겠다는 생각을 미리부터 작정하고 있었으니 나도 엔간히 약아 빠진 위인이었다.

"이젠 기다릴 것도 없으니 막막하군. 앞으로 두고 보게나. 시대의 흐름이란 일종의 역행동화의 반복일 뿐이야. 멍청이 같은 친구들은 독재 정권이 무너졌으니 이제 태평성대가 온 걸로 알겠지만⋯⋯."

학생 봉기가 성공되고 나서 그가 침통한 표정으로 이렇게 말했을 때 나는 그의 진의를 알아들을 수 없었다. 지금도 이러한 그의 말에 확신이 가는 것은 아니지만 어렴풋이나마 짐작은 간다. 2학기 개강이 되면서부터 나는 밤마다 어떤 추리를 해 나가기에 바빴다. 그의 생각을 하지 않으려고 노력하면 할수록 이러한 추리는 자꾸 꼬리를 물고 머릿속에 떠올라 망령처럼 나를 괴롭혔다.

굴뚝에서 투신자살한 R양과 그의 실종은 어떤 연관성을 지녔는가 하는 의문에서부터 나의 추리는 출발하였다. 왜 그가 D여대까지 가서 굴뚝을 답사하고 왔을까. 그는 어디에 숨어 있는 것일까? 다른 나라로 밀항을 해 간 것인가⋯⋯. 지금 모두 기억해 낼 수는 없지만 한창 상상력이 예민하던 그 당시의 내 머리 안에는 온갖 추리와 공상이 뒤범벅이 된 상태였는데, 어느 날 갑자기 나는 정신이 번뜩 들어서 강의 시간 도중에 뛰어나가 학생처로 달려갔다. 분명한 일이다. 그는 굴뚝에서 투신자살을 한 것이다……. R양처럼 절망해서 투신을 한 것이다. 여름이니까 보일러실이 텅텅 비어서 그의 시체를 아무도 본 사람이 없을 뿐이다……. 나는 숨이 차서 학생처 직원에게 소리쳤다.

"굴뚝입니다. 분명해요."

어리둥절해하는 직원을 앞세우고 본관 뒤의 보일러실로 미친 듯이 달려가서 나는 그의 주검을 찾아보았다.

그러나 그는 거기에 없었다. 시커멓고 깜깜한 굴뚝을 모두 조사해 보았으나 그는 없었다. 투덜거리는 직원 앞에서 나는 엉엉 울었다. 끝까지 끝까지 그는 내가 도달할 수 없는 차원에 존재하고 있다는 생각을 하자 나는 미칠 것 같았다. 이런 나의 감정이 그에 대한 그리움 때문인지 증오 때문인지 대결 의식 때문인지 그 당시는 물론 지금까지도 알 수가 없는 일이다. 이제 그는 완전무결하게 사라져 버린 셈이었다. 이 세상 어디에든지 그는 없었다. 나는 그에게 완전히 녹다운됐다. 시국은 그의 예상대로 역행동화의 기나긴 반복 속으로 서서히 빨리 들어가고 있었던 것이다. 가을이 오고 겨울이 왔다. 나는 추운 겨울날 패배감으로 뒤죽박죽이 된 채 군에 입대를 했다.

5

군대 복무 기간 동안의 절반을 나는 최전방 수색중대에서 수색병 노릇을 했다. 밤낮없이 적군의 선전 방송을 들으면서 분단된 조국의 현실을 몸으로 체험한 것으로, 나는 지금도 수색병 노릇할 때의 내가 가장 진실한 나의 자아가 나타났던 시대가 아닌가 하는 엉뚱한 생각을 할 때가 있다. 캄캄한 밤에 잠복을 하거나 동초를 설 때는 무의식중에 몇 번인가를 내 목을 만져 보는 것이다. 목이 그대로 있나, 어느새 적병의 손에 잘려 나갔는가를 확인해 보는 것은 지금 생각하면 바보 같고 치사스러운 생명에의 애착이며 비겁한 병정의 타성이겠지만, 그 당시에는 정말 스스로 만져 봐야만 목숨이 확인되는 그러한 상황이었다. 적병의 상투적인 수단은 이쪽 수색병들의 목을 잘라서 도망가고 그 틈을 이용하여 스파이를 잠입시키는 것이어서 나는 늘 내 생명을 손바닥 위에 받쳐 들고 다니는 것 같은 심정으로 나날을 보냈다. 어느 날 적병 하나가 이쪽으로 귀순해온 사건이 발생하였다. 부대 전체가 떠들썩했는데 귀순병을 상급 부대로 이송할 때까지는 내가 속했던 중대에서 그의 신병을 확보해야 했다. 내가 귀순병이 있는 텐트의 보초를 서게 됐을 때 나는 귀순병의 얼굴을 대할 수 있는 기회가 딱 한 번 있었다. 이북사람이라는 호기심도 호기심이려니와 나는 귀순병의 얼굴을 빤히 바라보다가 발작적으로 외쳤던 것이다.

"너, 그를 알지? 북에서 만났지?"

지금 돌이켜보면 내가 어째서 그런 말을 했는지 정말 엉뚱한 일이다. 입대하고 나서 내가 그를 생각한 적은 한 번도 없었는데, 귀순병을 보고 그의 생각을 떠올리다니 알 수 없는 일이었다. 그가 월북을 한 것이 아닐까 하는 생각은 어리석게도 나의 추리 속에 포함돼 있지 않았다는 것을 귀순병을 만나고서야 뒤늦게 깨닫고 있었던 모양이다. 프로이트의 정신 심리학을 내가 모두 알거나 믿는 것은 아니지만 사람의 잠재심리란 참 무서운 것인가 보다. 나도 모르는 사이에, 그가 월북했을지도 모른다는 추측을 잠재적으로 지니고 있었음이 틀림없는 일이다.

내가 귀순병에게 엉뚱한 질문을 했다는 사실이 말썽이 되어 나는 약간의 조사를 받았으나 곧 흐지부지됐다. 그 후 나는 몇 달 동안 수색중대에서 복무하는 동안 그가 월북을 했을지도 모른다, 아니, 그는 반드시 월북을 했다는 확신이 들기 시작했다. 이 엉뚱한 확신은 눈덩이처럼 시간이 흐를수록 부피가 커져서 나는 적병을 지키는 게 아니라, 한 발자국만 앞으로 나가면 북한의 땅, 그곳 북한의 어딘가에 그는 살아서 활발하게 활동을 하고 있다는 생각으로, 그가 다가오면 나도 그에 못지않게 활발함을 보이려는 이상야릇한 대결 의식으로 보초를 섰던 것이다. 그의 행방을 끝내 추적해 내고만 것에 대하여 한편으로 회심의 미소를 띤 채.

복학을 하여 캠퍼스에 다시 돌아와 보니, 비명과 다리부분이 훼손됐던 B선생의 동상은 다시 원 모양을 회복하였고 동상 아래로는 장미와 회양목을 심어서 한층 미화돼 있었다.

나는 어느 날 그의 생각이 불현듯 나서 학생처에 가서 주소를 알아가지고 그의 집을 찾아가 보았다. 그의 집은 전혀 찾을 수가 없었다. 지금이야 안 그렇지만 그때만 해도 시민의 동태 파악이 전혀 안 돼 있어서 동회와 구청에서도 번지만 가지고는 집을 찾을 수 없다는 대답이었다. 학생 봉기 직후에 실종됐던 대학생이 있지 않았느냐는 말에 직원들은 실종이니 봉기니 하는 말 자체가 생소한 모양으로 이상한 얼굴로 나를 바라보는 것이었다. 그가 어디로 잠적해 버렸을지도 모른다는 나의 생각은 밑도 끝도 없이 흔들리며 무너져 버릴 것 같았다. 그는 반복하는 역사를 미리 알아채고 시대를 초월하여 영원히 존재하기 위하여 숨어 버린 것인가. 나는 이런저런 생각에 그 후에도 쭉 내 나름대로 부끄러운 괴로움을 겪어야 했다.

4학년 가을에 나는 고등 공무원 임용 고시에 패스하는 영광을 누렸다. 그 후부터 지금까지 나는 상식대로 살아오면서 나이에 알맞게 생활도 윤택해지고 직위도 오르고 했다. 이 글의 첫머리에서 밝혔지만, 내가 오늘 밤 이따위 글을 쓰는 이유가 그의 죽음을 슬퍼해서는 아니다. 이 글의 어느 행간에 나의 호곡 소리가 조금이라도 있는가 찾아본다면, 나의 그러한 전제가 공연한 제스처가 아님을 알 게다. 나는 지금 이 순간에도 왜 그가 완전무결하게 사라져 버리지 않고 11년 후에 죽은 모습을 시대 밖으로 드러냈는가를 못마땅하게 생각한다.

〈11년 전에 실종된 대학생 변사체로 발견〉을 보도한 석간신문을 내가 본 것은 퇴근하려고 막 청사의 문을 나서다가였다.

나는 그 자리에 선 채로 신문을 단숨에 읽고, 차를 달려 모교를 찾아갔던 것이다. 그의 시체가 발견된 모교의 본관 건물은 B선생의 동상 바로 뒤에 있는 오래된 석조 3층이었다. 벽에는 담쟁이덩굴이 달라붙어서 전면에서만 본다면 석조인지 목조인지도 모를 만큼 고성의 기분이 드는 건물이었다. 아래층에는 대학의 주요 부서가 위치해 있고 3층만이 강의실로 사용되고 있는데, 지금은 그렇지가 않지만 내가 대학에 입학했던 초기에는 본관에는 4층에도 강의실이 서너 개 있었다. 3층 건물에 4층 강의실이 있다면 우스개처럼 들리지만, 4층 강의실이란 것은 바로 다락방 교실이었다. 키가 큰 외국인 교수가 거기서 강의를 하다가 머리가 천장에 부딪힌 일이 있다는 이야기를 들은 적도 있었다. 대낮이지만 늘 전등을 켜고 강의를 들었고 바로 창밖에는 비둘기집이 있어서 궂은 날이면 비둘기똥 냄새가 풍기고, 어떤 때는 비둘기들이 날아들기도 하였다.

그의 시체가 발견된 천장이란 바로 다락방 교실의 천장을 일컫는 것이었다. 내가 차를 달려 모교로 달려갔을 때는 이미 많은 사람들이 본관 앞에 모여 웅성거리고 있었다. 날이 차츰 저물고 있었으므로 캠퍼스는 묘한 기분의 어스름이 물들고 있었다. 묘한 기분이라는 것은 다른 것이 아니라, 도심지에서만 생활하던 나로서는 오랜만에 숲이 무성하고 오래된 건물이 띄엄 띄엄 서 있는 캠퍼스에 깃드는 조용한 어둠은 소음과 먼지 속에 무너앉는 도심지의 그것과는 전연 다른 감각으로 받아들여졌기 때문에 하는 말이다. 본관 앞에 모여 서 있는 많은 사람들 중에는 교복 차림의 대학생도 있고 부인들도 있었는데 물론 내가 아는 사람은 없을 것이었다.

내가 그들을 헤치고 본관의 현관으로 들어섰을 때 나는 거기서 구면의 학생처 직원을 만났다. 내가 인사를 하자 그는 나를 몰라봤다. 수많은 학생을 상대하는 그가 졸업한 지가 몇 년이 되는 나를 알아볼 리가 없는 것은 당연하지만 나는 왜 그런지 그가 몹시 원망스러웠다. 그 직원은 바로 내가 그의 시체를 찾으려고 보일러실과 굴뚝으로 데리고 갔던 사람이었으니 말이다.

"시체랄 것도 없어요. 손을 대자 그냥 폭삭 무너앉았어요."

"유해는 가족이 가져갔나요?"

"가족이 어디 사는지 신문 보도를 보면 찾아올지도 모르지요. 가족이 와 봐야 흔적도 없는 자식을 데려가겠습니까. 학교에서 여기 가까운 개운사로나 유해를 보내어 명복을 빌까 하는 계획입니다."

직원을 앞세우고 나는 본관의 층계를 올라갔다. 그가 누워 있는 천장으로 허리를 구부리고 올라가면서 나는 가슴이 두근거리고 다리가 후들후들 떨렸다. 그를 만난다…… 시대의 변천을 예감하고 그 다가올 시대를 거부하고 잠적해 버렸던 그를 11년 만에 만난다……. 내 나이와 지위답지 않게 나는 극도의 불안정한 기분이 돼 버렸다.

그는 흔적도 없이 그곳에 있었다. 누워 있는 게 아니라 흩어져 있었다. 흩어져 있는 것도 아니었다. 그는 있다 없다를 초월한 상태로 나와 대면을 한 것이다. 나는 눈을 감았다. 아무것도, 아무것도 생각나질 않았다.

"학생증이 없었다면 누군지도 모를 뻔했지요."

직원이 내미는 학생증은 모두 퇴색하여 글자를 알아보기가 매우 힘들었다. 나는 그것을 불빛에 비춰보면서, 〈59032〉라는 학번을 조용히 입속으로 하나하나 읽어 보았다. 그의 유골을 추려 내는 기분으로 그의 학번을 외어 보았던 것이다.

"저것은 뭡니까?"

나는 그의 옆에 놓인 물건을 가리켰다. 그것은 꽤 큰 돌덩이 같아 보였다.

"약이 들었던 병이겠지요. 무슨 독약인지도 판명할 수가 없답니다."

"그 옆에 놓인 큰 것 말입니다."

"예, 글쎄 저것이 여기에 어떻게 들어왔는지 모르겠어요. 흉상입니다요. 구리로 만든 것인데 녹이 심하게 슬어서 누구의 것인지도 모르겠고…… 아마 학교 초창기 때 무슨 착오가 생겨서 저런 물건이 천장 속으로 굴러 들어왔나 보지요……."

"흉상이라고요?"

나는 그 흉상을 자세히 들여다보았다. 틀림없이 H선생의 흉상이라고 나는 생각했다. B선생의 동상이 훼손되고 나서 없어져 버렸던 도서관의 흉상이라는 생각이 들자, 그가 생존 시에 품었던 기괴한 비속의 정신을 다시 만난 것 같아서 등골이 서늘해지는 것이었다. 잠적해 버리기 전에 벌써부터 그가 시대와 현실을 거부하고 숨어버릴 장소를 예정해 놓고 있었던 것이라는 생각을 하자, 바지 단추 안쪽에서 갑자기 그것이 커져 옴을 느꼈다. 나는 부끄러웠다.

학생처 직원은 11년 전에 있었던 H선생의 흉상 도난 사건은 이미 까맣게 잊고 있는 모양이었다. 조명이 좋지 않은 계단을 내려오면서 내가 자꾸 발을 헛디디자 직원은 느릿느릿하게 주의를 주었다.

"조심해서 내려가시오. 망우를 따라서 괜히 저승객이 되지 마시고……."

어둠 속에 파묻힌 캠퍼스는 여기저기 선 외등만이 눈을 깜박이고, 본관도 당직자들이 있는 방에만 불이 켜져 있어서 그 광경이 몹시 그로테스크하게 보였다. 본관 앞에 모여 섰던 사람들은 저마다 그의 죽음에 대하여 수군수군 이야기를 하고 있었다. 학교 앞 하숙촌에서 구경삼아 나온, 세상의 쓴맛 단맛을 다 본 노인의 한탄조의 목소리가 내 귀에 들려왔다.

"십일 년 동안이나 감쪽같이 몰랐다니, 참, 기막힌 노릇이여…… 이 큰 건물 속에, 맨 꼭대기에 떠억 누워서, 저승객이 됐으니, 보통 일이 아니구먼. 반에 반 평짜리 관 속에 들어갈 내 팔자가 부끄럽구먼."

숲으로 둘러싸인 옛 성 같은 본관을 우러러보며, 사람들은 모두 수군수군대며 자기 나름대로의 부끄러움과 패배감을 느릿느릿하고 지루한 어조로 표시하는 것이다. 그는 이제, 내가 더 이상 〈그〉라고 부를 수도 없이 하늘 저 멀리로 사라져 버렸다…….

(현대문학, 1973)

| 작품 서지 |

오탁번 소설 1 『굴뚝과 천장』

「처형의 땅」	(대한일보, 1969)
「선」	(현대문학, 1969)
「종소리」	(월간문학, 1969)
「가등사」	(현대문학, 1970)
「국도의 끝」	(월간문학, 1970)
「한겨울의 꿈」	(현대문학, 1971)
「황성 옛터」	(월간문학, 1971)
「실종」	(현대문학, 1971)
「귀로」	(신동아, 1972)
「거인」	(문학사상, 1973)
「아이 앰 어 보이」	(월간중앙, 1973)
「굴뚝과 천장」	(현대문학, 1973)

오탁번 소설 2 『맘마와 지지』

「종우」	(기원, 1973)
「아옹다옹」	(여성동아, 1973)

「아이스크림 킥」	(여성중앙, 1974)
「1984년」	(여성동아, 1974)
「우화의 집」	(현대문학, 1974)
「세우」	(세대, 1974)
「어둠의 땅」	(문학사상, 1974)
「쥐와 자전거」	(서울평론, 1974)
「불씨」	(문학사상, 1975)
「망년회」	(*****, 1975)
「내가 만난 여신」	(*****, 1975)
「지우산」	(현대문학, 1976)
「맘마와 지지」	(문학사상, 1976)
「뼈」	(한국문학, 1977)
「작은 바닷새」	(월간중앙, 1977)
「흙덩이와 금불상」	(뿌리깊은나무, 1977)
「동행」	(소설문예, 1977)
「옛 친구」	(세대, 1977)

오탁번 소설 3 『아버지와 치악산』

「호랑이와 은장도」	(한국문학, 1977)
「절망과 기교」	(문학사상, 1978)

「달려라 밤 버스」	(한국문학, 1978)
「아버지와 치악산」	(문학사상, 1979)
「인형의 교실」	(문학사상, 1980)
「부엉이 울음소리」	(현대문학, 1980)
「해피 버스데이」	(문학사상, 1980)
「사금」	(한국문학, 1980)
「패배선」	(문학사상, 1981)
「열쇠를 돌리는 법」	(월간조선, 1981)
「정반이」	(현대문학, 1982)
「솔제니친을 위하여」	(광장, 1982)

오탁번 소설 4 『달맞이꽃』

「언어의 묘지」	(소설문학, 1982)
「비중리 기행」	(문학사상, 1982)
「저녁연기」	(문학사상, 1984)
「달맞이꽃」	(현대문학, 1984)
「아가의 말」	(한국문학, 1984)
「낙화」	(샘이깊은물, 1986)
「우화의 땅」	(문학사상, 1986)
「빈집」	(한국문학, 1987)

「절필」	(문학사상, 1987)
「하느님의 시야」	(문예중앙, 1989)
「깊은 산 깊은 나무」	(문학과비평, 1989)
「섬」	(현대문학, 1993)
「반품」	(현대문학, 2010)

오탁번 소설 5 『혼례』

「혼례」	(세대, 1971)
「목마와 숙녀」	(문학사상, 1975)
「새와 십자가」	(문학사상, 1977)

오탁번 소설 6 『포유도』

「미천왕」	(민족문학대계, 1974)
「겨울의 꿈은 날 줄 모른다」	(현대문학, 1987)
「1억 년 전의 새 발자국」	(문학사상, 2000)
「포유도」	(현대문학, 2007)